11년, 걸어서 지구 한바퀴

L'HOMME QUI MARCHE

11년, 걸어서 지구 한 바퀴

초판 1쇄 발행 2015년 4월 14일 **지은이** 장 벨리보 **옮긴이** 이희정 **발행인** 도영
편집 김미숙, 도영 **마케팅** 김영란 **디자인** 신병근 **발행처** 솔빛길
등록 2012-000052 **주소** 121-842 서울 마포구 동교로 142, 5층(서교동)
전화 02)909-5517 **팩스** 0505)300-9348 **E-mail** anemone70@hanmail.net
값 13,000원 **ISBN** 978-89-98120-23-8

이 도서의 국립중앙도서관 출판시도서목록(CIP)은 서지정보유통지원시스템 홈페이지(http://seoji.nl.go.kr)와 국가자료공동목록시스템(http://www.nl.go.kr/kolisnet)에서 이용하실 수 있습니다.
(CIP제어번호: CIP2015010428)

솔빛길

출발

북아메리카

남아메리카

아프리카

목차

유럽

아시아

오세아니아

마지막 발걸음

장 벨리보의 세계 도보 11년 여행 루트

캐나다 서펀트 강
(11년)
캐나다 몬트리올
• 출발: 2000년 8월 18일
• 도착: 2011년 10월 16일
코스타리카
산호세
(1년)
칠레
아카케
(2년)

• 처음

• 선언

출발

캐나다 몬트리올에서 여행을 떠나기 몇 분 전. 왼쪽부터 스무 살이던 아들 토마 에릭, 나, 마지막으로 뵌 생전 모습의 아버지 벤자맹, 18살이던 딸 엘리자 제인

처음

거실의 기다란 소파에 몸을 파묻고 두 다리를 가만히 둔 채, 뤼스가 식사를 준비하는 소리를 희미하게 들으면서 이런저런 생각을 한다. 틱, 탁, 톡. 서랍 소리.

나는 내 바로 뒤, 그렇게 가까운 곳에서 뤼스의 숨소리가 들려서 깜짝 놀란다. 그리고 잊었던 어린 시절의 노래를 듣는 것처럼 그녀의 숨소리를 가만히 음미한다.

돌아온 지 4주가 되었지만 아직 차고를 정리할 엄두도 내지 못하고 있다. 여행을 떠나기 전, 그러니까 11년 전 나는 긴 의자 쿠션, 연장 등 추억이 담긴 물건들을 상자 여러 개에 가득 채워 차고에 두었다. 변함없는 세상에 나를 붙박아놓는 물건들.

"배고파?"

뤼스가 그릇을 달그락거리며 묻는다. 구슬이 굴러가듯 맑은 목소리이다.

'차고를 둘러봐야 할 텐데.'

나는 생각만 하고 눈썹 하나 까딱하지 않는다. 욕조 실리콘을 갈아야 하고 안뜰 문의 널을 손봐야 한다. 푹신한 쿠션에 좀 더 파고든다. 마침내 우리는 여기에 있다. 나는 돌아왔고 세상은 나를 다시 손아귀에 넣었다. 이곳에서 벗어날 수 없을 것이며 그러기를 바라지도 않는다. 물건들은 한곳에 머물러 있는 우리 삶의 토템이며 나는 또다시 그것들을 애면글면 돌볼 것이다. 하지만 나는 잠시, 한 시간만, 하루만, 몇 주만 더 미뤄두길 꿈꾼다. 칠레의 산을 내려오면서 만났던 프랑스 여성이 했던 말이 떠오른다.

"이제 다시는 예전 습관대로 살 수 없을 거예요."

그녀가 옳았다.

런던이나 부에노스아이레스의 교외에서 마음을 푹 놓고 편안히 지냈던 내가 내 아파트에서는 길을 잃은 것만 같다. 그때는 귀중한 물건이 작은 유모차의 볼베어링, 안경 정도였다. 나는 매일 여러 시간 동안 도시를 누비며 걸어다닌다. 내 삶의 여러 시기를 생각하고, 이 도보 여행을 왜 시작하게 되었는지 생각해내려고 애쓰고, 어린 시절을 뒤돌아본다.

나는 퀘벡 주, 에스트리의 젖소 목장에서 태어났다. 내가 태어난 곳은 아스베스토스라는 소도시 근처인데 아스베스토스는 영어로 '석면'이라는 뜻이다. 목장에는 우리 5남매와 젖소 30여 마리가 살고 있었고 우유를 짜서 직접 손님들에게 팔았다. 아버지의 땅이 광산에 수용되기 전까지, 우리는 부유하게 살았다. 퀘벡 법은 땅 주인보다 광산에 우선권을 주는데 우리 목장은 광산 바로 옆에 있었다. 트럭들이 줄줄이 와서 우리 땅에 광산 폐기물 200톤을 쏟아부었다. 예전에 할아버지의 땅이 그렇게 빼앗기는 걸 봤기 때문에 아버지는 불안해했다. 파국은 순식간에 찾아왔다. 어느 날 아침 집행관이 와서 수용 명령을 전달하고는 끝이었다. 아버지는 광산 측 사람들과 협상을 시도하다가 소송을 걸었다. 아버지가 수수한 농사꾼 차림으로 법정에 출두했을 때, 악당이라도 된 것처럼 건들거리며 세 걸음 뒤에서 변호사를 따라가던 모습이 눈에 선하다. 재판은 3년이 걸렸으며 아버지는 광산 회사를 도저히 당해낼 수 없었다. 재판을 포기하고 다른 땅을 샀지만 광산 일을 겪으며 목장에 대한 애정은 차갑게 식었다. 아버지는 가축들과 농기계를 모조리 팔고 캠핑장과 행사장을 개업했다. 우리 가족이 새로운 인생을 시작했을 때 나는 열다섯 살이었다.

모든 것을 새로 만들어야 했다. 겨울이면 우리는 크로스컨트리 대회를 열었고 각종 파티와 결혼식을 진행했다. 몇 년 동안은 사업이 아주 잘돼서 가족 모두 매달렸다. 하지만 아버지는 꿈이 지나치게 많았다. 송어 낚시용 호수를 파고 싶어 했고, 골프장을 만들고 싶어 했지만 어떤 계획도 제대로 마무리되지 않았다. 우리는 빚에 짓눌렸고 어느 날 갑자기 나는 가족 회사를 떠났다.

"그때 이미 기나긴 여행을 꿈꿨나요?"

사람들은 이런 질문을 자주한다. 다른 곳에 대한 애정과 모험을 갈망하는 성향이 태어나기 전부터 유전자 어디엔가 새겨져 있기라도 한 것처럼 말이다. 내가 아니라고, 그런 생각은 잠깐 스친 적조차 없다고 대답하면 사람들은 때때로 실망하는 기색을 보인다. 나는 내 땅, 내 가족, 내 삶을 사랑했다. 그런데 한 가지 사실만은 확실히 알고 있었다. 어떤 대가를 치르더라도 내 인생의 주인은 나 자신이 되어야 한다는 것이었다.

어렸을 적에 1년 동안 기숙 학교에서 지냈는데 그 시절의 혹독한 기억이 뚜렷이 남아 있다. 매일 정해진 시간에 한 줄로 나란히 서서 이를 닦고, 침대를 정리하고, 좁디좁은 방에 들어가야 했다. 기숙 학교를 운영하던 수녀님들은 아이들의 품행 점수를 매겨서 게시판에 붙여놓았다. 이름 앞에 노란 꽃이 붙어 있으면 우수한 학생이라는 뜻이었다. 파란 제비꽃, 빨간 카네이션, 그리고 보라색 데이지꽃이 있었는데, 데이지꽃은 열등생을 의미했다. 매주 게시판을 확인할 때마다 목구멍 속에서부터 떨려왔다. 어떤 날은 내 이름이 열등생들의 무리에 있을 때도 있었다. 회사라고 다를까? 나는 늘 내가 회사를 운영할 거라고 생각했다. 그렇지 않으면 회사라는 곳에 다닐 이유가 없었다. 그 게시판 앞에서 나는 마음속 깊이 다짐했다. 자유롭게 사는 것만이 삶이라는 이름에 걸맞다고. 자유가 삶보다 더 중요하다.

학교에서 우등생이었던 적은 한 번도 없었지만 그림은 잘 그렸다. 재능이 있다고 말해주는 사람들도 있었다. 나는 페인트통 몇 개를 사서 간판 회사를 차렸다. 얼마 동안은 트럭에 예쁜 글씨를 써주는 일을 했다. 그러다가 회사가 커지면서 동업자를 구하고, 직원을 채용하고, 창고를 구입했다. 영업도 잘해서 우리가 만든 네온사인이 올림픽 주경기장을 밝히기도 했다. 아마 그때가 내 인생 중 가장 '정상적'이고 가장 생산적인 시기였던 것 같다. 나는 열심히 일했고, 똑 부러지게 말했고, 계약을 줄줄이 따냈고, 시장을 개척했다. 마치 자석처럼 돈이 달라붙는 것 같았고 그래서 기뻤다. 그 시기에 내 운명의 짝을 만나기도 했다.

뤼스는 내 첫 번째 아내와는 많이 달랐다. 변함없고, 성숙하고, 지적이었다. 나보다 나이가 많았지만 우리 영혼은 첫눈에 서로를 알아보았다. 나는 간판을 파는 단순한 남자였지만 그녀는 신비롭고 영적이었다. 뤼스가 나를 자유롭게 해주었다.

그때까지 내가 가본 여행이라곤 미국의 올랜도와 라스베이거스에서 열리는 네온사인 박람회에 참석한 것뿐이었다. 하지만 뤼스는 인도, 네팔, 이스라엘, 이집트에 다녀왔고, 재미있는 이야기도 아주 많이 알고 있었다. 우리가 같이 보낸 첫 번째 여름, 뤼스가 들려주는 아서 왕과 마법사 멀린의 전설과 성전 기사단의 이야기와 함께 마법 같은 시간을 보냈다. 뤼스가 칭기즈 칸의 정복에 관한 이야기를 해준 후부터 나는 아버지가 물려준 그롤리에 장서에 포함된 지도책을 저녁마다 펼쳐보았다. 뤼스의 환상적인 이야기는 내게 세상을 열어주었고, 인생을 다른 차원으로 바라보게 해주었다. 그때 나는 벌써 마음속으로 여행을 시작했다. 한 고객의 집에서 쪽빛 바다에 배 한 척이 떠가는 여행 전단지를 우연히 보고 나는 샹플랭 호수와 생로랑 강 하구에서 요트 수업을 받기 시작했다. 그리고 우리 집 뒷마당에서 배를 만들기를 꿈꿨다. 무아트시에(프랑스 항해가이자 작가), 타발리(프랑스 항해가) 같은 뱃사람들의 이야기에 푹 빠져서 마냥 마음이 설렜다. 어렸을 적에도 프로펠러가 달린 배를 만들겠다는 엉뚱한 꿈을 꾼 적이 있었다.

"그건 안 될 말이다, 얘야."

할아버지는 그렇게 말씀하셨지만 나는 계속 꿈꿨다. 언젠가는 뱃사람이 될 거라고, 언젠가는 내가 직접 만든 배에 닻을 올릴 거라고, 또 언젠가는…….

어쩌면 인생이 그렇게 흘러갈 수도 있었다. 아버지가 헛된 꿈을 낚아올릴 호수를 팠듯이, 나도 남은 인생 동안 꿈의 조각들을 그러모으면서 살았을지도 모른다. 수많은 몽상가들이 그러듯이 이글거리는 시심, 격정의 불꽃들을 환상 속에 숨겨둔 채 아무렇지도 않은 듯 살아갈 수도 있었다.

하지만 폭풍우가 몰려와서 내 인생을 모조리 쓸어가버렸다.

1998년 1월 5일, 퀘벡 주 남동부 지방에 무시무시한 얼음 폭풍이 몰아쳤다. 땅바닥에 닿으면 곧바로 빙판이 되는 차가운 폭우가 5일 동안 쏟아져 생활이 완전히 마비되었다. 얼음비는 집들과 철탑에 쌓여갔고, 우리는 폭풍우 한가운데 '암흑의 3각 지대'에 빠진 집 안에서 얼음이 단풍나무와 전깃줄을 짓누르는 모습을 겁에 질려 내다보았다. 다행히 우리는 장작 난로가 있어서 전기가 끊겨도 난방을 할 수 있었지만 주변 사람들은 세상이 곧 끝날 것 같은 분위기에 휩싸여 있었다. 수천 명의 주민들이 군대가 지켜주는 이재민 수용소에 피신해서 삶의 터전이 무너지는 모습을 속절없이 지켜보았다.

혹독한 추위 때문에 얼어죽은 사람도 있었다. 얼음 폭풍이 영원히 끝나지 않을 것 같았고 우리는 얼어붙은 암흑 속에서 영원히 머무르는 벌을 받은 것만 같았다.

전기가 복구되는 데 한 달 이상 걸렸다. 하지만 정신적인 충격은 여전했다. 허리를 강하게 한 방 얻어맞은 것처럼 시간이 지나도 완전히 회복되지 않았다. 내 사업은 당연히 크게 흔들렸고 고객들이 주문한 네온사인 설치도 늦춰졌다. 오랫동안 주문이 없어서 초창기부터 함께 일했던 직원 몇 명이 회사를 떠났다. 나는 매일 고개를 푹 숙이고 공장에 기를 쓰고 매달렸다. 정부에서 주관하는 회사 지원 프로그램의 혜택을 받고 있었기 때문에 어떻게든 사업을 정상 궤도에 올려놓아야 했다. 그러나 차디찬 바람이 그때까지 내가 뒤집어쓰고 있던 자본주의의 단단한 껍데기를 너덜거리게 만들었다. 나는 벌거벗고 약해진 기분이 들었고 이 위기에서 결코 빠져나올 수 없을 것만 같았다. 결국 회사는 부도가 났고 나는 다른 간판 회사의 영업직 일자리를 구했다.

매일 아침 양복을 입고 고객들에게 물건을 팔러 가서 똑같은 말을 되풀이했다. "기획 개발, 마케팅, 새로운 시장, 제품, ……."

그리고 차 안에서 울었다. 우울증에 걸린 게 분명했다. 하지만 우울증은 약을 먹으면 나을 수 있는 병이 아닌가? 가끔 자살을 생각했다. 나는 마흔세 살이었고 돈을 벌기 위해 죽어가고 있다는 기분이 들었다.

스트레스를 풀려고 걷고 달리기 시작했다. 내 몸을 내 마음대로 움직일 수 있다는 느낌이 드니 어쩐지 마음이 놓였다. 마치 내가 지배할 수 있는 유일한 세계는 내 몸뿐인 것 같았다. 생각이 제멋대로 흘러갔다. 늘 돈에 매력을 느꼈다. 돈은 현대 사회에서 존재할 수 있는 유일한 방법이니까. 돈을 벌지 못하면 하찮은 인간이다! 나는 이런 게임을 당연한 듯 받아들이며 인생을 꾸려왔고 규칙을 아주 잘 알았다. 나는 뭐든 팔 줄 아는 유능한 장사꾼이었다. 예전에 나는 동료들보다 더 많이 얻으려고 애썼고, 팔꿈치로 경쟁자를 그악스럽게 밀어냈고, 직설적으로 말했고, 복잡한 전략을 세웠다. 때로는 완벽하게 치사한 사람처럼 행동했고 아니꼬워도 현대 사회에서 살아남기 위해서는 어쩔 수 없다고 생각했다. 그런데 내가 세웠던 모든 가치가 갑작스럽게 무너지고 있었다. 무엇으로 대체해야 할까? 남은 인생을 어떻게 살아야 할까? 내 속에 있던 무언가가 산산조각 나서 경쟁적인 사회를 더는 견딜 수 없을 것 같았다. 막다른 벽에 몰려서 옴짝달싹할 수 없는 기분이었다. 깊이 있고 인간적인 가치가 필요하다고 생각했지만 내게 무엇이 부족한지조차 알 수 없었다. 도망치고 싶었지만 어디로 도망쳐야 할지도 몰랐다.

죽으면 빠져나갈 수 있을 터였다. 하지만 좀 더 극단적이고 위험하고 미친 쪽으로 가고 싶었다. 영혼을 잃어버렸으니 찾으러 떠나야만 했다.

1999년 11월의 어느 날, 비외포르 강변 쪽으로 돌아오던 중에 자크카르티에 다리를 건너 생트엘렌 섬 방향으로 오랫동안 조깅을 하고 있다가 갑자기 문득 이런 생각이 떠올랐다. 내가 어디까지 더 갈 수 있을까? 그리고 거리를 계산해보기 시작했다. 국경까지 가서 뉴욕, 텍사스, 멕시코까지 가는 데 시간이 얼마나 걸릴까? 그다음은? 인간이 달려서 세계 일주를 하는 데 시간이 얼마나 걸릴까?

그런 엉뚱한 생각에 빠져 있자니 우울증은 어느새 온데간데없이 사라져버렸다. 집에 돌아가자마자 나는 잔뜩 흥분해서 세계 지도를 꺼내들고, 컴퍼스를 손에 쥔 채 다양한 여행 코스를 그려보았다. 가능할 것 같았고, 가능해야 했다. 그 뒤로 수개월 동안 몰래 지도 여러 장에 여행 경로를 공들여 짜보았다. 뤼스는 아무런 의심도 하지 않는 것 같았지만 누군가 다른 사람에게서 내가 미치지 않았다는 얘기를 들어야 했다. 그래서 나는 공원에서 만난 노숙자, 달리는 내게 물을 권한 소방관들, 직장 동료들에게 내 계획을 말해주고 의견을 물어보았다. 그러던 어느 날 마침내 완벽한 계획이 완성되었다. 나는 5개 대륙을 횡단할 것이며 쉬지 않고 달리면 6년이 걸릴 터였다.

몸속에 새로운 힘이 퍼져나가는 느낌이었다.

선언

2000년 8월 18일로 날짜를 못 박아두었다. 그날은 내 생일이고 내가 변화하는 날이 될 터였다. 걷는 남자 장이 간판장이 벨리보를 뒤로 하고 눈앞에 펼쳐진 세상을 삼키러 가는 것이다. 모험을 떠나기에 앞서 몸 상태도 점검했다. 필요한 백신들도 맞고 다양한 검진도 받았다. 발 전문의에게 검진을 받고 내가 평발이라는 사실을 처음으로 알게 돼서 기분이 썩 좋지 않았지만 교정 장치도 착용했다. 계획은 완벽했고 결심은 확고했다. 하지만 가장 고통스러운 단계가 남아 있었다. 뤼스와 식구들에게 내 결정을 알리는 일이었다. 그들이 어떻게 반응할지 전혀 알 수 없었지만 날짜가 다가올수록 그 문제를 생각하면 가슴이 답답해졌다. 식구들이 내 꿈을 좌절시킬까 걱정이 되어 떠나기 바로 직전에 알리기로 결심했다. 식구들에게 시간을 주면 안 될 것 같았다. 언젠가 뤼스가 말했다.

"아주 중요한 꿈이 있을 때는 사라져 버리지 않게 소중히 간직해야 해."

떠나기 4주 전인 7월 23일 아침, 나는 뤼스가 식탁에서 아침 식사를 준비하느라 분주히 움직이는 소리를 들으며 조깅복을 입었다. 진날 밤에 잠을 통 못 자서 붕 뜬 기분이 들고 긴장된 상태였는데, 그런 내 모습이 좀 이상해 보였는지 뤼스가 물었다.

"무슨 일 있어?"

"할 말 있어."

내 침울한 목소리에 뤼스가 얼어붙은 듯 멈춰 섰다.

"원점으로 되돌아가기로 했어."

내가 손가락으로 허공에 원을 그리자 차가운 침묵이 내려앉았다. 그때 문득 뤼스가 내 자살 예고라도 들을 거라 상상하는 게 아닌가 하는 생각이 들었다. 그래서 나는 단숨에 준비한 말들을 쏟아내고 여행 계획을 이야기해 주었다.

"도보로 세계 일주를 할 텐데 한 10년쯤 걸릴 거야. 그래서 훈련을 하는 거야. 마라톤을 할 생각이거든."

"먹고 자는 건 어떻게 할 건데?"

"여행하면서 만나는 사람들 집에서 재워달라고 할 거야. 기부도 부탁할 거고. 유모차를 하나 구했어. 거기에 짐을 넣고 다닐 거야."

뤼스는 고집스럽고 솔직했다. 이 짧고 비현실적인 대화를 나눈 후 기나긴 침묵이 이어졌고 그 침묵 속에 나는 그녀의 눈 속에 온갖 감정이 무지개처럼 지나가는 걸 보았다. 뤼스의 질문은 마치 게시판에 써서 걸어놓은 것처럼 직접적이고 구체적이었다.

"중간중간 집에 들를 거야?"

"아니. 10년 동안 세계 도보 일주를 완전히 다 한 다음에 돌아오려고 해. 당신이 날 보러 올 수 있을 거야."

"우리가 헤어지길 바라는 거야?"

"아니, 물론 아니지! 당신을 사랑해. 계속 같이 있고 싶어. 하지만 난 떠나야 해. 당신도 자유를 찾아 떠나고 싶으면 그렇게 해. 나는 이해하니까. 결정은 당신한테 달려 있어."

모든 것이 그 몇 분 사이에 결정되었다. 나는 눈이 먼 채 전혀 모르는 세계로 한 발자국 내디뎠다. 발을 내민 곳이 절벽인지도 몰랐지만 시간이 지날수록 조금씩 땅이 굳어지는 느낌이 들었다. 영원히 끝나지 않을 것 같은 몇 분이 흐른 뒤 뤼스가 내 눈을 똑바로 바라보며 말했다.

"그래, 우리 한번 해보자."

우리는 와락 끌어안았고 재빨리 구체적인 이야기를 시작했다. 나는 뤼스에게 지도, 계획서, 거리 계산 등 자료들을 보여주었다. 자료를 보자 뤼스가 외쳤다.

"평화를 기원하는 세계 도보 일주를 하는 게 좋겠어!"

뤼스는 정말 행동가였다. 나는 도망칠 생각만 하고 있었는데 그녀는 벌써 여행의 명분을 찾아냈다.

우리는 커피 잔 여러 개와 지도를 앞에 두고 머리는 헝클어지고 눈은 빨개진 채 화난 표정으로 각자 팔짱을 끼고 있었다. 그때 내 아들 토마가 나타났다. 토마는 끈으로 이은 롤러스케이트를 목에 건 채 스무 살짜리 특유의 무심한 분위기를 풍기며 문간에 서 있었다.

"달려서 세계 일주를 할까 해. 8월 18일에 떠날 거야."

내 말에 토마가 해맑게 웃음을 터뜨렸다. 샘물이 흐르는 것처럼 맑던 그 웃음소리를 생각하면 지금도 마음이 환해진다. 그 아이는 딱 한마디만 했다.

"끝내주네요!"

정말이지 놀랍게도, 나는 여행에 순순히 협조해줄 거라고 멋대로 확신했던 몸뚱이 말고는 준비한 게 거의 아무것도 없었다. 떠나기 전 3주 동안 필요한 것들을 준비하느라 시간이 폭풍처럼 흘러갔다. 뤼스의 박봉으로는 내 여행비를 댈 수가 없어서 우선 경비 조달처부터 알아봐야 했다. 내가 회사를 그만두면 계좌에 약 4000달러 정도 남을 터였고 세계 일주 경비는 그걸로 충당해야 했다. 내가 구해서 수리한 바퀴가 세 개 달린 유모차는 침낭, 여행용 가방, 옷가지 몇 개, 구급함 같은 생필품을 싣고 다니기에 충분할 것 같았다. 떠나기 이틀 전에 겨우 텐트를 하나 샀다. 딱히 미식가도 아니고 차가운 통조림만 먹어도 충분할 것 같아서 버너는 싣지 않았다. 그리고 실제로 다니다보니 필요한 건 다 구할 수 있었다. 바퀴 수선용 접착 고무와 손전등 등. 도보 일주를 하는 데 필요한 건 거의 없다. 필요한 건 두 다리, 바퀴 세 개, 결단력, 그리고 무엇보다 사랑이다. 이걸 잘 기억해두기 바란다. 사랑이 없었으면 나는 이 도보 여행을 결코 끝내지 못했을 것이다.

마침내 떠나는 날이 되자 심장이 터질 것만 같았다. 아버지가 웃으며 했던 말이 떠오른다.

"나도 너처럼 떠나고 싶었단다. 어서 가거라, 아들아."

어머니는 울면서 나를 꽉 잡고 말했다.

"꼭 가야 한다면 가야겠지."

당시 임신 3개월이던 내 딸 엘리자 제인이 말했다.

"달려요, 달려, 포레스트!"

2000년 8월 18일 아침 9시, 울프 가와 생트카트린 가 모퉁이에 십여 명의 사람들이 작은 유모차를 둘러싸고 몸을 들썩이며 서 있었다. 이 유쾌한 동네 벽에는 무지개 색 깃발이 걸려 있었다. 뤼스는 내 모험 이야기가 언론의 폭발적인 관심을 끌고 캐나다 곳곳에서 성금이 몰려들 거라고 생각해서 기자들에게 8시에 오라고 연락을 했다. 하지만 아무도 오지 않았다. 아버지는 어색하게 웃으며 내게 작은 파란색 가방을 건넸다.

"나중에 열어 봐."

엘리자 제인은 눈물을 훔쳤고 뤼스는 아무 말 없이 서 있었다. 우리는 오랫동안 꼭 껴안았다.

그리고 나는 떠났다.

다리 중간에 이르러 나는 아버지가 준 가방을 열어보았다. 그 안에는 지폐 500달러 묶음과 내가 가장 좋아하는 롤치즈 한 봉지가 들어 있었다.

- 신의 가호가 있기를
- 멕시코라는 탈출구

북아메리카

| 과테말라, 과테말라 나홀라. 밭에서 돌아오는 80세 노부부

• 2000년 8월 19일~2001년 2월 25일
미국

신의 가호가 있기를

그곳은 전원풍으로 장식된 아담한 빨간 벽돌 건물이었다. 내 앞에는 221번 도로가 똑바로 뻗어 있었고, 도로 양옆으로 옥수수밭이 펼쳐져 있었다. 도로는 저 멀리 까마득하게 어두운 숲으로 이어졌다. 나는 세계 최강대국의 출입을 결정하는 국경 검문소가 좀 더 위압적인 곳일 거라고 상상했었다. 잠깐 멈춰 서서 유모차에 걸어둔 작은 널빤지에 남자가 지구 위를 걷는 그림을 그렸다. 미국 국경 경비대원들에게 내가 여행을 왜 하는지 알려주고 싶어서였다. 나는 약간 들떠 있었는데 아마도 아침에 요란스럽게 일어났기 때문인 듯했다. 어떤 젊은 여자가 자기 집 뜰 안쪽에 텐트를 쳐도 된다고 허락해 주었는데 밤사이에 들어온 그녀의 남편과 아버지가 새벽 5시에 경찰까지 동원해서 나를 내쫓았다. "어서 나가요! 남의 집에서 무슨 평화를 기원한다고 그래요!"

이렇게 가끔 부랑자 취급을 받는 것에 익숙해져야 했다. 어찌됐든 나는 딱 부랑자 꼴이지 않은가? 낮에는 어슬렁거리며 돌아다니다가 밤에는 다리 밑에서 자는 처지니 말이다. 차이점이라면 나는 목표가 있다는 것이다. 오늘은 국경을 넘는 게 내 목표이다.

콧수염을 기르고 배가 나온 경비대원이 궁금하다는 표정으로 내 유모차를 바라보며 내게 손짓을 했다. 나는 그에게 검은 수첩을 내밀었다. 수첩에는 몬트리올 시장이 여행에 도움이 되라고 영어로 써준 소개장이 붙어 있었다. 그런 다음 나는 영어로 우물거리며 설명했다.

"저는 몬트리올에서 왔고 이름은 장 벨리보예요. 도보로 세계를 여행하고 있고 어디를 갈 거냐면 멕시코, 남아메리카, 남아프리카, 그리고……."

경비대원은 온화한 표정으로 내 말을 듣더니 가도 좋다는 손짓을 했다. 단지 그뿐이었다. 내가 국경을 통과하자 그는 친절하게도 국경 검문소 안에서 내 물통에 물을 채워 가라고 권했다.

"행운을 빌어요! 미국에 오신 걸 환영합니다"

그게 다였다. 나는 미국에 첫발을 내디뎠고 일이 너무 쉽게 풀려서 얼떨떨했다. 모든 국경이 이렇게 넘기 쉽다면 머지않아 세계 일주하는 사람들이 넘쳐날 것 같았다. 샤지, 키스빌, 허드슨폴스,……. 첫 며칠이 마치 꿈처럼 흘러갔다. 뤼스는 내가 안전하게 다니려면 언론에 알리는 것이 가장 좋은 방법이라고 생각해 몬트리올에서 온갖 기자들에게 내 여행을 알리려고 애를 썼다. 어떤 동네에서는 사람들이 나를 기다리고 있었다는 듯이 반갑게 맞아주는 걸 보니 벌써 언론사 몇 군데에서 기사가 나온 것 같았다. 집 앞에 있던 사람들이 내게 인사를 건네고 차들이 요란스럽게 경적을 울려댔다.

"어서 가요, 어서 가! 뉴욕이 기다리고 있어요!"

마치 스타라도 된 것 같은 기분이었다. 저녁이 되면 친절한 가족들이 나를 집에 재워주었다. 놀랄 정도로 융숭한 대접이 줄줄이 이어졌고 내 여행에 대해 하도 감탄들을 해대서 가끔 마음이 불편해지기까지 했다.

여행 2주째 되는 날 뉴욕에 도착했다. 나는 유엔 본부에서 코피 아난 사무총장을 만나고 유명한 토크 쇼들에 초대 손님으로 나갈 거란 생각에 잔뜩 들떠 있었다.

어찌나 순진했던지!

유모차를 밀고 가을빛이 완연한 센트럴 파크를 가로질러 유엔 본부까지 갔다. 반팔 티셔츠에 반바지를 입고 우스꽝스럽게 생긴 유모차를 미는 남자가 양복 차림에 서류 가방을 들고 본부 밖으로 나오는 직원들에게 말을 붙이고 있으니 꽤나 이상해 보였던가 보다. 날 불쌍히 여긴 카메라맨 한 사람이 말을 걸어왔다.

"여기서 뭐 하세요?"

"뭐 하긴요, 코피 아난 사무총장을 만나러 왔죠. 지금 계세요?"

그는 내 털북숭이 장딴지와 유모차에 꽂은 조그만 퀘벡 주 깃발을 찬찬히 보더니 슬픈 표정으로 고개를 저었다.

"아저씨는 저기 들어가면 안 돼요. 캐나다 영사관에 가보셔야 할 것 같아요."

자신감이 순식간에 산산조각 났다. 나는 외국의 대도시 한복판에서 잘 곳도 없이 깡마르고 지친 모습으로 서 있었다. 록펠러 센터까지 되돌아가서 같은 차림으로 영사관에 가니 당황한 창구 여직원이 나를 부랑자 취급하며 몬트리올로 돌아가는 버스표를 주겠다고 제안했다. 하지만 내가 여행을 하는 중이라고 끈질기게 주장하자, 그녀는 전화번호부를 뒤져 마침내 나를 재워줄 만한 천주교 공동체를 찾아주었다. 생 장 바티스트 성당에서 수도원 분위기가 물씬 나는 아담한 방을 내주었고, 그곳에서 나는 아흐레를 머물면서 유엔 본부 내부로 잠입해서 내 도보 여행을 알리기 위한 복잡한 계획을 세웠지만 결국 아무런 성과도 없었다.

9월 11일 아침, 다시 길을 떠나기로 하고 이번에는 좀 더 소박한 계획에 집중하자고 다짐했다. 스태튼아일랜드를 떠날 때 남은 돈이 겨우 12달러밖에 없어서 노숙자 쉼터에서 잠자리를 해결하면서 주말까지 겨우 버텨 보기로 했다.

하루는 저녁에 작은 마을을 지나가는데 사람들이 벌써 잠들었는지 거리가 텅 비고 쥐새끼 한 마리 얼씬거리지 않았다. 캄캄한 하늘은 조용히 그르렁거리며 폭풍우를 예고하고 있었다. 나는 성당처럼 보이는 건물 앞에 멈춰 서서 잠시 망설이다가 삐걱거리는 문을 살며시 밀어보았다. 예수를 안고 있는 마리아상이 있고 그 주변 벽에 명패가 빽빽하게 박혀 있다. 묘지였던 것이다!

어둠을 뚫고 번개가 내리꽂히고 곧이어 비가 퍼붓기 시작했다. 나는 아무 말 없이 땅바닥에 조심스럽게 침낭을 펴고 죽은 사람들이 내게 잘 자라고 인사를 건넨다는 상상을 하며 그들 사이에서 잠을 청했다. 아침이 되자 나는 묘지 문을 뒤로 한 채 망자들의 잠을 방해한 것에 대해 조금은 부끄러운 마음을 느끼며 도망치듯 빠져나갔다.

도로를 따라 걷다보니 벌써 가을빛이 선명한 자연 속에 점점이 박힌 예쁜 마을들이 나타났다. 하지만 저녁이 되어도 잘 곳이 없어서 온몸이 근육이 쑤셔도 나는 계속 달려갔다. 평화로워 보이는 집들과 커튼 사이로 어른거리는 푸르스름한 텔레비전 불빛들을 훔쳐보면서 나는 생각했다.

'내가 지금 여기서 뭐 하는 거지?'

배가 고프고 무릎이 아픈데 미친놈처럼 달리고 있었다. 그냥 비행기를 타기만 하면 내일이라도 뤼스와 함께 집에 있을 텐데. 하지만 이내 다른 생각이 떠올랐다. 집에 돌아가면 다시 일하러 가야 한다. 그 생각을 잠깐 하는 것만으로도 고문을 당하는 것처럼 괴로웠다. 고통에는 고통으로 맞서라는 말처럼 나는 차라리 계속 가는 걸 택하겠다. 나는 비관적인 생각에 잠긴 채 필라델피아까지 잰걸음으로 걸어갔다. 필라델피아는 펜실베이니아의 주도인데, 도시 변두리는 음산하고 가난한 티가 줄줄 흘러 마치 교도소 앞뜰을 가로질러가는 기분이었다. 마음 좋은 사람들 몇 명한테 충고를 들었다.

"누구와도 눈을 마주치지 말고 손목시계는 주머니에 감춰요."

밤이 이슥해져서 나는 잘 곳을 찾아야 했다. 유모차를 교회 뒤편에 숨겨놓고 나란히 서 있는 작은 집들을 하나하나 살펴보니 하나같이 창문에 두꺼운 쇠창살을 달아놓고 아무도 문을 열어주지 않았다. 설상가상으로 문틈 사이로 찰칵거리며 자물쇠를 이중 삼중으로 잠그는 소리까지 들렸다. 이런 데서는 도저히 머물 수 없겠다 싶어서 다른 곳으로 빠져나가려는데, 젊은이들이 나를 둘러싸고 유모차를 마구 흔들어대며 시비를 걸어왔다. 의지에는 의지로, 힘에는 힘으로 맞서야 하니 그들을 완력으로 밀어내긴 했지만 기분이 무척 좋지 않았다. 나는 폭력을 끔찍하게 싫어했기 때문이다. 앞으로 이런 상황을 피할 방법을 배워야겠다고 생각했다. 조금 떨어진 곳에서 은퇴한 노부부가 겁에 질려 눈을 크게 뜨고 있어서 길을 물어보았다.

"그쪽으로 가면 안 돼요. 죽을지도 몰라요!"

노부인이 수녀원에 바래다 주었지만 수녀들은 모두 외출을 했다. 노부인 자신도 며칠 동안 다른 데 간다고 했다. 경찰은 여기까지 오지 않고 택시도 마찬가지였다. 피자집의 낮은 층계 위에서 한 남자가 내게 충고했다.

"지금 당신이 할 수 있는 건 딱 하나밖에 없어요. 남쪽으로 한 10킬로미터쯤 쉬지 말고 계속 가요. 잰걸음으로 빠르게 걷고 아무한테도 말 걸지 말아요. 신의 가호가 있길!"

이 말을 듣자 두려움이 목을 죄어오고 아드레날린이 솟구쳤다. 이곳을 당장 빠져나가야 한다!

두 시간 동안 미친 듯이 달리자 꽃이 가득 핀 정원으로 둘러싸인 예쁜 주택가에 도착했다. 그곳에서 나는 잠시 멈추고 숨을 고르며 생각했다. 미국은 이런 곳이다. 가장 좋은 것과 가장 나쁜 것이 함께 있는 나라. 심오한 가치들을 중심으로 국민들이 하나가 될 수도 있지만, 상상을 초월하는 불평등을 묵인하는 모순의 땅. 세계에서 민주주의가 가장 발달한 나라에서 사람들은 두려움에 마비된 채 스스로 쇠창살을 달고 감옥 같은 곳에서 갇혀 지낸다.

넓디넓은 세상에서 살아남으려면 대도시에 익숙해지는 법을 배워야 할 터였다. 필라델피아에서 빠져나오면서 다리를 건너자마자 나는 고속

도로, 간선 도로, 공항 도로가 마구 뒤엉킨 미로에 꼼짝없이 갇혔다. 내가 그 미로를 겨우 비집고 들어갔을 때 도로는 이미 꽉 막혀 있었고 어디로 빠져나가야 할지 도무지 알 수 없었다. 공항 미니버스 운전사들이 내게 제대로 된 방향을 알려주었는데, 그들은 '세계 일주 여행자'를 보고 당황스러워했고 죽고 싶어 안달 난 미친 사람이라고 생각하는 것 같았다. 그래도 상관없었다. 내 머릿속에는 오직 이 도시를 빨리 빠져나가야겠다는 생각밖에 없었으니까!

시골 풍경이 펼쳐지니 마음이 놓였다. 나는 고생도 귀중한 배움의 기회라고 애써 생각하며, 다시는 똑같은 실수를 하지 않겠노라고 다짐했다. 하지만 앞으로 가야 할, 미국보다 덜 부유한 나라들을 생각하니 걱정이 앞서다 못해 등골이 오싹해질 지경이었다. 필라델피아가 이렇게 식은땀이 날 정도인데 아르헨티나의 부에노스아이레스, 이란의 테헤란, 인도의 델리 같은 데에선 어떻게 살아남을까?

"생각은 그만해. 왜 달리는지, 달리는 것 자체에만 집중해. 그게 제일 중요한 거니까."

뤼스가 전화로 설교를 늘어놓았다. 물론 그녀가 옳았다. 게다가 순전히 실용적인 관점에서 본다면 나는 기분 좋을 만한 이유가 있었다. 12달러로 1주일도 더 넘게 버틸 수 있었던 것이다. 미국인들은 약간 정상이 아닌 일에 지나칠 정도로 열광을 하는 경향이 있어서 나를 '포레스트 검프'라고 부르며 환한 얼굴로 돈을 찔러주는 사람들을 매일 한 명씩은 만났다. 나를 보며 웃는 사람들이 있는 건 좋았지만 상황이 불안정하다 보니 이상한 버릇이 생겼다. 마치 안정된 생활에 지나치게 익숙한 내 무의식이 모험을 계속하는 것에 격렬히 저항하는 것 같았다. 나는 결핍이 두려워졌다. 며칠 전부터 어쩔 수 없이 숲에서 여러 번 자야 했는데, 결핍이 두렵다는 생각이 머릿속을 떠나지 않더니 마침내는 음식에 대한 집착증으로까지 발전했다. 언젠가부터 길가에 놓인 쓰레기를 자세히 관찰하는 걸 깨닫고 나는 깜짝 놀랐다. 유리병, 플라스틱병, 사탕 종이, 케이크 상자 등 곳곳에 버려져 있는 쓰레기들을 볼 때마다 멈춰 서서 그 안에 먹을 것이 남았는지 살펴보았다. 쓰레기통을 뒤지고 싶은 걸 꾹 참기도 했다. 각종 도구들, 나무, 금속, 플라스틱 등 뭐든 버려진 걸 보니 웬 낭비인가 싶었다. 돈을 버리는 사람들도 있었다! 아스팔트 도로 위에서 반짝이는 동전들을 샅샅이 찾아내서 주운 적이 여러 번 있다. 문득 그런 생각이 들었다. 내 생존 본능이 엄청나게 높이 치솟았다가 밑으로 뱅글뱅글 추락하는 건 아닐까. 생존 본능이 바닥에 떨어지기 전에 마지막으로 폭발적으로 발휘되고 있는 건 아닐까. 실제로 내 강박증은 곧 사라지고 다른 관심사가 머릿속을 채웠다.

내 여행이 사람들 입에 오르내리려면 어떻게 해야 할까? 후원자들을 찾아야 한다는 생각을 하면 마음이 괴로웠다. 뤼스는 기자들에게 내 이야기를 알리느라 날마다 분주했고, 나는 동네를 지나갈 때마다 마주치는 사람들에게 입이 닳도록 이야기를 했다. 내가 어린이들의 평화를 기원하며 도보 세계 일주를 하고 있다고 이야기하면 사람들의 눈빛이 부드러워졌고 여기저기에서 칭찬이 들려왔다.

"정말 훌륭한 일을 하시네요."

"우리에게 희망을 주시는군요."

"용기가 대단하세요!"

사람들이 기대하지도 않았던 호의적인 반응을 보이는 것만으로도 기뻐서 후원자나 내 계획을 전폭적으로 밀어줄 큰손을 찾지 못한다 해도 실망하지 않았다. 그래도 내심 워싱턴에 가는 걸 무척 기대하긴 했다. 예전부터 가족끼리 알고 지내는 기라는 친구가 언론계에서 일하고 있었고, 그 집에 초대를 받았기 때문이다.

9월 말 기의 집에서 우리는 와인 잔을 앞에 두고 내가 왜 도보 세계 일주를 할 수밖에 없었는지에 대해 오랜 시간 이야기를 나누었다. 그런데 그는 여행을 하면서 내가 느낀 실망감을 위로해주긴 했지만 도와주겠다는 말은 한마디도 하지 않았다. 며칠 뒤에 그는 뤼스에게 편지를 한 통 보냈는데, 그 내용이 내 마음을 깊이 뒤흔들었다. 그는 세계 일주를 하는 내 '의도'가 그리 새로운 게 아니며, 무엇보다 내 진정성이 의심된다며 이렇게 썼다.

"장은 전쟁에 어린이들이 이용된다는 것에 대해 그리 많은 이야기를 하지 않았어요. 그 친구는 도보 여행을 그저 개인적인 도전으로 생각하는 것 같더군요. 우리가 어떤 명분을 가지고 행동할 때는 거기에 관심을 가져야 하는 책임이 있어요. 그렇지 않으면 헌신하기보다 자신을 위해 그 명분을 이용하게 되죠. 하지만 아직 늦지 않았어요. 장은 이제 겨우 시작 단계니까요."

며칠 동안 나는 깊은 숲 속에서 자며 아무도 만나지 않고 조용히 틀어박혀 생각해보았다. 기가 옳은 걸까? 내가 진실하지 않았던 걸까? 처음에 나는 여행에 명분을 붙이는 것에 그저 코웃음만 쳤다. 하지만 내게는 여행의 명분이 필요 없더라도 뤼스에게는 필요했다. 내가 없는 걸 견뎌내기 위해, 이 미친 짓에 의미를 부여하고 그녀의 인생에서 10년을 희생해도 아깝지 않을 공동의 계획으로 만들기 위해서는 명분이 필요했다. 기가 옳았다. 나를 후원해주는 사람들의 너그러운 마음을 이용할 권리가 내겐 없었다. 희망을 전하기 위해서 나는 어린이들의 권리를 보호한다는 명분에 완전히 헌신할 책임이 있었다. 하지만 어떻게? 어느 날 아침 나뭇잎 사이로 비치는 신선한 아침 햇살을 맞으며 문득 계시를 받은 것처럼 깨달았다. 이 명분을 내가 굳이 '실천'하려고 할 필요가 없다. 나는 그저 선하고, 공정하고, 나무랄 데 없이 행동하면 된다. 내가 늘 옳다고 생각하던 대로, 대화와 관용의 원칙에 따라 행동하면 된다. 어린이가 평화를 누리기를 바란다면 나 자신이 '평화'가 되자. 그러면 여행하면서 만나는 사람들을 설득할 수 있으리라.

11월 3일에 애틀랜타에 도착했는데 무릎이 끔찍하게 아팠다. 며칠 전부터 왼쪽 다리에 심하게 쥐가 나서 다리를 절뚝거렸다. 기지개도 펴고, 달리는 방식을 바꾸려고 해봤지만 아무 소용이 없었다. 내 몸은 매일 오랜 시간 달리는 걸 견디지 못했다. 해결책은 간단하고 분명했다. 포레스트 검프 흉내는 그만 내고 나머지 일정은 걸어다니는 것이다. 시간은 더 많이 걸리겠지만 그렇게 결정하니 한결 마음이 놓였다. 느긋하게 길을 걸으면서 이런저런 생각들이 흘러가도록 내버려두는 것도 좋았다. 평생 처음으로 고독을 느꼈는데 놀랍게도 아무렇지도 않았다. 오히려 그 순간을 음미하며 여러 가지 생각을 했고, 유모차의 바퀴가 아스팔트 위를 굴러가는 걸 보며 기분 좋게 몽롱한 기분을 느꼈다. 나는 꿈을 꾸고, 생각하고, 여러 가족들과 편안하고 친밀한 한때를 보낼 수 있었다. 세상의 각박함이 사라져버린 그 순간들은 마치 마법 같았다. 가느다란 두 팔에 생후 4일 된 갓난아기를 안고 아침으로 '그리츠(옥수수를 굵게 빻아서 만든 가루로 만든 죽)'를 준비해주던 메리, 라모나의 아이들과 아이스크림을 피자에 발라먹으면서 배꼽이 빠져라 웃어대던 일, 팻의 부엌에서 성경을 보며 구원을 위해 함께 기도를 하던 일. 이런 그림들이 나만의 갤러리에 하나씩 쌓여갔고, 나는 매일 거대한 벽화를 그리듯 다시 덧칠하고 장면을 하나씩 추가했다.

날이 갈수록 밤 날씨가 차가워졌고 나는 다가올 겨울에도 꾸불꾸불하고 계곡이 많은 조지아 주의 길에서 벗어나지 못할까 걱정이 되었다. 남쪽으로 내려갈수록 풍경이 조금씩 변했다. 나무들에 '스페인 이끼'가 기다랗게 매달려 있는 걸 보니 날씨와 분위기가 온화한 루이지애나 주가 가까워지는 것 같았다. 회색빛 집들 사이를 걸어가면서 앞으로 며칠 동안 무엇으로 끼니를 때울지 걱정하는데 별안간 온정의 손길이 쏟아졌다. 미국같이 속속들이 개인주의적인 사회에서는 굉장히 놀라운 일이었다. 신의 은총과 사랑, 나눔, 수확의 시간이었다. 바로 전날 비싼 돈을 내고 피자 한 조각을 사먹었는데 그날, 11월 26일 아침에는 식량을 짊어진 사람들이 내 유모차로 몰려왔다. 부랑자를 자기 집 식탁으로 서로 데려가겠다고 다투던 복된 날이었다. 10시가 되자 소형 트럭 한 대가 길가에 서더니 거기에 탔던 사람들이 스스럼없이 나를 차에 태우고 자기네 집 가족 식사에 데리고 갔다. 그렇게 해서 카훈 씨 집에 갔는데, 김이 모락모락 나는 음식들을 식탁에 잔뜩 차려놓고 대식구인 일가친척들이 둘러앉아 있었다. 아이들은 칠면조, 달콤한 고구마, 온갖 과자와 케이크 들을 보며 눈을 반짝였다. 몇 주 동안 차가운 통조림만 먹어야 했던 나는 맛있는 음식과 축제 분위기를 마음껏 즐겼고 땅콩 한 자루를 얻어서 떠났다. 그리고 겨우 몇 발자국 걸었을 때 어떤 노인이 내게 성큼성큼 다가오더니 막무가내로 내 유모차에 음식이 가득 든 플라스틱 상자를 잔뜩 올려놓았다. 그리고 저녁에 쓰라고 돈까지 주었다. 한 30분쯤 지나자 어떤 커플이 가던 발길을 멈추더니 내게 칠면조가 가득 담긴 접시와 정성스럽게 포장한 케이크를 주었다. 내 유모차에 음식이 쓰러질 듯 높이 쌓였다. 이렇게 하루 종일 누군가가 음식을 주었고, 나는 포도주와 맛있는 음식을 잔뜩 먹고 140달러가 든 두툼한 지갑을 품고 다리 밑에서 잠을 청했다.

12월 10일 아침, 나는 루이지애나 주의 바이우에 도착했고, 들뜬 마음으로 집들 사이를 걸어갔다. 집 기둥에는 '아주 멋져', '이루어진 꿈' 같은 근사한 명패들이 붙어 있었다. 며칠 후면 뉴올리언스에서 뤼스를 만난다는 생각에 나는 가슴이 벅차올랐다.

그로부터 한 달 후 나는 텍사스 주 오렌지 시의 노숙자 쉼터에서 한 살배기 여자아이의 커다랗고 슬픈 눈을 바라보며 루이지애나에서 가슴 벅찼던 순간을 떠올렸다. 경찰들이 텍사스에서는 안전상의 이유로 노숙이 금지되어 있다고 하며 나를 그곳으로 데리고 갔다. 아이는 엄마와 함께 노숙자 쉼터에서 살고 있었지만 차라리 혼자 길거리에 있는 게 오히려 덜 위험할 것 같았다. 엄마가 작은 소리로 노래를 부르며 아이를 가슴에 꼭 안고 있었는데 눈길이 불안하게 허공을 맴돌고 있었다. 그녀는 내게 남편이 딸과 자신을 때렸다고 이야기했다. 남편은 형을 선고받았고 그녀는 어떻게 해야 할지 모르겠다고 했다.

"남편을 사랑하나요?"

그녀는 대답했다.

"그런 것 같아요. 하지만 사람들이 애 아빠를 다시는 보면 안 된다고 하더라고요."

아이가 엄마 품 안에서 몸을 떨었다. 너무나 어렸지만 벌써 인생에 공포를 느끼는 것 같았다. 아이의 부드러운 머리카락을 조심스럽게 쓰다듬고 있노라니 가슴이 미어지는 것 같았다. 나는 아이의 눈을 바라보며 말했다.

"어쩌면 좋으니, 아가야? 너희 엄마는 자기가 만든 감옥에 갇혀 있구나. 어서 그 감옥에서 빠져나와야 할 텐데."

하루는 걷고 있는데 픽업트럭이 내 옆에 섰다.

"물 필요해요? 괜찮습니까?"

미소 띤 얼굴로 염려해주는 친절한 운전자 옆으로 묵직해보이는 권총이 보였다. 나는 그렇게 완전히 대조적인 모습에 충격을 받았다. 필라델피아의 교외에서 집 창문에 쇠창살을 달고 단단히 무장한 채 살아가는 주민들처럼 그도 두려워하는 것 같았다. 그래서 무기를 가지고 다니고 공격성을 드러내며 힘을 과시하는 것이다.

세상이 위험하다고 떠벌이는 언론의 영향을 받아서인지 미국인들은 여행을 거의 하지 않는다. 한다 해도 어린이들이 체험 학습을 하는 것처럼 패키지여행을 한다. 그러니 세상이 어떤지 어떻게 알겠는가? 나는 처음으로 진정한 자유라는 게 뭔지 생각해보았다. 미국이 과연 자유의 모델이라 할 수 있을까? 여행을 계속하면서 나는 자유의 땅이 세계 곳곳에 있다는 걸 알게 되었다. 심지어 이란에서 나는 미국 남부에서 보낸 몇 달 동안보다 자유로운 영혼을 더 많이 만났다. 가장 나쁜 포기는 자포자기이다. 하지만 어쩌면 이렇게 의외의 연약한 면 때문에 미국인들이 그토록 매력적인지도 모른다. 코퍼스 크리스티와 멕시코 국경을 향해 걸으면서, 광활한 목화밭 위로 이런저런 생각을 흘려보내며 나는 문득 자유를 느꼈다. 사람들을 판단하지 않고 그들의 복잡한 성격을 그대로 받아들이니 자유로웠다. 그건 사람들에게 아무런 기대를 하지 않고, 사회적이거나 경제적인 상호 작용을 벗어난 관계를 맺었기 때문이다. 내 머릿속에 떠오르는 생각들은 내가 선택한 것이다. 언덕 위에서 뛰어내려오는 남자가 눈에 띄었다.

"기다려요, 잠깐만요!"

그 남자는 내가 누군지 알고 있었다. 언덕 위에 있는 자기 집에서 나에 관한 기사를 읽었다고 했다. 그는 내게 자기 삶에 대해 들려주고 싶어 했다. 같이 낚시하는 친구들, 마음속에 늘 꺼림칙하게 남아 있는 일, 정부와 모든 분쟁에 반대한다는 의견.

"그런 건 나한테 어울리지 않아요. 나는 자연을 바라보고 삶을 즐기려고 노력하죠."

그는 내게 불쑥 말했다.

"즐겨요, 삶을 즐기라고요!"

그러더니 손가락 끝에 힘을 주어 길 쪽으로 나를 부드럽게 밀었다.

남자의 말이 반짝이는 햇살에 걸려 있는 것만 같아서 나는 그 말을 얼른 붙잡았다.

삶을 즐겨라.

그 말을 나는 늘 가슴에 품고 다닌다.

• 2001년 2월 25일~11월 1일

멕시코, 과테말라, 엘살바도르, 온두라스, 니카라과, 코스타리카, 파나마

멕시코라는 탈출구

멕시코로 가는 길은 놀라움의 연속이었다. 2001년 2월 26일, 리오그란데 강 다리 위에서 갑자기 내가 지금껏 갖고 있던 기준들이 강하고 새로운 남쪽 바람에 날려가는 것 같은 기분이 들었다.

여행을 떠난 지 6개월하고 8일이 지났다. 나는 여행에 꽤 익숙해졌고, 위험을 간파하는 능력이 생겼으며, 여행하면서 만나는 사람들과 잘 어울릴 수 있었고, 내 몸이 요구하는 것들에 귀 기울일 수 있다고 생각했다. 하지만 내가 마침내 떠나온 서구 사회에서는 이렇게 한꺼번에 몰려드는 소리, 색깔, 기묘한 광경 들에 어떻게 대처해야 하는지 아무도 가르쳐주지 않았다.

어마어마하게 넓은 킹 랜치 목장을 지나서 멕시코를 향해 며칠 동안 걸으면서 나는 무척 친절한 국경 경비대원과 만났다. 이름도 심상찮은 '모세'라는 그 경비대원이 어느 날 저녁 해지기 바로 직전에 내게 다가와서

말을 걸었다. 사막에서 키가 큰 백인 남자가 머리에는 수건을 두르고 유모차를 밀면서 남쪽으로 계속 가는 이유가 무엇인지 궁금하고 걱정스러웠기 때문이다.

나는 그에게 말했다.

"덥네요."

그러자 모세는 내게 물을 건네고 유모차 안을 흘끗 쳐다보았다. 아기가 없어서 무척 마음이 놓이는 표정이었다.

"이 지역에는 미국으로 건너오려는 밀입국자들이 굉장히 많거든요."

그는 순찰차들이 계속 순찰을 도는 이유를 설명해주었다.

"그중에는 마약 밀매상들도 있지만 더 나은 미래를 꿈꾸는 가난한 사람들도 많아요."

모세는 자신의 직업을 무척 좋아했다. 밀입국자들을 단속하지만 굶주리고, 지치고, 브로커들에게 돈을 뜯기고, 아기들에게 줄 우유조차 구하지 못한 가족들에게 도움을 줄 수 있기 때문이었다.

"국경 경비대 유니폼을 입고 있긴 해도 전 인도주의자예요."

모세는 굳이 의식하지 않으면서 숨 쉬듯이 선행을 하는 사람, 인류애의 성전(聖殿)에 사는 사람이었다. 그는 무척 자연스럽게 아무런 생색도 내지 않고 나를 자신의 날개로 품어주었다.

"국경 너머 마타모로스에 나랑 친한 여자 친구가 살아요. 참 좋은 사람이죠. 그 친구한테 부탁해놓을 테니 가서 지내세요."

그래서 2월 26일 아침, 나는 쨍쨍 내리쬐는 햇볕을 받으며 감귤류를 넘치도록 쌓아놓은 판매대들 사이를 지나갔다. 알아듣지는 못해도 사방에서 쩌렁쩌렁 울리는 에스파냐 어 억양의 커다란 목소리에 깜짝깜짝 놀라고 어리둥절한 상태였다. 정신이 멍해질 정도로 소란스러운 가운데 나는 한 가지 목표에만 집중했다. 인심 좋은 프레데스 부인이 국경에서 750미터 남짓 떨어진 곳에 있는 자기 집까지 나를 안내해주었다. 나는 미국과 멕시코의 문화가 충격적으로 달라서 우울해질 지경이었다. 리오그란데 강을 건너니 그야말로 다른 세상이 펼쳐졌다. 언어, 얼굴, 내가 숨 쉬는 공기까지 모든 것이 새롭게 바뀌었다. 어디로 갈지 알 수가 없어 수없이 늘어선 노점상 판매대를 여러 번 엎을 뻔했다. 자동차 타이어에 널빤지를 얼기설기 대서 만든 판매대에 물건들이 잔뜩 쌓여 있었다.

프레데스 부인의 집은 식민지풍 건물의 본보기처럼 생겼고 아치형 통로가 있는 안뜰은 시끄러운 바깥과는 딴판으로 우아하고 조용했다. 그곳에서 나는 멍해졌던 정신을 가다듬었다. 프레데스 부인은 환영한다는 몸짓을 하며 몇 마디 에스파냐 말을 건넸고 나는 무슨 말인지 이해하려고 애를 썼다. 잠시 후 부인의 동생이 그림책을 한아름 안고 들어왔고, 나는 그들이 방금 내게 새로운 환경에 익숙해지도록 이 집에 느긋하게 머물라고 말했음을 알아차렸다.

프레데스 부인의 아늑한 보금자리에서 12일 동안 머물면서 오후에는 에스파냐 어 공부를 하고 골목길들을 지나다니며 오랜 시간 산책을 했다. 그녀는 자주 나를 시장에 태워다주었고, 나는 어린아이처럼 시장 좌판들을 다니며 새로운 맛에 흠뻑 빠졌다. 국경 건너편에서 이곳이 무척 위험하다는 말을 많이 들었는데, 왜 그렇게 생각하는지 모르겠다는 생각이 들었다. 마타모로스가 위험하다니 천만의 말씀!

그렇게 분위기에 젖어들면서 기분이 점점 좋아졌다. 가끔 마주치는 가난한 사람들도 그저 낭만적으로만 보였다. 그렇게 나는 수많은 순진한 여행자들을 위협하는 감정적인 혼란에 천천히 빠져들고 있었다. 나는 사랑에 빠졌다고 믿었다. 이 나라와, 언어와, 사람들과, 프레데스 부인과. 그녀는 무척 친절하고 헌신적이었고, 내가 편하게 생활할 수 있도록 세심하게 신경을 써주었다.

고백하자면 여행을 하면서 첫 몇 달 동안은 뤼스와 육체적으로 멀어진 것에 적응하기가 무척 힘들어서 여행하다 매력적인 여자들을 만나면 사랑에 빠지기도 했다. 하지만 그런 감정은 며칠 동안 절대적인 고독에 사로잡혀 있다가 인간관계를 맺고 싶다는 절실한 욕구 때문에 생긴 환상 같은 것이었고 몇 시간만 지나면 사라졌다. 그저 누군가와 이야기를 나누고 싶었던 것이다. 그 여자들에게 정말로 매력을 느꼈던 걸까, 아니면 단순히 여행 전의 생활이 그리웠던 걸까? 하지만 마타모로스에서 나는 낭만적인 감정에 흠뻑 젖어서 프레데스 부인을 보며 혼자만의 착각에 빠져 있었다. 지금 생각해보면 아찔할 정도로 창피하지만, 나는 혼란스럽고 밀려드는 감정을 주체할 수가 없어서 프레데스 부인에게 마음을 고백하기로 했다.

"사랑합니다."

내 말을 듣자마자 그녀는 얼음같이 차가운 목소리로 딱 잘라 대답했다.

"애인 있다면서요?"

얼굴에 정통으로 따귀를 맞은 것 같아서 얼른 고개를 숙였다. 분명히 나는 사랑하는 여자가 있다. 내가 사랑하는 뤼스, 이 모든 상황에도 불구하고 나를 사랑하는 뤼스, 내게 사랑보다 더 소중한 자유를 준 뤼스. 그런 사랑은 드물다. 잔뜩 달아올랐던 열정은 순식간에 식고 부끄러움이 밀려들었다. 뤼스. 그날부터 여행이 끝날 때까지 나는 내 소중한 사랑에 집중했다.

3월 7일 아침, 프레데스 부인의 집에서 충분히 머물렀으며 이제 다시 떠날 때가 되었다는 생각이 들었다. 전날 나는 여러 해에 걸쳐 이미 익숙해진 느낌에 시달렸다. 두 다리를 따라 스트레스가 전류처럼 흘러다녔고, 심장이 느리고 무겁게 뛰었다. 마치 원시적인 상태, '야생 상태'에 가까워진 것처럼 온몸의 감각이 위험 신호를 보내고 있었다. 본능이 내게 떠나라고 명령하고 있었다.

'나는 남아메리카를 걸을 것이다.'

그런 생각을 하니 약간 겁이 났다.

이글이글 타오르는 햇볕 아래 며칠을 걸어서 기진맥진한 상태로 소토라마리나에 도착했다. 사막과 끝도 없이 이어지는 광활한 목장들을 건너온 참이었다. 그중에는 1만 에이커가 넘는 목장도 있었는데, 쥐새끼 한 마리 보이지 않았다. 처음으로 허기를 느꼈고 물도 충분치 않았다. 내가 가진 식료품의 양이 충분하다고 과신하지 말아야겠다는 걸 뼈저리게 느꼈다. 하룻밤 신세를 질 생각으로 경찰서를 찾아가다가 곧 쓰러질 것같이 엉성해 보이는 타코 식당 앞에서 발길을 멈췄다. 식당 주인은 마리아라는 젊은 여자였는데 세상에서 제일 맛있는 타코를 만들었다. 마리아는 친절하게도 가게 뒤에 텐트를 쳐도 된다고 허락해주었다.

"아주 조용할 거예요."

그녀는 양파를 썰며 이렇게 말했지만, 나는 멕시코에서 보낸 수많은 시끄러운 밤 중 첫날을 그 가게 뒤에서 지새웠다. 그곳은 마치 한낮의 시장 바닥처럼 시끄러웠다.

텐트에 들어가서 몸을 눕히자마자 바깥의 버려진 고물 차에서 개가 낑낑대는 소리가 들려왔다. 그러자 곧 개 수십 마리가 맞장구치듯이 짖어댔다. 으르렁대고 날카롭게 짖어대는 개 소리를 듣고 있자니 지옥의 음악회에 참석한 기분이 들었다. 텐트 주변에서 수상한 긁는 소리가 나서 밖으로 나가보니 개 한 마리가 내 빵을, 다른 한 마리가 내 치즈를 물고 후다닥 도망쳤다. 그때 바로 옆에서 수탉들이 마치 개들이 무사히 도망친 걸 축하하듯이 목을 빼고 울어대기 시작했다.

그러고나서 나는 끈에 매인 돼지를 욕을 하며 남은 밤을 지새웠다. 돼지는 사납고 거칠었고 화가 잔뜩 난 목소리로 꿀꿀거렸다. 나중에는 묘하게도 그 소리가 나를 격려하는 것처럼 들려서 돼지에게 친밀감마저 들었다. 새벽에 내 친구 돼지처럼 얼굴을 잔뜩 찌푸리고 있는데 마리아가 기분 좋은 얼굴로 가게에 왔다.

"정말 조용했죠, 그렇죠?"

나는 비꼬는 말투로 침울하게 대답했다.

"그럼요, 여부가 있겠어요."

그러자 마리아가 만족스러운 얼굴로 외쳤다.

"내가 조용할 거라고 했잖아요!"

이어지는 나날 동안 나는 이 끊임없는 소음에 익숙해지는 것을 배웠다. 하지만 미국에서 얻었다고 믿었던 영혼의 평화를 되찾으려는 내 노력은 물거품이 되었다. 처음으로 내가 안다고 확신했던 느낌이나 상황 들에 관해 사실은 아무것도 모른다는 생각을 했다. 내 것, 차이, 가난, 부패, 기쁨, 용기, 희망. 이곳의 눈부신 햇빛은 모든 것을 더 강렬하게 보여주는 것 같았다.

땅을 다져서 만든 비포장도로에서 마을 주민들이 바삐 오가고 있었다. 그들은 유모차를 밀며 괴상하게 걸어가는 허여멀건 '그링고(라틴아메리카에서 비라틴계 외국인, 미국인을 속되게 일컫는 말)'를 곁눈질로 흘끔흘끔 바라보았다. 나는 신경이 잔뜩 날카로워져서 손짓을 했는데 그들이 스스럼없이 응답을 하니 불쾌함이 씻은 듯이 사라졌다. 나는 오렌지의 계절에 '라 티에라 데 라스 나랑하스(오렌지의 땅)'에서 오렌지밭 한가운데를 지나가고 있었다. 사람들이 너도나도 내게 오렌지를 건네 유모차가 가득 찼고, 나는 갓 딴 오렌지의 신선하고 달콤한 즙을 만끽했다.

땅이 아낌없이 내준 파파야, 망고, 코코넛 들이 트럭마다 가득 실려 있었다. 4월의 어느 날, 세로둘세라는 곳에서 과일 노점상 몇 곳을 지나쳐 걷다보니 길가에 파출소가 나타났다. 나는 그곳 경찰관은 덤불숲에서 자고 손에는 기다란 줄을 가지고 다닐 거라고 생각했다. 그 줄은 운전자 눈에는 보이지 않는 차단 방벽 같은 것으로, 부지불식간에 차의 타이어에 구멍을 낼 것이라고 상상했다. 이 지역에서는 마약 밀매가 극심해서 때때로 바나나 트럭에 마약이 숨겨져 있기도 했다. 파출소 앞을 지나가는데 경찰관이 나를 불렀다. 얘기를 몇 마디 주고받은 뒤, 그는 주머니에서 신문지로 만든 봉투를 꺼내서 보여줬는데 봉투 안에 마리화나가 가득 들어 있었다.

"이거 필요해요?"

그는 내게 마리화나를 좋은 값에 주겠다고 했고 나는 넋이 나갈 정도로 깜짝 놀랐다.

"경찰 배지랑 총까지 차고 있는데, 지금 마약을 파는 거예요?"

"네."

그는 순박한 얼굴로 미소까지 띠며 대답했다.

저녁에 나를 재워준 집주인에게 낮에 겪은 일화를 들려주자 주인이 슬픈 얼굴로 고개를 끄덕이며 말했다.

"이런 변두리의 경찰관들은 하루에 겨우 5달러 정도밖에 못 벌거든요. 그래서 마약 밀매에 손을 대는 거죠."

그의 이름은 미겔이었는데, 나는 밤에 잘 집을 구하느라 선술집을 기웃거리다가 그를 만났다. 그는 이미 맥주를 몇 잔 마신 상태였는데 술친구가 생겼으니 더 마실 생각인 듯했다. 내게 자기 집에 가자고 하고 가게에 들러 술을 샀다. 조그만 집 앞에 도착하자 어려보이는 아내가 뾰로통한 얼굴로 우리를 맞아주었다. 부엌을 흘끔 보니 아이 셋이 놀고 있었는데 먹을 것이 아무것도 없었다. 아마 미겔이 먹을 것을 사오는 걸 잊은 모양이었다. 나는 미겔의 아내에게 내게 남은 빵과 땅콩버터를 다 털어주고 아이들과 말타기 놀이를 했다. 그동안 그녀는 작은 토르티야 세 개를 만들었고, 미겔은 집 앞에 앉아서 술을 마셨다.

다음 날 아침 학교에 가는 맏이를 안아주는데 마음이 아팠다. 그 아이의 아빠는 새 맥주병을 따는 중이었다. 나는 미겔에게 고맙다고 인사하고 다시 길을 떠났다.

머지않아 그 아이들은 일을 하러 가서 술을 마시는 아빠와 가난한 엄마에게 돈을 벌어다줄 것이다. 치아파스 산 아래에 있는 팔렝케로 가는 길에 접어들면서 나는 며칠 전 길가에서 마주친 소년의 눈빛을 떠올렸다. 그 아이의 아빠도 술을 마셨을까? 아이는 정오의 햇볕을 고스란히 받으며 건초를 잔뜩 실은 커다란 외바퀴수레를 밀고 있었다. 수레는 아이의 키보다 훨씬 컸다. 아이는 맨발에 웃통을 벗은 채 베이지색 바지를 입고 있었는데, 바지가 너무 커서 아이의 가냘픈 몸매가 더욱 두드러졌다. 나는 아이에게 다가가서 물을 건넸고, 아이는 무표정한 얼굴로 수레에 기대서서 땅에 침을 뱉고 물병을 받았다. 이름은 호세 루이스이고 아홉 살이라고 했다. 짙은 색 머리칼과 앳되고 파리한 얼굴에 땀이 비 오듯 흘러내렸는데, 무엇보다 내 마음을 깊이 찌른 건 아이의 검은 눈망울이었다. 나는 아이를 붙잡고 몇 가지 질문을 던졌는데 아이는 건조한 말투로 짧게 대답할 뿐이었다. 건초는 구덩이에서 직접 긴 낫으로 벤 것이며 당나귀 여물이라고 했다. 가족의 밭이 3킬로미터 떨어진 곳에 있는데, 아이는 매일같이 외바퀴수레를 밀고 그곳에 갔다. 그날도 일이 남아 있어서 밭에 가야 했다.

나는 타는 듯이 뜨거운 아스팔트 도로를 딛고 있는 아이의 맨발을 유심히 보았다. 노인 같은 눈빛과 어두운 표정에서 아이 속에서 치밀어오르는 분노를 읽었고 문득 내가 너무나 무기력하다는 생각이 들었다. 아이에게 내가 저 멀리 아주 추운 나라에서 왔고 걸어서 세계 일주를 하고 있다고 말해주었다. 아프리카, 유럽, 더 먼 곳으로 갈 거고 집으로 다시 돌아갈 거라고 했다. 함께 이야기하는 몇 분 동안만이라도 뭐든 가능하다는 확신을 전해주고 싶어서 다정한 목소리로 아주 환하게 웃으면서 말했다. 아이가 뭐든 원하고 희망을 갖게 해주고 싶었다. 하지만 호세 루이스는 표정 없는 텅 빈 눈으로 무거운 침묵 속에 갇혀 있었다.

이곳저곳 돌아다니면서 모은 엽서와 사진 들, 수첩도 보여주었다. 그러자 한순간 아이의 눈이 희미하게 반짝이는 것 같았다. 내 착각이었을까? 짧은 만남이 인생을 완전히 뒤바꿔놓을 수도 있지 않을까?

아과아술로 올라가는 꾸불꾸불한 길을 고생스럽게 올라가며 나는 호세 루이스를 생각했다. 발밑을 지나가는 아스팔트 도로를 보고 있자니 최면에 걸리는 것 같았다. 나는 취한 듯 몽롱한 상태에 잠겨들었다. 내가 남긴 발걸음들, 앞으로 해야 할 모든 일들을 꼽아보며 여행을 똑바로 바라볼 수 있게 되었다. 이 여행에서 나는 아무것도 아니다. 내 운명을 이끌고 가는 건 내가 아니다. 무의식이 꿈을 지배하듯이 내 발걸음은 나 혼자만의 의지보다 더 강력한 뭔가가 지배했다. 바로 사람들이었다. 사람들이 내 발걸음을 살아나게 하고 의미를 주었다.

그나저나 그 저주받을 길은 포기하고 싶을 정도로 힘들었다! 길이 워낙 험해서 이쪽저쪽 계속 오가야 했고, 자동차 두 대가 동시에 지나가면 나는 구덩이 속으로 말 그대로 몸을 던져야 했다. 그런 탓에 나는 무척 예민해져서 중간중간 만나는 작은 마을 사람들이 상냥하게 안부를 묻는데도 퉁명스럽게 대답했다. 내 안전을 끊임없이 염려해주는 것도 신경이 쓰였다. 떼강도들이 그 지역을 누비고 다니며 혼자 다니는 여행자들을 공격하고 강도짓을 한다고 했다. 가진 게 거의 없는 나 같은 사람도 납치될 수 있다고 걱정하는 사람들이 여럿 있었다.

아과아술에 도착하기 직전, 오코싱고 쪽에서 걸어오는 남자와 인사를 나누었다. 그는 한동안 나를 뜯어보고 유모차를 살펴보더니 떨리는 목소리로 한숨을 쉬며 말했다.

"이쪽으로 걸어가지 마세요. 떼강도가 있어요! 걸어가는 건 자살행위예요."

하도 간곡히 말려서 결국 소형 트럭 택시를 타니 나도 안심이 되었다. 멕시코에서 죽고 싶지는 않았다. 오코싱고에 도착했는데도 여전히 불안해서 곧바로 교회로 쏜살같이 달려가서 안전하게 밤을 보냈다.

코미탄으로 가는 길은 꾸불꾸불하고 가팔라서 마치 러시아의 산을 걷는 느낌이었다. 나는 아주 빠르게 걸었고 심장은 1분에 140회 정도 뛰었다. 땀이 얼굴을 타고 쉴 새 없이 흘러내렸다. 그렇게 미친 듯이 걷다보니 어느새 주위에 보이던 침엽수들이 사라지고 아담한 종려나무와 꽃 들이 나타났다. 조금씩 공기가 시원해지고, 나무숲 사이에 부는 바람소리와 새들이 지저귀는 소리에 웃으면서 대답하는 듯한 폭포 소리가 들렸다. 이렇게 천국 같은 곳에서 분쟁이 벌어진다고 누가 상상할 수 있을까? 오로지 평화만 느껴졌다. 치아파스에서 태어난 시인 하이메 사비네스의 시가 떠올랐다.

"나는 평화를 바라지 않는다. 평화는 없다. 나는 고독을 바란다. 벌거벗은 내 심장을 바란다."

우리 모두 그렇지 않은가? 나는 큰길에서 벗어나서 굵은 자갈이 깔려있는 오솔길로 접어들었다. 인디오 공동체인 엘베르헬리토로 가는 길이었다. 마을로 들어가니 섬세하게 수놓은 치마를 입은 여자들이 삼삼오오 분주히 움직이고 있었다. 여자들은 내 시선을 피했지만 남자들은 덤덤하게 인사를 받아주었다. 촌장이 마을 사랑방에서 하룻밤 묵어가라고 했다. 마을 주변의 풀밭은 짧게 잘 정리되어 초록빛으로 빛났고, 침엽수가 여기저기 흩어져 있는 들판에는 개울물이 졸졸 흐르고 있었다. 그곳에서는 가축들을 우리에 가둬두지 않고 모조리 풀어놓고 키웠다. 그래서 나는 길가에 앉아 자유를 만끽하는 젖소, 염소, 돼지 들 사이에서 저녁을 먹었다. 왜 이런 평화를 지키려 하지 않을까? 이 지역을 갈가리 찢어놓은 투쟁에 어떤 의미가 있을까?

여러 주 전부터 나는 사파티스타 민족해방전선의 전설적인 지도자인 마르코스 부사령관을 만나기를 꿈꿨다. 전 세계 언론 매체들이 사파티스타 민족해방전선이 원주민들의 권리와 사회 정의를 위해서 싸운다는 소식을 연이어 전하고 있었다. 나는 코미탄으로 가려던 계획을 접고 민족해방전선의 사령부가 있는 라레알리다드로 가기로 결심했다.

버스를 타고 또다시 험난한 길을 7시간 동안 갔다. 깎아지른 절벽 같은 산 경사면을 내려간 끝에 골짜기 깊숙한 곳에 도착하니 무장한 두 남자가 승객들을 검문하기에 그들에게 물어보았다.

"마르코스 부사령관님의 캠프가 있는 곳이 여기가 맞나요?"

그들은 마을로 들어가는 허가증을 요구했지만 내게 그런 것이 있을 리 없었다. 그러자 기다리라고 하더니 여러 시간 후에 마을 사랑방 같은 곳으로 데리고 가서 긴 의자에서 자고 가라고 했다. 새벽쯤에 장대비가 요란하게 내리는데, 한 젊은이가 빗소리보다 더 크게 고래고래 소리쳤다.

"마르코스 부사령관님은 여기 없어요. 캠프가 대여섯 군데 있는데, 본부가 카사스에 있는 산크리스토발에 있거든요. 여기에서 수백 킬로미터 떨어져 있죠."

혹시나 하는 마음에 아침까지 기다려봤지만 아무도 내게 신경 쓰는 것 같지 않았다.

"부사령관님 여기 안 계세요."

다들 앵무새처럼 그 얘기만 반복해서 어쩐지 거짓말처럼 들렸다. 배고프고, 춥고, 나 자신이 좀 우스꽝스러웠다. 다시 버스를 타고 코미탄까지 갔다. 그리고 사흘 후 나는 국경을 넘어 과테말라로 갔다.

산카타리나 익스타우아칸은 바람이 많이 불고 추운 산간 지대에 있어서 주민들은 그곳을 '알래스카'라고 불렀다. 그 지역 사람들은 '캐나다'라는 말을 들으면 외진 감옥을 떠올렸다. 전설 속의 그 감옥은 퀘벡의 밤처럼 모든 것을 꽁꽁 얼려버린다고 했다. 나는 구불구불한 길을 고생스럽게 걸어나갔다. 버스가 속도를 내며 내 옆을 지나갈 때는 무서워서 몸이 벌벌 떨렸다. 버스는 지날 때마다 기차의 기적처럼 요란한 소리를 내는 경적을 신경질적으로 눌러댔다. 버스 차체에는 페인트로 "신이 나를 보호해주시길!"이라는 문구가 대문자로 쓰여 있었다.

어느 날 아침, 과테말라시티를 떠나 다른 곳으로 가려고 길을 걷고 있을 때였다. 갑자기 4륜 구동차 한 대가 쏜살같이 달려오더니 파인애플을 가득 실은 소형 트럭을 덮쳤다. 지나가던 사람들이 쏟아진 파인애플을 주우려고 몰려들어 거리는 순식간에 아수라장이 되었다. 이곳에서 견인트럭 운전사들은 무장 경비원들과 함께 다니는데, 그걸 보며 나 자신을 더 단단히 지켜야겠다는 생각이 들었다. 힘의 관계가 깨지면 순식간에 자연 상태로 되돌아가기 때문이다.

하루는 길을 걷다 만난 남자의 집에서 하룻밤을 보내게 되었다. 이름이 후스토 메나메디아라고 했고 밭에서 수확한 커피 원두를 가지고 가던 중이었다. 온화한 성격의 후스토는 1980년대에 내전을 피해 미국에 밀입국했고, 로스앤젤레스의 한 식당에서 10여 년 동안 일하다가 귀국했다. 그는 아내와 10명의 자녀가 있으며 집에서 10킬로미터 떨어진 곳에 조그만 땅을 갖고 있었다. 그 땅에 원두와 옥수수를 심고 매일 걸어서 오가며 경작했다. 땅이 있어서 그나마 입에 풀칠이라도 할 수 있어 다행이라고 했다.

후스토를 따라서 집까지 가는데 마을 사람들이 내 유모차를 잡아먹을 듯이 탐욕스럽게 바라보았다.

"가난해서 폭력적으로 변하는 사람들도 있지요."

후스토가 서글픈 표정으로 변명하듯 말했다.

"그래도 선생은 키가 크니까 공격을 당하진 않을 거예요. 운이 좋으시네요."

이곳에서는 얼마 안 되는 재산을 지키고 평화롭게 살기 위해 일가친척들이 모여살고 가족끼리 결속력이 매우 강하다. 24살 먹은 훌리오 세자르는 내가 집 앞에 앉아 있어도 좋다고 허락해주었다. 그리고 어머니가 만든 맛있는 파이를 샐러드, 시원한 쌀술과 함께 내주었다. 그는 세상을 다 안다는 표정으로 미국에 가서 일하고 싶다는 꿈을 들려주었다.

"여기는 너무 힘들어요. 밤낮없이 일해 봐야 얼마 벌지도 못해요. 입에 풀칠은 겨우 하지만 내전, 허리케인, 지진 같은 재난이 너무 많이 닥치죠.

지난 1월에도 지진이 나서 이재민이 100만 명도 넘게 생겼어요. 국제 지원이 와도 정부에서 빼돌려요."

한동안 침묵이 흘렀다. 나는 흙집의 땅바닥에 비닐 방수포를 깔고 그 위에 에어매트, 베개, 침낭을 놓았다. 세자르의 눈이 반짝이더니 이내 슬픔으로 가득 찼다.

"우리가 참 가난하다고 생각하시겠어요."

그의 말이 무척 당황스러웠다. 나는 오히려 그가 정말 부자라고 생각했다. 진정 소중한 가치가 뭔지 알고, 식구들 사이에 사랑이 넘치고 집은 아늑했으며 행복이 흠뻑 느껴졌기 때문이다. 세자르는 문단속하는 법을 가르쳐주고 어둠 속에 나를 남겨두고 밖으로 나갔다. 그리고 마당에서 밤새 소총을 들고 트랙터 부품이랑 나를 지켰다.

여러 달 동안 여행하면서 나는 내 아들 토마 에릭을 자주 생각했다. 내가 떠났을 때 그 아이는 막 스무 살이 된 참이었다. 그 아이의 삶과 이곳 젊은이들의 삶이 얼마나 다른지! 우리는 8월 17일에 코스타리카에서 만나 내 생일과 여행 1주년을 함께 축하하기로 했다. 그래서 나는 느려지는 발걸음을 재촉하며 걷고 또 걸었다. 중앙아메리카 사람들은 매우 따뜻하게 환대해줬고 내가 너무 일찍 떠난다며 아쉬워했다. 하지만 내 머릿속에는 아들을 만나 꼭 안고 싶다는 생각밖에 없었다. 그 생각만 하면 기뻐서 심장이 마구 뛰었다. 지도에 앞으로 가야 할 거리를 끊임없이 다시 계산해서 써넣었다. 산미겔에서부터 시작해 산살바도르에 이르기까지 나는 아들에게 짧은 안부를 전했다.

"중앙아메리카의 외진 곳을 다니다보니 극한 스포츠 선수가 된 것 같은 기분이 든다. 물론 많이 위험하단다. 공격을 당할 수도 있고, 도둑질을 당할 수도 있지. 하지만 사람들은 착하고 너그러워. 다행히 나는 험한 일을 전혀 당하지 않았어. 널 만나려고 발걸음을 재촉하고 있단다!"

온두라스와 니카라과는 먹기 위해 잠깐씩 멈춘 것 말고는 거의 구경하지도 못한 채 꿈결처럼 지나쳤다. 그리고 8월 14일, 나는 마침내 에스파르사까지 6킬로미터 남았다는 표시판 앞에 섰다. 허약해지고 힘이 하나도 없었는데 소방관들이 따뜻하게 맞아주고 바짝 마른 내 몸을 진찰받게 해주었다. 나는 미친 사람처럼 웃고 울었다. 두 달 동안 중앙아메리카 4개국을 달려서 마침내 도착한 것이다. 그리고 곧 아들과 만난다! 7개국 8000킬로미터를 달려서 첫 번째 계획을 완수했다. 아들은 내게 두 번째 신발을 가져다주기로 했다. 그동안 겪은 이야기를 그 아이에게 들려줄 생각을 하며 나는 소방서 사무실에서 아이처럼 흐느꼈다.

"아들과 만나기로 했어요!"

8월 15일 오후 1시 30분, 토마 에릭이 산호세 공항 문을 나섰고 나는 그 아이를 아주 오랫동안 꼭 끌어안았다. 우리는 밤새 이야기를 나누었다. 이야깃거리가 어찌나 많던지! 6개월 전, 1월에 태어난 첫 손녀딸 로리의 사진들을 보고 나는 또 울었다. 하지만 무엇보다 안심이 되었다. 아들은 잘 지냈고 직장과 편안한 집을 얻었으며 미래에 대한 계획도 세워놓고 있었다. 어느 날 저녁 바닷가에서 토마 에릭은 내게 공부를 다시 시작하고 여행하는 게 꿈이라고 털어놓았다. 독일에서 대학을 다시 다닐지도 모르겠다고 했다.

"어쩌면 우리 독일에서 6년 후에 만나겠네?"

그런 상상을 하며 우리는 배를 잡고 웃었다. 8월 28일, 토마 에릭은 공항버스를 탔고 나는 걸어서 산마테오 쪽으로 가는데 마음이 찢어지는 것처럼 아팠다.

케포스 쪽으로 걸어갈 때 나비 수천 마리가 날아오르는 광경을 봤다. 싱그러운 공기 속에 금빛 날개 수천 쌍이 반짝반짝 비치는 모습이 장관이었다. 낮게 깔린 구름이 열대성 호우가 한바탕 퍼부을 것을 예고하고 있었다.

도시에 가까워지자 나뭇잎 사이로 조그만 불빛들이 반짝이는 것이 보였다. 조용한 가운데 부드러운 동양식 음악과 두런두런 이야기를 나누는 소리가 들려왔다. 나는 프랑스 교민회에서 마련한 저녁 식사 모임에 초대를 받았고, 우리는 각자의 꿈을 이야기하면서 저녁 시간을 보냈다.

다음 날 아침, 길을 떠나기 전에 마지막으로 친구들을 카페에서 만났다. 그런데 이내 분위기가 심상치 않다는 걸 느꼈다. 이상할 정도로 조용한 침묵이 흐르는 가운데 카페 안 손님들의 시선이 작은 텔레비전 화면에 고정돼 있었다. 하나같이 놀라서 넋이 나간 표정이었다. 그때가 2001년 9월 11일이었고, 심지어 정글 속에 이르기까지 전 세계가 충격을 받았다.

놀라서 정신이 멍해진 상태로 길을 걷는데, 사고로 실종된 사람들을 생각하니 마음이 아팠다. 새로운 폭력의 도미노가 시작된 것이다. 야만적인 테러 다음에 줄줄이 이어질 복수를 생각하니 무서워서 숨이 막힐 것 같았다. 이런 끔찍한 테러리즘이 내 여행에 의미를 줄까, 아니면 내 여행을 그저 유토피아적인 망상으로 만들어버릴까? 오후에 군용 헬리콥터 세 대가 남쪽 해변 쪽으로 날아갔다. 파나마 운하를 지키러 가는 모양이었다.

- 세계로 향한 문
- 용의 등 위에서
- 세계의 지붕 밑에서
- 아타카마 사막
- '체'의 나라에서

남아메리카

페루 : 마추픽추로 가는 길. 네바도 살칸타이 산 아래 잉카 도로와 리마톰보와 사이에서 야영을 했다. 우리는 트레킹을 계속하기 위해 노새를 구하려고 했다.

• 2001년 11월 2일~2002년 5월 10일
콜롬비아, 에콰도르, 페루

세계로 향한 문

"어이, 흰둥이 아저씨, 나한테 아기 하나만 만들어줘요!"

잠을 자려고 들어간 작은 성당 문 앞에 짙은 피부의 젊은 여자가 서서 내게 퀭한 눈으로 손짓했다.

"여기, 이쪽으로 와요."

점잖게 거절하고 내 물건들을 주섬주섬 챙겨서 나오려고 했지만, 여자가 다가와서 자기 집 쪽을 가리키며 한사코 고집을 부렸다.

"저기로 가자니까요. 잠깐이면 돼요. 당신 눈을 닮은 아기를 낳고 싶어요."

길 건너편에서 일을 하던 벽돌공들이 일손을 멈추고 우리 쪽을 유심히 바라보고 있어서 나는 공포에 질린 눈길로 그들을 쳐다보았다. 벽돌공들은 왁자지껄 웃음을 터뜨리며 말했다.

"아가씨를 기쁘게 해줘야지! 먼지 좀 달라잖아(그 지역에서 쓰는 은어인데 화산 폭발을 빗댄 것 같았다.)."

요란한 웃음소리가 쏟아지는 가운데 나는 부랴부랴 도망쳤다. 벌써 몇 주째 나는 끊임없이 유혹의 표적이 되고 있었다. 그곳 여자들에게 내 희한한 '서양식' 얼굴이 거부할 수 없는 매력으로 다가가는 모양이었다. 여자들만 그런 것이 아니었다. 요전 날에는 나이 지긋한 남자가 바나나 나무숲에서 나를 유혹하려고 했다!

나는 태평양 해안 근처 팬아메리칸 하이웨이(알래스카에서 아르헨티나의 남단까지, 남북아메리카를 잇는 국제 자동차 도로)를 따라 펼쳐진 에콰도르 평원을 걷고 있었다. 풍경은 열대 지방 같았고 기둥 위에 세워진 대나무집에서 때때로 사랑을 나누는 거친 숨소리가 들려왔다. 안데스 고산 지대에 사는 사람들이 평원에 사는 사람들은 관능적이고 외향적인 편이라고 미리 귀띔해주었다. 그들은 가난에 짓눌려 살지만 무척 활발하고 새로운 경험에 목말라 있었다. 본의 아닌 독신 생활에 익숙해진 내게 궁금한 것들이 굉장히 많은 것 같았고, 무슨 대화를 하건 이야기는 거의 어김없이 자신의 성생활로 흘러갔다. 모닥불 주위에 둘러앉은 청춘 남녀부터 할머니까지, 이성애자건 동성애자건 모두 내게 자신들의 은밀한 성경험을 시시콜콜 이야기해 주었다. 여자들은 당황스러울 정도로 천진하게 같이 자자고 했고, 내가 단호히 거절하자 아주 사소한 선물을 주려다 거부당한 것처럼 상처받았다. 나는 내 자제심이 자랑스러워 속으로 씽긋 웃었다.

남아메리카를 횡단하면서 나는 다시 한 번 딴 세상으로 들어가는 기분이 들었다. 다리엔갭에서 콜롬비아로 걸어서 넘어가려고 여러 가지 시도를 해봤는데 모두 실패했다. 파나마의 콜론 항구에서 열흘 동안 기다린 끝에 한 선장이 콜롬비아 카르타헤나까지 배를 태워주겠다고 했지만 카리브 해에 아직도 가끔 해적들이 출몰한다고 해서 어쩔 수 없이 칼리까지 비행기를 타야 했다. 그런데 그곳 캐나다 영사관에서 에콰도르를 걸어서 여행하겠다는 계획에 완강하게 반대했다.

"육로로는 절대 다니면 안 됩니다!"

유모차를 밀고 다니는 제정신이 아닌 남자가 정글에서 테러 집단에게 납치되면 헬리콥터 여러 대를 동원해서 구출 작전에 나서야 할 터였다. 그 생각만으로도 어지간히 골치가 지끈거리는 모양이었다. 그래서 나는 국경 근처에 있는 이피알레스까지 비행기를 타고 가서 '정치적으로 허용 가능한' 거리인 8킬로미터의 콜롬비아 땅을 걸었다.

내 앞에 펼쳐진 대륙은 여전히 미지의 세계였지만 거대하다는 건 느낄 수 있었다. 그 거대함은 어느 날 아침 별안간 압도적이고도 장엄하게 모습을 드러냈다. 산을 관통해서 만든 팬아메리칸 하이웨이 터널을 지나서 밖으로 나왔을 때였다. 도로는 수천 년 동안 불어온 바람과 모래 때문에 둥글둥글해진 산들을 뱀처럼 구불구불 휘감고 있었다. 때로는 도로가 절벽 위에서 바다를 부드럽게 어루만지는 것처럼 보였다. 멀리 보이는 수백 개의 모래 언덕이 짙푸른 화면 같은 바다에 녹아들고 있었다. 나는 나흘 기른 수염에 피곤에 찌든 얼굴로 파나마산 솜브레로(멕시코 등 라틴아메리카에서 많이 쓰는 챙이 넓은 모자)를 머리에 쓰고 편편한 바위 위에 앉아 있었다. 누가 보면 나를 미쳤다고 생각할 것 같았지만, 내 옆에 뤼스가 앉아서 함께 이 장엄한 광경을 보고 있다고 상상하니 마음이 따뜻해졌다.

자연과 하나가 되는 것 같았고 배고프고 피곤해서 정신이 혼미해졌다. 바로 그때 억누르고 있던 감정이 목구멍 깊숙한 곳에서 불쑥 튀어나왔고 나는 뜨거운 눈물을 줄줄 흘리면서 아이처럼 울었다. 세상이 너무 아름답고, 장엄하고, 따뜻해서 울었다. 나는 한층 더 미친 사람 같은 꼴이 되었지만 정말이지 너무나 아름다웠다.

안데스 산맥과 사막이 내 발밑에 있었다. 나는 그 두 세계를 걸을 준비가 되어 있었다.

• 2002년 5월 14일~2002년 7월 31일
페루, 볼리비아, 칠레

용의
등 위에서

2002년 5월 14일, 나스카(페루의 도시) 시내를 벗어나면서 나는 유모차를 쿠스코로 가는 길의 동쪽 방향에 맞췄다. '세계의 중심' 쿠스코는 고대 잉카 제국의 수도였다. 그곳에서 몇 킬로미터 떨어지지 않은 곳에 고대 문명이 사막의 건조한 땅 위에 그린 거대하고 이상한 기하학적 문양이 있다. 나선형, 동물, 지평선 너머로 사라지는 선들이 무엇을 의미하는지에 대해 오늘날까지 연구자들이 여러 가지 의견을 내고 있다. 누구한테 보여주려고 이런 그림을 그렸을까? 다른 사람들에게, 신들에게, 아니면 자신들에게? 나스카 라인의 수수께끼는 생각할수록 흥미진진하다.

나는 안데스 산맥이라는 용의 등줄기 1700킬로미터를 걸을 참이었다. 한 걸음, 한 걸음 나만의 속도대로 갈 것이다. 산등성이를 건성으로 스쳐 지나가지 않고 내밀한 속내까지 들여다볼 생각이었다. 그럴 준비가 되어 있었다.

43킬로미터 떨어진 곳에 있는 다음 마을에 도착할 때까지 식량을 전혀 구할 수 없었다. 나는 이제껏 보지 못한 아름다운 별들을 보며 잠들었다. 발걸음은 더뎠고 거의 최면에 빠진 것 같은 기분이었다. 안개에 싸인 나스카 평원을 뒤로 하고 나는 산을 오르고 또 올랐다. 가쁜 숨을 내쉬고 땀을 비 오듯 흘려가며 마침내 고도 4000미터에 동그마니 자리 잡은 크루세 갈레라 레파르티시온이라는 작은 마을에 도착했다. 차가운 바람이 얇은 점퍼를 파고들어서 나는 술과 식사를 파는 허름한 식당에 들어갔다. 말이 식당이지 사실은 오두막집 흙바닥에 조그만 양철 계산대와 나무 식탁 두 개를 다닥다닥 붙여놓은 곳이었다.

겨우 자리를 잡고 앉으니 몸이 사정없이 떨려서 침낭을 꺼내 둘렀다. 여주인이 다가와서 두르고 있던 푹신한 라마 털 판초를 벗어서 내게 덮어주었지만, 이를 딱딱 부딪치며 떠느라 고맙다는 말도 제대로 할 수 없었다. 여주인의 이름은 안나였고 내가 저체온증에 걸렸다고 했다. 그녀는 식탁 하나를 방구석으로 밀더니 바닥에 재빨리 양가죽을 여러 장 깔았고 코카 잎을 달인 차를 한 잔 주었다. 그리고 우격다짐을 하듯 나를 양가죽 위에 눕혔다. 속이 울렁거려서 안나가 정성껏 만들어준 따뜻한 음식에 입만 조금 대다 말았다. 그러고나서 잔뜩 취해서 잉카 말인 케추아어로 노래를 고래고래 불러대는 밀렵 감시인들 발치에서 죽은 듯이 잤다. 봉급날이라 작정하고 술을 마시는 모양이었다.

다음 날 일어나니 머리는 찌르는 듯 아프고 설사가 멈추지 않았다. 안나는 쌀죽 한 접시를 내주며 억지로라도 먹으라고 했고, 나는 나를 비웃는 용, 안데스 산맥을 원망하며 죽을 겨우겨우 목으로 넘겼다.

넋이 반쯤 나간 상태에서 다시 길을 나섰다. 조심조심 산을 내려가서 팜파 갈레라스 국립보호구역까지 갔는데, 이곳에서는 밀렵 때문에 멸종 위기에 처한 야생 비쿠냐를 보호하고 있다. 안데스 고지대에 사는 낙타의 사촌뻘 되는 비쿠냐는 등 털이 특히 고급이라서 금값으로 팔린다. 그 털로 만든 모직은 엄청나게 비싸지만 취향이 고급스럽다고 자부하는 전 세계 부자들에게 선풍적인 인기를 끌고 있다. 호리호리한 낙타처럼 생긴 비쿠냐가 태평스럽게 마른 풀을 우물우물 씹는 걸 보면서 그 털이 머지않아 제네바 은행가 부인의 오동통한 가슴을 감쌀 것이라고 생각하니 실없이 웃음이 나왔다.

골짜기에 핀 온갖 들꽃들이 햇빛을 받아 반짝였다. 길을 가다 마주치는 조그만 동네의 큰길, 메마른 바위 사이에 드문드문 있는 집들에도 생기 넘치는 삶이 빛나고 있었다. 별채로 만든 부엌에서 여자들이 바쁘게 움직이고 있었다. 맨바닥에 장작으로 불을 지피고 그 주위에 솥과 살림살이를 놔두었다. 점토 기와나 밀짚을 얹은 지붕 가장자리로 짙은 연기가 모락모락 새어나오고 새들이 지저귀는 소리가 들려왔다. 길 아래쪽에서 어떤 부인이 소를 끌고 가고 있었다. 또 다른 부인이 내게 케추아 어로 말을 걸었지만 알아들을 수가 없었다. 우리 할머니가 떠오르는 조그만 모자를 쓰고, 그녀는 볼이 빨간 여자아이에게 쌀 푸딩 같아 보이는 하얗고 말캉한 액체를 잔에 담아 건넸다. 이런 친근한 광경들을 보며 나는 어느새 향수에 젖어들었다. 여행을 멈추고 이 따뜻하고 평온한 사람들과 어울려서 살고 싶었다. 고지대 어디에서나 삶은 똑같이 부드럽고 조용하지만 힘차게 흘러갔다. 거대한 안데스 산중에 사는 여자아이의 아몬드 같은 눈을 들여다보며 나는 우주와 하나가 되는 기분이 들었다.

그렇게 내 정신은 우주를 날아다니는 반면, 내 몸은 높은 고도에 적응하기를 한사코 거부했다. 위가 심하게 욱신거렸고 설사도 다시 시작되었다.

푸키오에서는 교통부 직원들이 아파서 기진맥진하는 나를 맞아주었다. 나는 이틀 내내 침낭에 뻗어서 끙끙 앓았다. 다시 기운을 차렸을 때 교통부 직원 중 한 명이 고맙게도 식당에 데려가주었다. 식당 주인인 라우라와 살로몬은 내게 진수성찬을 차려주었고, 나는 요리 중 몇 가지를 따로 담아서 내 유모차에 실었다. 라우라는 걱정이 가득한 얼굴로 내게 신경을 많이 써주었다. 그녀는 심각한 표정으로 마주 앉아 내 어깨를 붙잡고 뭔가 커다란 비밀을 전하듯 속삭이며 이야기를 이어나갔다. 옛날 잉카 제국에는 차스키라는 전령들이 있었는데, 이들의 임무는 잉카 제국을 관통하는 도로를 번갈아 달리며 정보와 물품 들을 전달하는 것이었다. 그런데 그들은 높은 고도, 배고픔, 추위에 견디기 위해 코카 잎을 씹었다. 차스키들 덕분에 잉카 제국 사람들은 태평양에서 가져오는 신선한 생선을 매일 즐길 수 있었다고 한다.

"벨리보 씨도 차스키예요. 평화의 메시지를 전달하니까요. 그러니 이걸 받아요."

라우라는 내 손바닥에 코카 잎을 담은 주머니를 올려놓더니 이렇게 말했다.

"너무 힘들어지면 주저하지 말아요. 코카 잎을 열 장쯤 꺼내서 입에 넣고 씹어서 즙이 나게 하는 거예요. 절대 삼키지 말고 다시 뱉어요!"

그녀가 어두운 눈빛으로 말을 이었다.

"좀 더 가면 오르막길만 수십 킬로미터 이어지고 주위에 아무것도 없거든요."

나는 주머니를 받아들고 그녀를 안심시켰다.

몇 시간 뒤 나는 아찔한 비탈길에서 살갗을 파고드는 매서운 안개비와 싸우고 돌풍에 맞서며 고군분투하고 있었다. 그래서 코카 잎을 몇 장 꺼내서 조심스럽게 우물우물 씹어보았다. 효과는 즉시 나타났다! 텐트를 칠 곳으로 점찍은 좁고 편편한 지점까지 일정한 속도로 계속 걸어올라갔다. 살얼음이 낄 정도로 추웠지만 추위쯤이야 코웃음이 났다. 휘파람을 불며 아주 좋은 기분으로 잠자리에 들었다가, 눈을 떠보니 바람에 뽑혀나간 텐트에 온몸이 둘둘 말렸고 유모차는 뒤집혀 있었다. 바람이 점점 거세지고 있어서 물건들을 빨리 정리하느라 상당히 애를 먹었다.

호수와 눈 덮인 산봉우리가 펼쳐진 오르콘코차 초지를 지나가면서 나는 코카 잎을 더는 사용하지 않겠다고 결심했다. 중독돼서 해롱거릴까 걱정해서가 아니었다. 환각 효과는 별로 없었지만, 현실을 떠나 공상의 세계로 들어가서 무슨 소용이 있나 싶어서였다. 나는 정신이 완전히 맑은 게 더 좋았다. 그게 자유의 첫 번째 조건이다.

1000~1500미터의 고도 차이가 나는 산등성이들을 끊임없이 오르내리며 20일쯤 걸어갔다. 나선처럼 끝없이 이어진 험난한 길을 걸으며 때때로 나는 마야의 신들이 자신의 왕국에 접근하지 못하게 하려고 조화를 부리는 게 아닌가 싶었다. 드문드문 마을을 지나가기도 했는데, 알파카 고기와 가죽을 잔뜩 널어서 볕에 말리는 집들이 많았다. '검은 강'이라는

뜻의 네그로마요 마을에서 족장 시프리아노 씨가 오랜 전통을 이어가는 두 사람을 소개해주었다. 그들은 '마부'라는 뜻의 '아리에로'인데, 라마들이 끄는 마차를 몰고 바다와 산간 지대를 잇는 옛길을 오가며 마을마다 들러서 여러 가지 물품들을 물물 교환하는 일을 했다. 우리는 함께 모여앉아 알파카 고기를 먹었다.

안데스 고원의 계단식 밭은 무척 아름다웠다. 나는 자주 멈춰 서서 그 부서질 듯한 아름다움에 감탄하면서 마음 깊이 행복했다. 시간을 넘어선 공간, 세상의 광기와 멀리 떨어진 곳, 내가 꿈꾸던 바로 그 장소에 와 있다는 기분이 들었기 때문이다.

6월 8일, 기운이 다 빠진 채 마추픽추를 둘러싸고 있는 산 밑에 있는 리마탐보라는 곳에 도착했다. 리마탐보는 세계에서 유일한 형태의 민주적인 모델로 운영되는 안데스 농민들의 공동체이다. 대지주들의 세력을 무력화하기 위해 농민들이 힘을 합쳐 참여 민주주의를 실현해낸 것이다. 자치 위원회에는 마을 대표 30여 명이 소속되어 있으며 모든 결정을 주민들과 합의해서 내린다. 시장이 설명해주었다.

"이런 방식으로 농민들의 돈을 진정 농민들을 위해 사용할 수 있게 되죠. 우리가 더 잘 관리할 수 있으니까요."

윌베르트 로사 베 시장은 원하는 만큼 머물다 가라고 하며 자신이 해낸 일들을 하나하나 자랑했다. 나는 작은 식당에서 아니스 차를 대접받았고 그곳에서 시청 직원인 훌리오를 만났다. 나는 탁자 위에 지도를 펼쳐놓고 관광객들이 다니는 길을 피해서 마추픽추로 가려면 어떻게 해야 하는지, 길 상태는 어떤지를 물어보았고 훌리오가 대답해주었다.

"네바도 살칸타이 산 오른편으로 가면 되겠네요. 유모차는 못 끌고 가니까 노새를 구하세요. 아는 사람이 있어요."

다음 날 아침 훌리오는 아폴리나리오라는 친구를 데리고 왔다. 그곳 토박이인 아폴리나리오가 흔쾌히 내 가이드를 해주기로 했는데 케추아어밖에 할 줄 몰랐다. 그래도 손짓으로 아무 문제 없이 가이드 비를 흥정했다.

떠나는 날 아침, 체력을 회복한 지 얼마 되지 않았고 배 속은 여전히 거북했다. 아폴리나리오와 나는 짐을 노새 두 마리에 나눠 싣고 길을 나섰다. 가파른 산길을 세 시간 동안 걷다가 반대쪽 비탈길을 내려가서 팜파카우아까지 갔다. 그곳은 흙을 바르고 돌을 쌓아올려 지은 집이 몇 채 있는 아주 작은 마을이었다. 아폴리나리오는 거기 사는 친구와 밤새 술을 마셨고 나는 변소를 들락거렸다. 그러는 사이 고삐가 풀린 노새들이 산길을 쏘다녔고, 노새들을 찾느라 두 시간이나 산길을 헤매야 했다. 우리는 언짢은 기분으로 다시 길을 떠났고, 우아이루루마요 강을 따라 와이야밤바까지 갔다. 와이야밤바는 마추픽추로 이어지는 유명한 잉카 도로로 가는 교차점에 있다. 풍경은 숨이 멎을 정도로 아름다웠지만, 눈앞에 펼쳐진 충격적인 광경에 자연 경관은 거의 눈에 들어오지도 않았다. 좁다란 흙길에 관광객들이 끝도 없이 한 줄로 길게 늘어서 있고 그 주위를 무거운 짐에 짓눌린 현지 짐꾼들이 둘러싸고 있었다. 관광객들은 숨을 헐떡거리고, 탄성을 지르고, 사방에서 사진을 찰칵찰칵 찍어댔다. 그들은 온갖 나라 말로 떠들어댔고, 짐꾼들은 현대판 노예처럼 손님들이 도착하기 전에 텐트를 치려고 서둘렀다. 예전의 삶에서 익숙한 광경을 안데스 고원의 길에서 보게 되리라고는 기대하지 않았기 때문에 기분이 갑자기 나빠졌다. 심장이 터질 듯이 빨리 뛰었고 어디론가 도망치고 싶었다.

아직 30킬로 정도 더 걸어야 하는데 검문소가 보였다. 검문소 위에는 커다란 표지판이 있었다.

〈마추픽추로 가는 잉카 도로〉

'주식회사'라는 말만 없었지 장삿속이 훤히 들여다보였다. 직원이 표가 있는지 물었지만 내겐 없었다. 그러자 그곳에서는 표를 팔지 않으니 쿠스코에 있는 판매처에서 사라고 했다. 나는 직원에게 산악 지대를 지나서 오느라 표를 못 구했으며, 캐나다에서부터 1만 2000킬로미터를 걸어왔으니 마추픽추까지 걸어갈 수 있게 해달라고 간곡히 부탁했다. 하지만 직원은 딱 잘라 거절했다.

"안 됩니다. 짐꾼도 있잖아요. 돈을 내셔야 해요."

나는 눈물을 머금고 돌아서며 사람들을 철창에 가두는 현대 사회에 아낌없이 욕을 퍼부었다. 우리는 사람들과 부대끼면서 산을 내려왔고 반대편으로 물밀듯이 밀려 올라가는 관광객들에게 길을 내주어야 했다. 어스름할 무렵 우루밤바의 '성스러운 계곡'에서 노새에서 짐을 내려 내 유모차에 다시 실었다. 그리고 고개를 푹 숙이고 쿠스코 쪽으로 방향을 잡았다. 작은 마을들을 지나가는데 분위기가 바뀐 것 같았다. 젊은이 몇 명이 내게 영어로 말을 걸었다.

"이봐요, 이름이 뭐예요? 돈 좀 줘요."

넉살 좋게 에스파냐 어로 대답해주니 젊은이들은 더는 말을 걸지 않고 내 갈 길을 가도록 내버려두었다. 하루는 저녁에 수확이 한창인 키노아

밭 사이를 지나고 있는데, 뒤에서 아이가 부르는 소리가 들렸다.

"아저씨, 아저씨, 잠깐만요!"

뒤를 돌아보니 웬 남자아이가 뒤뚱거리면서 뛰어오고 있었다. 아이는 활짝 웃으면서 내게 양손을 내밀었는데, 재에 묻었다가 꺼낸 따끈따끈한 작은 감자 네 개를 들고 있었다. 아이의 부모가 밭에서 낫으로 키노아를 베다가 나를 보았던 모양이다. 그 따뜻한 마음이 이루 말할 수 없이 고마웠다.

오얀타이탐보에서는 술에 취해서 기분이 아주 좋아진 경찰관들이 하룻밤 재워주고 서로 경쟁하듯이 따뜻하게 대해주었다. 그리고 마침내 '세상의 중심'인 쿠스코에 도착했다. 거리 곳곳에 무지개 깃발이 걸려 있었는데, 태양의 축제인 인티 라이미를 축하하기 위한 것이었다. 나는 북과 안데스 전통 악기인 삼포냐 소리에 맞춰 노래를 부르며 밤을 지새웠다. 팬플루트처럼 생긴 삼포냐의 속삭이는 듯한 부드러운 음색은 산 공기, 알파카의 털, 이곳 사람들의 푸근한 인심을 떠오르게 했다.

나를 재워준 소방관들에게 마추픽추에서 발걸음을 돌려야 했을 때 얼마나 실망했는지 이야기해 주었다. 그러자 크리스티안이라는 젊은 의용소방대원이 내게 외국인들에게는 금지된 가이드 전용 기차를 타고 마추픽추에 갈 수 있게 해주겠다고 했다. 다음 날 아침, 크리스티안이 근무복을 차려입고 멜빵과 형광 띠까지 두른 채 왔다. 그리고 내게 빨간 윗옷과 소방관 배지, 소방서장의 편지를 건네며 말했다.

"이제부터 당신은 몬트리올 소방서의 장 벨리보 소방대장이에요. 기차 직원에게는 아과스 칼리엔테스의 소방대장을 만나러 가는데 이름은 잊었다고 하세요. 진지하게 해야 해요. 알았죠?"

몇 시간 뒤 우리는 마추픽추에서 기념사진을 찍었다. 계획이 완벽하게 성공해서 아이처럼 들떠 있었다. 우리는 농담을 주고받고, 자갈밭 위에서 펄쩍펄쩍 뛰고, 온천탕에서 서로 물을 튀기며 한나절을 보냈다. 저녁에 돌아가는 기차에서 짐꾼들과 술판을 벌였다. 짐꾼들은 낮에 함께 다녔던 관광객들, 특히 여자들의 흉을 보며 즐거워했다. 그들이 심하게 흉을 볼수록 내 속이 더 후련해져서 마치 내가 앙갚음을 하는 기분이 들었다.

가벼운 마음으로 알티플라노 고원으로 가는 길로 다시 접어들었다. 바람이 세차게 부는 알티플라노 고원은 4000미터 고도에 4개국에 걸쳐 펼쳐져 있다. 혼자서 걸어가고 있는데 티티카카 호수까지 가는 관광객들을 가득 실은 버스가 몇 대 지나갔다. 키노아 수확철이라 마을마다 농사일로 분주했다. '모든 곡식의 어머니'라는 키노아는 잉카 인들이 5000년 전부터 재배해온 곡식이다. 밭에서 남자들이 키노아 줄기를 도리깨 비슷한 '우악타나'로 때려서 낟알을 떨고 있는데, 한 여자가 내게 토속 술을 한 모금 나눠주었다. 내가 뺨에 입을 맞추는 서양식 인사를 하자 여자는 화들짝 놀랐고 우리는 웃었다. 서로 웃고 나누는 기쁨의 시기였다.

끊임없이 이어지는 아름다운 풍경 속을 걷다보니 내 안에서 기묘한 변화가 일어났다. 마치 단단히 얽매던 굴레가 벗겨진 것처럼 후련한 기분으로 나는 자연스럽게 본능이 이끄는 대로 행동했다. 하루는 개 한 마리가 재빠르게 뒤쫓아오더니 내 종아리를 콱 물었다. 나는 잔뜩 약이 올라 곧바로 유모차를 팽개쳐두고 고함을 지르며 개를 쫓아가기 시작했다. 개가 으르렁거리며 이빨을 드러냈지만 나는 물러서지 않고 개를 덮쳤다.

그러자 개는 집 뒤쪽으로 도망쳤다. 그때 이성이 내 발목을 붙잡지 않았다면 집까지 개를 따라갈 뻔했다. 나 자신에게 깜짝 놀라 발길을 돌렸는데, 그제야 집 안에서 누가 보고 있었으면 어쩌나 싶어서 얼굴이 화끈거렸다.

머릿속으로는 여러 가지 공상을 했다. 달까지 걸어가려면 시간이 얼마나 걸릴까? 나는 지식을 총동원하고 여러 가지 변수를 고려해서 시간을 계산해보았다.

7월 4일 저녁에 티티카카 호숫가에 도착했다. 시내 호텔 앞 광장에서 악사 몇 명이 아니스 술 한 잔과 춤으로 추위를 이겨내며 삼포냐를 연주하고 있었다. 나도 잠깐 그들과 춤을 추면서 다시 한 번 이곳에서 살면 행복할 것 같다는 생각을 했다. 가끔 길을 걷다가 짓고 싶은 집을 생각해보기도 했다. 파나마도 좋고, 페루 북쪽 사막 지대도 좋다. 그곳에서는 땅이 신에게 속해 있기 때문에 돈으로 살 수 없다. 이웃들과 족장에게 동의를 구하고 살기만 하면 된다. 바닥은 콘크리트로 하고 벽은 진흙과 톱밥, 쌀겨를 섞어서 바를 것이다. 모르타르를 발라서 벽돌을 쌓아올릴 것이며, 하얀 석회로 집 전체를 덮고 지붕에는 점토 기와를 얹을 것이다. 집 안에 대나무와 갈대로 짠 병풍을 놓아서 방을 구분하고, 바닥에는 에스파냐식 타일을 깔 것이다. 회랑을 만들어서 앉아 있기도 하고 우기에는 해먹을 쳐놓고 빈둥거릴 것이다. 욕실에는 통에 물을 받아 높이 올려놓고, 태양전지 컴퓨터에 인터넷을 연결할 것이다. 고집 센 작은 당나귀를 끌고 매일같이 물을 길어올 것이며, 급하고 어리석은 '흰둥이' 습성을 버리고 삶을 복잡하게 만들지 않도록 노력할 것이다.

내 상상은 남반구 겨울의 맑은 하늘 위로 훨훨 날아갔다. 7월 10일, 티티카카 호숫가를 따라 걷고 있는데 눈이 내리기 시작했다. 아이들이 맨발에 낡은 타이어로 만든 샌들만 신고 새하얀 눈밭에서 축구를 하며 놀고 있었다. 그 지역에서는 아주 드물게 내리는 눈을 맞고 있자니 6개월 동안 곳곳을 누비고 다닌 여행자에게 보내는 페루의 작별 인사 같았다.

볼리비아의 수도인 라파스(세계에서 가장 높은 곳에 있는 도시다!)에 도착해서 장갑을 샀다. 칠레로 갈 계획이라 내 여행 경로 중 가장 높은 지점인 4660미터 고도에 있는 탐보 케마도 국경 검문소를 지나야 했다. 라파스에서부터 오르막길이 시작되었고 공기는 희박해지고 점점 더 건조해졌다. 반짝반짝 빛나는 햇빛이 몸속 깊이 스며드는 것 같았고 하늘을 쓰다듬고 싶다는 엉뚱한 생각이 들었다. 손만 뻗으면 만질 수 있을 것 같았다.

밤에는 물통 속의 물이 얼어붙을 만큼 추워졌다. 7월 23일 아침, 나는 세수를 하기 위해 얼음을 깨야 했다. 저 멀리 만년설에 뒤덮인 사하마 화산이 위엄 있게 서 있었다. 그곳이 내 다음 목적지였다.

세상이 끝난 듯한 기분이 들었다. 내 뒤로는 짙푸른 밤의 색깔이 채 가시지 않은 자줏빛 하늘이 지평선과 맞닿아 있었고, 죽음 말고는 아무것도 없었다. 하지만 앞에는 노랑, 주황, 빨강 등 온갖 색이 폭발하는 생명이 펼쳐져 있었다. 달은 완벽하게 둥글었고 나는 걸었다.

7월 27일 끔찍한 바람이 덮쳐왔다. 영하 20도의 추위에 손가락이 장갑 속에서 꽁꽁 얼어갔다. 오르막길이 끝도 없이 계속되었고, 내가 할 수 있는 일이라곤 한 걸음씩 앞으로 나가는 것밖에 없었다. 주변에 있는 지형들은 침식 작용으로 기묘하게 뭉개져서 마치 죽은 사람의 머리 같았다.

웃으면서 나를 쳐다보는 것같이 기괴하게 일그러진 큰 돌도 있어서 신경이 쓰였다. 파리나코타와 포메라페 쌍둥이 화산이 지평선 너머로 점점 다가왔다. 사하마 화산은 이미 내 뒤에 있었다. 겨우 몇 시간 잘 수 있었는데, 화장실이 없어서 담요 밑에 플라스틱병을 두고 오줌을 눴다.

정오에 국경을 통과했다. 산소가 부족해서 감각이 이상해졌고 윗옷 위에 판초를 꽁꽁 둘러맸다. "칠레에 오신 것을 환영합니다."라는 표지판이 얼음같이 찬바람에 덜덜 떨렸고, 나는 이제 돌풍에 맞서며 산길을 내려가야 했다. 푸키오에서 라우라가 준 코카 잎 생각이 났지만 꾹 참고 사용하지 않았다. 용이 마지막으로 거친 숨을 내쉬는 것 같은 마지막 몇 킬로미터는 정말로 힘들었고 나는 뼛속까지 얼어붙은 채 충가라 호숫가에 있는 칠레 국경 검문소에 도착했다. 세르히오와 오마르라는 두 경찰관이 나를 맞아주었고 따뜻한 수프를 대접해주었다. 송장같이 창백한 내 얼굴과 천식 환자처럼 배 속 깊은 곳에서 쥐어짜낸 숨소리 중 어떤 것이 그들을 더 무섭게 했을지 궁금했다.

맑은 물속에 화산이 비치고, 분홍색 홍학들이 장난치며 노는 모습이 마치 마법처럼 아름다웠다. 그 호숫가에서 나는 안데스 산맥과 이별했다. 태평양 연안에 있는 항구 도시이자 사막으로 가는 관문인 아리카 쪽으로 내려가면서 나는 득의양양한 함성을 질렀다.

"나는 용을 길들였다!"

산속으로 사라지는 내 목소리와 함께 나약함도 사라졌다. 나는 부푼 가슴을 안고 사막으로 걸음을 옮겼다.

• 2002년 8월 5일~12월 2일
칠레

아타카마 사막

아리카 버스 정류장에 모여 있던 운전사들이 깜짝 놀라며 나를 바라보았다.

"걸어서요? 사막을 걸어서 횡단할 거라고요?"

나는 천천히 고개를 끄덕이며 여유 있는 척하려고 애썼다. 그들이 알기로는 그런 모험을 감히 시도한 사람이 아무도 없었다고 했다. 아타카마 사막은 지구에서 가장 높은 곳에 있고 가장 건조하다. 태평양과 안데스 산맥에 접해 있고 페루 국경에서 코피아포 시까지 1200킬로미터에 걸쳐 있다. 그 어마어마한 공간에 있는 것이라고는 금 간 바위들, 화산, 소금 사막, 말라버린 호수밖에 없다. 나는 구부리고 앉아서 지도에 트럭 운전사들이 식사를 하고 쉬어가는 '포사다(여관)'로 추정되는 장소들에 표시를 했다. 한 곳에서 다른 곳으로 가려면 여러 날을 걸어가야 할 만큼 멀리 떨어져 있었다. 8월 5일, 유모차에 통조림과 물병을 가득 채우고 남쪽으로 가는 길에 접어들었다. 그 길은 먼지가 풀풀 날리고 땅바닥에는 뼛속까지 긁힌 것처럼 직선으로 쫙쫙 갈라진 자국이 나 있었다. 첫날밤에 나는 길옆에 누워서 가만히 하늘을 보았다. 습도가 겨우 4퍼센트밖에 되지 않는 사막의 지극히 순수한 공기 때문인지 멀리 있는 별까지 무척 밝게 빛났다. 어떤 여행 책자에는 그 지역이 "UFO를 관찰하기에 적격"이라고 주장하는 글이 있기도 하다. 나는 슬쩍 웃었다. 어찌됐든 UFO가 지나가는 건 아주 드문 일일 것이다.

그 전날 축구장에 딸린 조그만 방에서 자는데, 한 이상한 남자가 문 앞에서 북을 치기 시작했다. 단이라는 그 남자는 커다란 선글라스를 끼고, 틱 증상이 있는 것처럼 몸을 움찔거리며 내 친형이라도 되는 것처럼 친근하게 말을 걸었다.

"내가 말하는 거 명심해."

그는 음모라도 꾸미는 사람처럼 심각하게 자기 왼발에 신은 구두를 손가락으로 가리켰다. 구두에는 산속 깊은 곳에 나타난 비행접시와 예수의 얼굴을 그려놓았다. 단은 실제로 예수를 만난 아이들이 그림을 그렸다고 했다.

"나는 너한테 메시지를 전하려고 여기에 왔어. 그들은 위험하지 않아. 오래 걷다보면 분명히 그들을 만날 거야. 만약 보게 되면 나한테 연락해."

떠나기 전에 단이 갑자기 돌아보더니 말했다.

"어디로 갈지 잘 모를 땐 무조건 왼쪽 길로 가. 무조건 왼쪽으로."

그러고는 가버렸다. 단은 제정신이 아니었는지도 모른다. 하지만 그날 밤 사막에서 외계인들이 나를 만나러 내려오는 꿈을 꾸었다. 꿈에서 나는 그들에게 뤼스가 나와 함께 다닐 수 있도록 허락해달라고 간청했다.

이키케에서부터 사흘 째 걷던 중이었다. 아침에 일어나서 주위를 둘러보니 전날 밤에는 보지 못했던 이상한 그림들이 있었다. 언덕배기에서 거대한 라마들이 나를 지그시 바라보고 있는 것 같았는데, 고대 원주민들이 땅바닥에 굴러다니던 돌로 그린 거대한 지상 그림이었다. 보통 하늘에서 내려다봐야 제대로 보이는데 내가 걷는 잉카 도로에서도 일부가 보였다. 추상적으로 그려진 과나코, 콘도르, 여우 등을 알아맞히는 게 재미있었다. 사람이 살지 않는 뜨겁고 거대한 땅이 품속에 새겨진 보이지 않는 신들의 존재로 떨리는 것 같았고, 사막 전체가 신들에게 신비롭고 영원한 언어로 말을 걸고 있는 것 같았다.

그 옛날 황금을 찾던 사람이 6일 동안 허허벌판을 헤매다 술집을 만난 것 같은 심정으로 나는 여관 문에 와락 달려들었다. 작은 어촌 입구에 있는 그 여관은 광부와 트럭 운전사 들로 북적거렸다. 손님 대부분은 초석 광산에서 일하는 광부들이었다. 때때로 내가 리튬, 구리, 철이 가장 많이 묻힌 땅 위를 걸어간다는 생각을 했다. 아무것도 자랄 수 없는 불모의 땅에 어마어마한 부가 묻혀 있다니, 정말 놀라운 사막이다.

하루하루 지나면서 나는 내 안에 깊숙이 빠져들었다. 바위와 모래, 끝없이 펼쳐진 바다. 푸른색과 베이지색에 녹아드는 기분이었다. 무미건조한 풍경과 침묵을 어루만지는 발자국 소리 말고는 볼 만한 것도, 무료함을 달래줄 것도 없었다. 하지만 내면은 열대 식물처럼 현란하게 피어났다. 나는 폭발하듯 떠오르는 생각들에 흠뻑 빠져들었다. 아무 생각이나 마구 하다보니 계시, 환상, 몽상, 예언 같은 것까지 관심을 갖게 되었다.

사실이건 거짓이건 중요하지 않았다. 선악의 개념도 희미해졌다. 신도 없었고 종교도 없었다. 이 사막에 나만 있으니 내가 곧 법이었다. 저녁이 되면 자주 글을 썼다. 중력, 이성, 신을 표현해보려고 연필로 일기장을 새까맣게 만들기도 했다. 나는 점점 기이한 신비주의에 빠져들었다. 아마 그 순간에는 내가 신이었기 때문이었던 것 같다. 나는 이 새로운 힘에 도취하여 들을 사람 없는 사막에서 고함을 지르고 미친 사람처럼 절규했다.

푼타데로보스를 지나 안토파가스타로 가는 길에 갑자기 규칙적으로 파도치며 바위에 부딪치는 바다가 나를 부른다는 느낌이 들었다. 나는 바위 위에 앉아서 눈을 감고 바다가 하는 소리에 귀를 기울였다. 그리고 정말 바다가 하는 말을 들었다. 바다가 속삭였다.

"나는 네가 기억할 수도 없을 만큼 오래전 한 숨결에서 태어났어. 보름달과 가느다란 초승달을 수없이 거치며, 수십만 해리(海里)를 달려왔고 수많은 뱃사람을 만났지. 낮의 파란색과 내 파란색을 하나로 만들었고, 활활 타오르는 해 질 녘의 주황색과 내 파란색을 섞기도 했어. 오늘 너는 아주 먼 곳에서 내게로 걸어왔어. 나는 네게 다가가고 널 에워쌀 수는 없지만 만질 수 있다는 걸 알아. 지금 나는 바로 네 곁에 있어. 너는 내 빛나는 터키색 머리카락이 해변의 바위에 하얀 거품으로 풀어지는 걸 보고 있어. 이 거품은 내 이야기의 결말이며, 너에게 보내는 내 마지막 미소야. 이제 네가 마지막으로 웃을 때까지 네 영혼이 속삭이는 비밀을 들으렴. 아직 네 앞에 가야 할 길이 많아."

나는 벌떡 일어나서 목이 쉴 때까지 온 힘을 다해 소리 질렀다.

"왜, 왜 나한테 이런 말을 하는 거야?"

바다는 여전히 내 앞에 있었지만 더 이상 아무 말도 하지 않았다. 나는 거품이 끝없이 나를 놀리며 크게 웃는 소리를 들었다.

사람들 사이로 다시 돌아오니 당황스럽기도 하고 행복하기도 했다. 절대적인 고독 속에서 여러 주를 지내고나니 대도시인 안토파가스타에 빨리 적응하기가 힘들었다. 30만 명이 넘는 사람들이 가파른 산 바로 밑에 살고 있는 안토파가스타는 태평양 연안에서 가장 큰 항구 도시이다. 사막에서 파낸 보물들이 바로 이곳에서 외지로 나가는데, 세계에서 가장 큰 노천 구리 광산인 추키카마타에서 채굴된 구리가 주를 이룬다.

캐나다 명예 영사인 이사벨 오소리오가 각종 축제와 축하 행사에 데리고 다녀 주었다. 이틀 동안 내 유모차가 여러 신문의 1면에 실렸고 텔레비전에까지 출연했다. 이사벨은 아주 멋진 여성이었고 내 도보 여행의 취지에 열렬히 공감해서 사막 한가운데에서 며칠을 함께 걷기로 했다. 여전히 낯선 안토파가스타에서 더욱 놀라웠던 일은 한 에스파냐 남자가 나를 기다리고 있었다는 것이다. 안토니오라는 이 남자는 알리칸테 남부 무르시아에 사는데, 잡지에서 기사를 읽고 내 유모차를 밀면서 함께 걷고 싶다는 꿈을 이루기 위해 왔다고 했다. 떠나는 날 아침에 나는 마음이 썩 편치 않았다. 우리는 하루 종일 자갈이 깔린 험한 길을 걷고 밤에는 달빛 아래에서 텐트를 치고 잤다. 날이 밝으면 일어났고 곧 햇볕이 이글거렸다.

이사벨은 가볍고 정교한 유모차를 가져왔고, 안토니오는 값비싼 골프 카트에 짐을 실었는데 내가 보기엔 이런 돌밭에서는 쉽사리 망가질 것 같았다. 나는 속으로 두 사람의 순진함을 욕하면서 짐을 최대한 덜어냈다. 뭐라도 부서지면 오도 가도 못하고 고립될 텐데!

해가 높이 뜰수록 열기는 점점 더 뜨거워졌고 우리는 계속 앞으로 나갔다. 이사벨이 바닷가 쪽 길로 가자고 주장했는데, 그쪽 길은 경치가 더 아름다웠지만 완전히 텅 비어 있었다. 저녁에 우리는 폐광 근처에 텐트를 쳤고, 안토니오가 길가에서 나뭇조각을 몇 개 주워 와서 불을 피웠다. 여행하면서 겪은 이야기를 웃으면서 나누다보니 어느 정도 기분이 풀렸다. 밤이 되어 우리는 언덕에 올라가 수십억 개의 하얀 별빛 아래서 침묵의 소리에 귀를 기울였다.

나흘 동안 걷고 헤어질 때 두 사람은 눈에 띄게 행복해보였고, 우리는 서로 포옹을 나누었다. 나중에 나는 안토니오가 어떤 사람인지 전혀 모른다는 걸 깨닫고 깜짝 놀랐다. 뭘 하고 살까? 직업은 있을까? 그는 이 뜨거운 사막에 홀연히 나타났고, 나는 걱정에 시달리느라 이야기도 제대로 나누지 못했다. 안토니오가 했던 말 중에 유일하게 생각나는 게 있다.

"함께 걷고 싶어요. 값을 매길 수 없는 뭔가를 해보고 싶거든요."

다음 날 아침 피로와 더위에 지친 채 나는 유모차를 밀고 땅이 갈라지고 자갈이 가득한 길을 다시 걸어갔다. 땅이 갈라진 틈새 속에서 활짝 핀 사막의 작은 꽃들이 더는 보이지 않았다. 선인장도, 꽃이 핀 작은 관목들도, 바닷가 바위에 붙은 해초를 따는 사람들도 없었다. 내 머릿속엔 사막을 빠져나가고 싶다는 생각밖에 없었다. 하루가 끝날 때쯤 나는 바위 사이에 텐트를 치고 있었다. 선인장과 꽃나무가 많아서 마치 천국 같은 곳이었는데, 갑자기 온갖 감정들이 우격다짐을 하듯 밀려와서 깜짝 놀랐다. 사막과 나, 우리는 화해해야 했다. 술이라도 한잔해야 할 것 같아서 이사벨이 주고 간 와인 한 병을 땄다. 그리고 내 생각을 달에게 주절주절 털어놓으면서 술을 다 비웠다. 달의 둥그런 얼굴이 내게 이 여행이 끝나면 자기한테도 놀러 오라고 허락해주는 것 같았다. 술김에 온갖 호언장담과 약속을 늘어놓는데, 갑자기 퍼뜩 정신이 들고 이 상황이 정말 웃긴다는 생각이 들었다. 파도, 별, 달……. 너무 오래 혼자 지내다보니 내가 친구들을 만들어내고 있었다. 내일이면 전갈들과도 수다를 떨 것 같았다.

사막에서는 고독의 외투에 폭 싸여 있었지만, 바깥에서 나는 많은 사람들에게 둘러싸였고 무척 유명해졌다. 어린이들을 위해 걷는 남자에 흥미를 느낀 칠레 언론들이 뤼스에게 연락해서 내 도보 여행을 앞다퉈 취재해 수십 편의 기사를 냈다. 어디서나 내가 지나가기를 기다리는 사람들이 있었고, 길을 건너면 차들이 경적을 울리며 인사를 건넸다. 코피아포에 도착했을 때는 완전히 축제 분위기였다. 어린이 수십 명이 나를 스타라도 되는 것처럼 열렬히 맞아주고 웃으면서 중앙 광장까지 인도해주었다. 광장에서는 소규모 관악단이 내 도보 여행에 경의를 표하는 의미로 칠레의 전통 음악을 연주하고 있었다.

며칠 전부터 공기에서 마치 생명의 산들바람 같은 색다른 향기가 났다. 어느새 무성해진 선인장과 덤불숲을 보니 초록빛 남쪽 골짜기의 공기를 마시는 기분이 들었다. 코피아코를 떠날 때 사막이 아껴뒀던 화려한 선물을 내게 주었다. 내가 지나가기 바로 전에 비가 규칙적으로 여러 번 왔는데, 이 지역에서는 극히 드문 일이었다. 이 비 덕분에 건조한 땅속에 묻혀 있던 구근 수천 개에서 일제히 꽃이 핀 것이다. 까마득히 멀리까지 부드러운 자줏빛 꽃길이 생긴 걸 봤을 때 나는 신기루인 줄 알았다. 여리고 보드라운 꽃 수백만 송이 사이를 걸어가는데, 마치 붉게 빛나는 양탄자 위를 걷는 것 같았다. 산허리에는 보라색 비단길이 깔려 있었고, 멀리 보이는 짙은 빨간색 꽃밭은 사나운 사자의 발톱에 찢긴 듯이 갈라졌고, 그 사이 사이에 옅은 푸른색, 하얀색, 옅은 보라색의 파스텔톤 꽃송이들이 초록 줄기 끝에 매달려 비눗방울처럼 하늘하늘 흔들렸다.

이렇게 화사한 분위기가 감도는 마른 강바닥에 텐트를 쳤다. 파란 줄무늬가 있는 작은 풍뎅이들이 주위를 날아다녔는데 그것도 마치 나를 위한 몽환적인 춤 공연 같았다. 어디선가 퓨마가 으르렁거렸지만 다가오지 않고 거리를 유지했다.

11월 첫 주에 사막을 떠나 포도밭이 펼쳐진 계곡으로 갔다.

• 2002년 12월 3일~2003년 6월 30일
아르헨티나, 우루과이, 브라질

'체'의 나라에서

산허리를 아슬아슬하게 휘감는 꾸불꾸불한 길을 지나 마지막으로 안데스 산맥을 건너서 아르헨티나 국경에 있는 크리스토 레덴토르 터널에 갔다. 아메리카 대륙에서 가장 높은 봉우리인 아콩카과 산이 안개 속에 위엄 있게 서 있었다. 아콩카과 산을 정복하려다 목숨을 잃은 등반가들이 산기슭에 있는 등반가 묘지에 묻혀 있다. 멘도사 강바닥에 반짝거리는 석회석이 강물에 빨간색과 적갈색으로 비쳐서 빛나고 있었다.

나는 도랑에 놓인 작은 다리 밑에 텐트를 치고 자다가 빗소리에 깼다. 경사가 완만한 길이었지만 걷기는 무척 힘들었다. 바짝 마른 골짜기로 흘러가는 강을 가만히 바라보았다. 골짜기 아래 깊숙한 곳에는 눈이 녹은 진창이 있었다. 나는 침울하고, 서글프고, 마음이 아프고, 영혼이 텅 빈 것 같았다. 더는 생각할 힘이 없어서 기계적으로 발걸음을 옮기며 시간을 보냈다. 멘도사까지 가는 데 6일이 걸렸고, 거기서부터 곧바로 연결된 길로 1200킬로미터를 가면 부에노스아이레스에 도착할 터였다.

정오쯤 구덩이에 세미 트레일러 탱크가 뒤집혀 있는 걸 보았다. 100명쯤 되는 사람들이 조용히 줄을 서서 그릇에 윤기가 흐르는 갈색 액체를 담고 있었다. 내가 다가가니 아이들이 활짝 웃으며 말했다.

"이거 봐요, 체(에스파냐 어로 '이봐, 어이'라는 뜻의 감탄사), 이거 봐요!"

아이들은 엄마 주위에서 까불면서 춤을 추고 있었고, 엄마들은 초콜릿 원액이 가득 담긴 나무통을 조심조심 들고 있었다. 운전사의 안위를 궁금해하는 내게 누군가 그는 무사하다며 지나가는 말처럼 대답해주었다. 어떤 아이들은 어디론가 달려갔다가 팔에 양철통을 끼고 아빠를 쫄래쫄래 따라왔다. 얼마나 담았는지 웃으며 서로 비교해보기도 했다. 그날 저녁 마을에서는 오랫동안 잊지 못할 성대한 잔치가 열릴 터였다. 나는 그 광경을 보고 깊이 감동했고 다시 낙관적인 마음이 솟아올랐다. 진정한 행복을 느끼는 때는 매우 드물지만, 잘 찾아보면 살면서 한 번 이상은 그런 기회를 만날 수 있다.

멘도사에서 브라질 상파울루까지는 3000킬로미터를 더 가야 했다. 화려한 멘도사를 떠나면서 나는 지금까지 지나온 고생길에 비하면 그 정도는 가벼운 산책 정도일 거라 생각했다. 물정 모르는 순진한 생각이었다. 걷기 시작하고 첫 몇 주 동안 여러 번 죽을 만큼 힘들었다. 새 신발에 발이 고문을 당했고, 숨 막히게 무더운 열기 속에서 걷느라 피로에 짓눌렸다. 무엇보다 힘든 것은 아르헨티나 사람들, 그 삶의 리듬에게 적응해야 한다는 것이었다. 정말 악몽이 따로 없었다! 그곳 사람들은 동틀 녘에 일어났다가 내가 걷는 오후 동안에는 낮잠을 잤다. 그리고 내가 간절히 쉬고 싶은 시간에 다시 일어나서 생기 넘치는 모습으로 돌아다니고, 한밤중에 내가 완전히 지쳐서 자고 싶은 생각밖에 없을 때 식사를 했다. 뭐라도 먹으려면 밤 12시까지 기다려야 했다. 비축해놓은 물이 떨어지지 않게 늘 신경을 썼는데, 길가에 드문드문 있는 코레아라는 여성을 기리는 작은 제단이 매우 인상 깊었다. 그녀는 전쟁에 참전한 남편을 따라 갓난 아기를 품에 안고 산후안 사막까지 갔다가 갈증으로 숨졌다고 한다. 노새 몰이꾼, 트럭 운전사 등 모든 여행자들이 코레아를 기리면서 길가에 있는 제단 앞에 물 수십 병을 가져다놓았다.

풍광이 조금씩 바뀌었다. 포도밭이 널따란 해바라기밭에 자리를 내주었는데, 일하던 농부 가족들이 나를 따뜻하게 맞아주었다. 코르도바 지역에서는 만나는 사람마다 이가 누런 갈색으로 삭아 있어서 깜짝 놀랐다. 거대 농기업인 몬산토에서 생산하는 유전자 조작 콩 때문에 순식간에 만연해진 빈곤이 사람들의 건강에도 즉각적인 영향을 미치는 것 같았다. 잠시 걸음을 멈추는 곳마다 사람들은 미국에 대한 해묵은 반감을 강하게 드러냈다. 미국인들은 남아메리카의 자원을 마음대로 관리하려 하고, 땅과 공장을 훔쳐가고, 정치인들을 꼭두각시로 만든다고 의심받고 멸시받았다.

2월의 어느 날 저녁 카라벨라스의 한 마을에서 가톨릭 사제에게 하룻밤 신세를 졌다. 나를 사제관에 데리고 가면서 그는 시간에 쫓기는 짐수레꾼처럼, 잔뜩 화가 난 운전사처럼 욕을 해댔다. 나는 신부님이 내뱉는 걸쭉한 욕이 무척 재미있었다. 반들반들한 민머리에 회색 머리칼이 관을

씌운 것처럼 난 것도 신기했다. 일흔 살쯤 돼보였지만 훤한 이마 밑에서 반짝이는 냉소적이고 익살스러운 눈빛이 젊어보였다. 얇은 입술에서는 화통한 웃음소리와 욕설이 끊임없이 흘러나왔다. 숯불로 덥힌 화덕을 앞에 두고 맛있는 닭고기 꼬치구이를 먹으면서, 나는 그가 전문가 같은 동작으로 포도주 마개를 열고 아르헨티나 정치인들의 이름을 줄줄 대면서 저주와 욕을 퍼붓는 걸 지켜보았다. 그는 술을 마시는 중간중간 안주처럼 욕을 하고 열변을 토했다. 입안에 있던 닭고기 파편이 사방으로 튀어도 아랑곳없었다.

"그 빌어먹을 놈이 국고를 들고 유럽으로 튀었다니까. 다른 멍청한 놈은 우리 기업을 외국 놈들한테 헐값에 팔아넘겼고. 수천 명을 학살한 독재자 개새끼도 있어!"

작은 사제관은 유칼립투스 나무가 우거진 습한 팜파스 한가운데에 있었고, 부엌에 앉아 있으니 앵무새들의 노랫소리가 들려왔다. 신부님은 끝도 없이 욕을 하며 칼로 새기듯 그들의 실체를 생생하게 보여주었다. 봇물 터지듯 이어지는 수다 속에서 나는 민중의 고통과 삶의 해학을 읽었다. 아르헨티나 사람들은 자신을 웃음거리로 삼는 걸 좋아한다. 그 역시 슬픔에서 벗어나기 위한 방법인 것이다.

몇 주 후 나는 라플라타 강에서 우루과이로 가는 작지만 호화로운 배를 탔다. 거대한 문어발 같은 도시인 부에노스아이레스에서 열흘을 보낸 터라 배를 타니 어쩐지 마음이 놓였다.

부에노스아이레스는 화려함과 극도의 빈곤이 공존하는 도시였다. 나는 빈민촌을 가보고, 거리의 아이들과 걸인들, 매춘부들을 만났다. 평생 농민과 노동자 들의 권리를 위해 싸운 공로로 노벨 평화상을 수상한 아돌포 페레스 에스키벨도 만났다. 세상에 대한 혐오감이 다시 느껴졌고, 오지에 느낀 평화로움—완전히 상대적이긴 하지만—을 되찾길 간절히 바랐다.

우루과이의 조용한 평원과 초록빛 언덕 들을 건너는 건 영혼의 휴식과 같았다. 하지만 북쪽으로 올라가서 브라질의 대서양 연안으로 가니 또다시 길에서 너무 많은 걸인들을 마주쳤다. 펠로타스를 향해 걷고 있었다. 가우초(목동)들이 마테 차를 홀짝거리는 경작지 한가운데에서 나는 스무 살쯤 된 젊은 남자를 만났다. 그는 배가 고프다고 했고, 우리는 길가에 앉아서 내 빵을 나눠먹었다. 잠시 잡다한 이야기들을 나눈 다음, 그는 내게 어디로 갈지 모르겠다며 비밀을 털어놓았다. 다섯 달 전에 북쪽 지방에 있는 감옥에서 탈옥했다는 것이다. 질투 때문에 일어난 싸움에 휘말려서 10년 형을 받았다고 했다. 그가 살인을 저질렀는지는 모르겠다. 하지만 당황하고 겁에 질린 채 그 현장에 있었다. 두려움 때문에 감옥에서 탈출했고 필사적인 도주 생활로 스스로를 갉아먹고 있었다. 그는 나도 자신과 처지가 비슷한 도망자라고 생각했다. 두 눈에 눈물을 가득 담고 그는 칠레로 가고 싶다고 했다.

"거기선 다들 잘사는 것 같아서요."

그 순진함에 가슴이 콱 막혔다.

"안데스 산맥이 워낙 높아서 건너갈 수 없을 거야. 겨울이 오면 길목마다 경비가 강화되지. 볼리비아 국경 근처에는 지뢰가 많이 묻혀 있어. 그냥 이 나라에 있어. 어쩌면 아르헨티나나 파라과이에 갈 수도 있겠지만, 그것도 어려울 거야."

내 말에 어찌나 낙담을 하는지 감히 말을 이을 수가 없었다. 걱정과 피로 때문에 그의 눈 밑에 자줏빛 그늘이 져 있었다. 눈빛을 보니 내면이 얼마나 흔들리고 있는지 알 것 같았다. 그는 자기 내면의 거울을 통해 세상을 보고 있었다.

나는 부드러운 목소리로 말했다.

"언젠가는 너도 삶을 직시해야 할 거야. 선택의 여지가 없단다."

그러고나서 우리는 헤어져서 각자의 길로 갔다. 잠깐 돌아서서 보니 그는 반바지차림에 배낭은 텅 비었고, 샌들은 끈까지 닳아서 나달나달했다. 겨우 스무 살이었다. 나는 그가 내 아들이라도 되는 것처럼 몹시 슬펐다. 왜 이 바보는 탈옥을 했을까? 오늘은 어디로 가려는 걸까?

여러 도시와 마을 들을 다니며 각종 축제를 경험하면서 나는 개방적이고 쾌활한 브라질 문화에 빠져들었지만, 생각은 다른 데 가 있었다. 이제 몇 주 후면 남아메리카 대륙을 떠나 전혀 모르는 새로운 대륙, 아프리카로 갈 것이기 때문이었다. 나는 매일 지도를 보고 바다를 바라보며 아프리카를 생각했다. 아프리카 사람들의 미소와 야생 동물의 세계를 그려보았다. 아프리카에서 3년을 지낼 계획이었고, 그곳을 한 걸음씩 탐험한다는 생각에 무척 흥분해서 몸이 달았다.

5월 초, 포르투 알레그리에 있는 인터넷 카페에서 여행 계획을 공들여 짜다가 키 작은 괴짜 남자를 만났다. 대머리에 군복 윗도리를 입었는데 볼록 나온 배 때문에 옷이 터질 것 같았다. 레닌 같은 염소수염을 길렀고 발에는 샌들을 신고 있었다. 피에르 베라르라는 그 남자는 프랑스 극좌파 운동권이었고, 포르투 알레그리에는 '정치 망명자' 신분으로 머무르고 있었다. 피에르는 자신을 '세계의 정치적인 흐름을 독학한 학자'라고 소개하고 오랜 시간 동안 아프리카 역사에 대한 강의를 늘어놓았다. 특히 각 분쟁 지역에서 다툼이 벌어진 이유와 전개 과정을 굉장히 자세하게 설명해주었다. 그 이야기를 다 듣고 있자니 얼이 다 빠질 지경이었다. 당황한 내 표정을 보더니 피에르는 나를 데리고 가게로 가서 아프리카 대륙을 상세하게 소개한 지도 시리즈를 사게 했다. 그런 다음 마지막으로 여정을 바꾸라고 충고했다. 그래서 나는 위험한 서부의 콩고나 코트디부아르를 걷는 대신 인도양과 접한 아프리카 동부로 가기로 했다.

상파울루에서 보낸 마지막 며칠 동안은 돈을 구하기 위해 동분서주했다. 뤼스는 남아프리카 공화국의 요하네스버그까지 가는 내 비행기 표를 사줄 기부자들을 찾느라 바빴다. 결국 마지막 순간에 남아공 항공의 도움으로 캐나다와 브라질 후원자가 나서주었다.

멋진 17번째 신발과 바퀴 세 개짜리 새 유모차가 캐나다 공관에서 나를 기다리고 있었다.

2003년 6월 18일 카나네이아 항구에서 멀리 떨어지지 않은 곳에 있는 해변을 걷다가 물가로 가까이 가보았다. 누군가 바로 그 장소가 500년도 더 전에 한 포르투갈 인이 처음으로 배에서 내린 곳이라고 했다. 나는 곰곰이 생각에 잠겨 있다가 기념 의식을 하고 싶어서 발밑에 있던 모래를 한 줌 긁어모아서 바다로 던졌다.

나는 이 대륙에서 그만 걸을 것이며, 내 발자국은 대서양을 건너서 아프리카 해안까지 갈 것이다. 그곳에서 나는 내 발자국을 다시 찾을 것이다.

신이 원한다면.

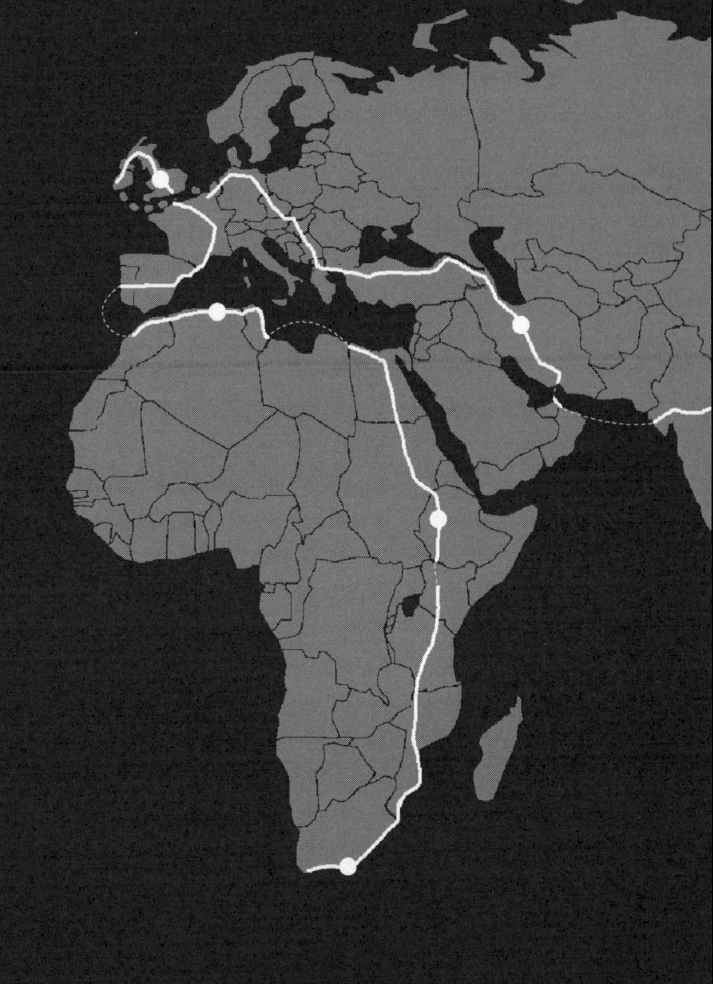

아프리카

아프리카에서 만난 노부부

• 2003년 7월 2일~10월 25일
남아프리카 공화국

희망은 어디에?

아프리카

원시의 땅, 미래의 땅
야생의 땅, 새로운 땅, 다른 공간의 땅
정복당하지 않는 땅
너를 어떻게 잡아야 할지 모르겠다.
죽여야 할까?
너를 죽인다면 나도 죽겠다.

2004년 10월 21일, 수단, 장 벨리보

희망봉 꼭대기에 서서 칼바람을 맞으며 파도가 바위에 부딪쳐서 거품으로 흩어지는 모습을 바라보았다. 바닷가로 내려가서 물속에 손을 집어넣어 모래를 한 줌 쥐었다. 브라질의 일랴콤프리다 해변에서 던졌던 모래와 같았고 아직 내 발자국이 남아 있는 것만 같았다.

몬트리올에서 처음 여행을 떠난 날만큼이나 감정이 북받쳤다. 나는 희망봉에서 지브롤터 해협까지 걸을 계획이었고 하나의 대륙, 수많은 세상을 발견할 참이었다.

갑자기 내가 이곳에 있는 것이 운명이라는 생각이 들었다. 생각지도 못했던 여러 가지 사건들이 꼬리에 꼬리를 물고 나를 아프리카로 인도해준 것이다.

몇 주 전, 우루과이까지 가는 배 안에서 나는 휴가 중이던 남아프리카인 토니 다 크루즈를 만났고 그는 내게 요하네스버그로 오면 마중 나와 주겠다고 했다. 토니는 수호천사처럼 나를 집으로 데려가주고, 극진하게 대접해주고, 차를 태워주고, 남쪽 지방으로 가는 비행기 표를 구해주었다. 게다가 그곳에서 번갈아가며 나를 도와줄 친구들을 소개해주었다.

휘몰아치는 파도와 물에 잠긴 바위들을 마지막으로 눈에 담았다. 저 거센 파도와 암초가 수 세기 전 뱃사람들을 무던히도 괴롭혔으리라.

다시 길을 떠났다. 케이프타운에서 나를 재워준 크리스와 가마우지 몇 마리, 비비원숭이 무리가 내 출발을 지켜보았다.

길은 아름답고 평온했다. 길가에는 지평선까지 널따란 경작지가 펼쳐져 있었고, 지평선의 끝은 우뚝우뚝 솟은 산들과 맞닿아 있었다. 하지만 풍요롭고 친절한 이 땅이 나는 불편했다. 가는 곳마다 융숭한 대접을 받았고 보기 드물게 따뜻한 사람들을 만났지만 나를 맞아준 사람들은 모두 백인이었다. 놀랄 일도 없었고 돌발 상황도 생기지 않았다. 어딜 가나 '백인 공동체' 사람들이 나를 기다리고 대접해주었기 때문이다. 그들은 때때로 걱정 어린 충고를 해주었다.

"흑인 동네에서는 늦게 다니지 마세요. 위험하니까요."

사실 나는 흑인들과 아주 잘 지냈고, 오히려 경찰들에게 재워달라고 부탁했다가 감옥에 두 번 갇혔다.

"이봐요. 난 캐나다 인이에요. 와서 이 문 좀 열어줘요. 전 범죄자가 아니라 손님이라고요."

하지만 밤 동안 경찰 팀이 교체되었고 아무도 내 말에 귀 기울이지 않았다.

"서류가 확실하지 않네요. 반장님한테 여쭤봐야 해요."

오래 기다린 끝에야 풀려날 수 있었고, 그동안 나는 유쾌한 감방 동료 덕분에 배를 잡고 웃으며 시간을 보냈다.

스웰렌담 교외에서 목장을 하는 부부가 밀짚으로 지붕을 인 전형적인 네덜란드식 농가에 나를 초대해주었다. 흑인 친구들이 있냐는 내 질문에 부부는 대답했다.

"그럼요!"

그러더니 집에서 일하고 소유지에서 사는 흑인 가족들 이야기를 했다. 서로 친분을 쌓고, 존중하고, 그 나름대로 애정도 있는 것 같았다. 하지만 평등한지는 알 수 없었다. 그들 마음속에는 '아파르트헤이트(인종 차별)'가 여전히 남아 있는 것 같았다.

루이보스 차를 홀짝거리며 옛날식 부엌을 구경하다보니 마치 식민지 시절로 돌아간 듯한 기분이 들었지만 시대는 완전히 바뀌었다. 집주인 부부가 흑인들과 새로운 관계를 맺기 위해 노력하는 걸 나는 느낄 수 있었다. 그들은 교육을 통해 평등과 존엄성이 자리 잡을 것이라고 했다. 그 나름대로는 온갖 노력을 다하고 있었지만 아직 갈 길은 먼 것 같았다.

숲, 해변, 사구 등의 아름다운 풍경이 끝없이 펼쳐지는 유명한 가든루트를 걸어가면서, 이 천국 같은 곳을 어린애처럼 고집 센 사람들이 망쳤다고 생각하니 슬펐다. 그들은 다른 문화의 진정한 가치를 한사코 보려 하지 않았다. 곳곳에서 만나는 아프리카너(남아프리카 공화국의 네덜란드계 백인. '부르인'이라고도 한다.)와 영국계 백인들은 무척 친절했다. 내가 잘 지내는지 세심하게 살펴주었고, 가장 아름다운 장소에서 흥청거리는 축제 분위기로 맞아주었다. 이렇게 돌아가면서 무료로 재워주고, 맥주와 포도주가 잔뜩 제공되는 바비큐 파티를 열어주는 걸 처음 시작한 사람은 미셸이라는 친구였다. 그들의 호의와 따뜻한 마음은 무척 감동적이었지만 한편으로는 김이 빠지는 기분이 들기도 했다. 내가 마치 유리 칸막이로 나뉜 반쪽짜리 세상의 포로가 된 것 같았기 때문이다. 나는 뜻하지 않게 한쪽 진영에 잡혀 있었고 그것이 몹시 불쾌했다.

토착민들에게 가까이 다가가려는 노력은 계속 실패했다. 트란스케이를 지나갈 때는 나를 바라보는 사람들의 적대적이고 불신에 가득 찬 눈빛에 충격을 받았다. 트란스케이는 반투스탄(1960년대 남아프리카 공화국 영토 안에 있는 반투 족을 격리하고 인종 분리 정책을 추진하기 위해 설정한 보호령) 중 하나로 넬슨 만델라가 속한 부족인 호사 족들이 주로 살았다. 하루는 아침에 움타타에서 10여 킬로미터 떨어진 곳에 있는 황금빛 들판을 걸어가고 있었다. 알록달록한 집들이 드문드문 있는 아름다운 곳이었는데, 두 젊은이가 지독한 술 냄새를 풍기면서 다가오더니 내 유모차를 낚아챘다. 나는 어깨에 힘을 주고 짐짓 센 척하며 말했다.

"경찰이 올 거야!"

그러자 그들은 언뜻 보기에도 만취한 것 같은 친구들 쪽으로 갔다. 그 사이 나는 작은 트럭 한 대를 세워서 태워달라고 부탁했고, 8킬로미터쯤 떨어진 곳에서 내렸다. 그때 갑자기 순찰차 한 대가 나타났다.

"어디 있었어요? 찾아다녔잖아요!"

사실 나는 내 주변에 경찰이 늘 있다는 걸 알고 있었다. 경찰은 걱정스러운 얼굴로 이제부터 순찰차들이 돌아가면서 내 안전을 지켜줄 거라고 했다. 그리고 내 덩치가 크니까 누가 쉽사리 덤벼들진 못하겠지만 잠은 반드시 파출소 근처에서만 자라고 신신당부했다.

경관의 말을 들으니 웃음이 났다. 예전에는 큰 덩치가 장점이라는 생각은 한 번도 해본 적이 없었다. 나는 정말 덩치가 크다. 몸집은 튼튼한 장롱 같고 손은 갈퀴처럼 큼지막해서 예술가가 꿈이었던 어린 시절에는 얼마나 싫었는지 모른다. 그런 손을 가지고서는 〈모나리자〉 같은 그림은 절대 그릴 수 없을 것 같았기 때문이다.

하지만 귀찮게 구는 사람들이 있으면 경고의 의미로 큰 손을 높이 쳐들기만 해도 슬슬 꽁무니를 뺐다. 솔직히 나는 싸움을 정말 못한다. 길에서 가끔 마주치는 깡패들이 그 사실을 알았다면 내 물건들을 어린애 손목 비틀듯 쉽게 빼앗아갔을 것이다.

나는 마음을 굳게 다잡고 내 영역을 확보하기로 했다. 인종 차별에 상처 입은 사람들이 많은 이 땅에서 나는 확실히 적극적인 태도로, 하지만 무례하지는 않게 사람들과 사귀기로 했다.

어느 날 아침 문을 연 작은 식당에 들어섰을 때, 나는 이내 거기가 바로 내가 원하던 곳이라는 것을 알아차렸다. 속으로 쾌재를 부르며 안으로 들어갔다. 앉아 있는 손님들이 모두 흑인이었는데, 백인 남자가 들어서자 존재 자체가 심각한 도발이라는 듯 무거운 침묵으로 나를 맞았다.

식탁에 자리를 잡고 앉으니 곧 종업원이 와서 퉁명스런 말투로 그날의 요리인 스튜가 다 떨어졌다고 했다. 나는 공손하게 대답했다.

"괜찮아요. 다른 걸로 주세요."

그러자 한 남자가 일어서서 내 앞으로 왔다.

"우리랑 같은 건 먹기 싫다 이거야? 우리가 먹는 건 당신한텐 개똥이란 거지?"

나는 예전에 이웃 사람들이 우리 밭의 경계석을 넘어왔을 때 대했던 것과 똑같이 호의적이지만 단호한 태도로 그에게 대답했다. 우리는 모두 똑같은 인간이며, 나는 어느 누구에게도 겁먹지 않을 거라고.

나는 내 자리를 지켰다.

걸으면서 우리의 기이한 상황에 대해 생각해보았다. 인간의 마음속에는 뭔가 이상한 것이 있다. 그래서 인류는 삶의 욕망만큼이나 강한 파괴의 욕망에 휘둘리며 본성을 따라 사는 게 굉장히 어렵다고 느낀다. 자신의 약점을 이해하고 받아들이는 것이 왜 그토록 어렵게 느껴지는 걸까?

인간을 사랑하기 위해 스스로 거짓말을 할 필요는 없다. 자연 상태에서는 선악의 개념이 없다. 자연의 법칙은 진화가 결정한다.

남아프리카 공화국에서 지낸 넉 달 동안 흑인 네 가족에게 신세를 졌다. 그중 아무도 겉으로 드러나지 않는 아파르트헤이트를 인정하지 않았다. 금기는 고스란히 남아 있었지만 사람들 마음속에 꽁꽁 봉인되어 있었다. 그 마음 어디선가는 아직도 곰팡내 나는 투쟁과 폭력이 들끓고 있었다.

넬슨 만델라를 좀 일찍 만났더라면 흑인들과 사귀기가 쉬웠을까? 단 몇 분 동안이었지만 넬슨 만델라를 만났다는 것만으로 내 안전이 보장되었고, 아프리카 어디를 가더라도 특별한 후광이 있는 것처럼 대해주었다. 만델라를 만나기 위해 여러 주 동안 백방으로 알아보았지만 별다른 수가 없었는데, 엘마 Z. 니슬링 더반 시장이 만남을 주선해주었다. 10월에 있었던 더반 청소년센터 준공식에서였다. 목이 메어서 제대로 말이 나오지 않았지만 나는 만델라에게 그를 얼마나 본받고 싶어 하는지 이야기했고, "세계 어린이들의 평화와 비폭력을 위한" 내 도보 여행을 소개했다. 그는 웃으면서 내 손을 꼭 쥐며 말했다.

"세상에는 선생 같은 사람이 필요해요."

약간 민망하다는 건 나도 알지만 그 말을 들으니 사춘기 소년처럼 가슴이 설렜다. 며칠 후 줄루 족의 땅을 지나고 있는데, 한 노인이 내 품에 뛰어들다시피 하면서 말했다.

"자네가 만델라를 만졌다면서! 참 복도 많지!"

• 2003년 10월 26일~2004년 4월 8일
스와질란드, 모잠비크, 말라위

시간이 멈춘 나라의 〈람보〉

길에 버티고 서서 요란한 소리를 내는 당나귀를 피해 까치발로 살금살금 걸어갔다. 길가에는 허술한 짚 지붕을 얹은 오두막집들이 있었다. 남아프리카 공화국과 모잠비크 사이에 낀 작은 왕국인 스와질란드 국경 검문소를 지나가니 집들이 눈 깜박할 사이에 사라졌다.

나는 이내 마음이 편안해졌다. 지나가는 사람들이 내게 미소를 지었고, 백인들 몇 명이 피부색을 의식하지 않고 흑인 친구들과 한가롭게 잡담을 나누고 있었기 때문이다. 그런데 독수리가 먹이를 포착하듯, 또 다른 불편한 감정이 깃들었다. 옛 영국 보호령이었던 스와질란드 국민들은 인종차별은 피할 수 있었지만 아프리카 대륙에서 유일한 절대 왕정의 압제와 극도의 빈곤 속에서 살아간다.

빅벤드에 가까이 갈수록 드넓은 사탕수수 플랜테이션 농장들로 풍광이 짙푸르러졌다. 풍요로운 초록빛 들판을 가다보니 마을이 나타났고,

건조해서 바짝 마른 땅에는 가난한 사람들이 넘쳐났다.

조그만 호텔의 술집에서 나는 바비를 만났고, 우리는 피부색이 서로 다른 사람들의 세상에 대한 생각을 나누었다. 그는 줄루 족이라고 했다.

"저기 바깥에 사탕나무밭을 봐. 정말 아름답지만 숲을 불태워서 만든 화전이야. 우리 아버지는 말씀하셨어. 불타는 나뭇잎들의 떨림에서 죽음의 공포를 느낄 수 있다고."

죽음은 우리 바로 근처에도 있었다. 식사를 하는 동안 몇몇 주민들에게 스와질란드의 참상에 대해 들었다. 70퍼센트가 넘는 국민들이 하루에 1달러도 안 되는 돈으로 생활하고, 4분의 1이 국제 원조만으로 살고 있다. 하지만 이 나라의 가장 끔찍한 기록은 국민의 40퍼센트 정도가 에이즈에 걸려 전 세계 에이즈 감염률 1위라는 것이다. 이미 부모를 잃었거

| 모잠비크

나 앞으로 잃게 될 수천 명의 아이들을 생각하니 머리가 어질어질했다. 문제는 에이즈를 퇴치하는 방법이 순결을 장려하는 데 국한되어 있고, 에이즈 확산을 막기 위해 삼가야 할 일부다처제를 오히려 부추기고 있다는 것이다. 스와질란드에서 절정을 이룬 이 끔찍한 현실은 아프리카를 걷는 내내 나를 따라다녔다. 모잠비크로 들어가기 직전 갈림길에서 열 살쯤 된 여자아이 두 명을 만났다. 아이들은 한동안 내 유모차를 가지고 놀았고, 내가 자기들을 입양해줬으면 좋겠다고 했다. 그 지방에는 어린 숫처녀를 강간하면 에이즈가 씻은 듯이 낫는다는 속설이 있다는 게 생각나서 아이들에게 더듬더듬 이야기했다.

"조심해라. 저기, 그러니까…… 몸조심하렴."

아이들은 심각한 표정으로 대답했다.

"네, 우리도 알아요. 그런데 어려워요……. 너무 어려워요."

사실은 그 아이들도 알고 있었다. 비참한 빈곤 속에서 살아가는 아이들은 모든 것을 안다.

모잠비크 국경에서 2000랜드(남아프리카 공화국의 화폐 단위)를 환전하니 호주머니에 다 넣기 힘겨울 정도로 많은 메티칼(모잠비크의 화폐 단위) 지폐 다발을 주었다. 가장 고액지폐는 5만 메티칼이었는데 미화로 2달러밖에 되지 않았다. 완만한 비탈길을 올라가면서 보니 남자 몇 명이 채석장에서 부지런히 일하고 있었다. 판판한 돌을 모아서 차곡차곡 쌓는데 나중에 담장을 쌓을 때 쓸 거라고 했다. 자루에 숯을 담아 파는 장사꾼들도 있었다. 공기는 후끈했지만 건조하고 깨끗했다. 나는 커다란 텐트 앞에 잠시 멈춰 섰다. 지뢰 제거 작업을 하는 UN 직원들이 머무는 곳이었다. 그 지역은 대인 지뢰가 아주 많이 묻혀 있다고 했다. 독립 이후 심각한 내전이 일어나 16년 동안 100만 명에 가까운 사람들이 죽었으며 국토는 만신창이가 되었다. 각 진영의 군대들은 서로 잡히지 않으려고 다리, 상수원, 마을 전체에 지뢰를 마구잡이로 묻어댔다. 난민 500만 명이 집으로 돌아가기 시작하자 곳곳에서 지뢰 폭발 사고가 났다. 200만 개가 넘는 지뢰가 여전히 땅속에 묻혀 있었다.

임파포토 마을에서는 족장이 하룻밤 묵고 가라고 짚으로 만든 작은 집을 빌려주었다. 그 마을은 아직도 내전의 대가를 톡톡히 치르고 있었다. 폭우가 내려서 불어난 물에 지뢰들이 돌멩이처럼 휩쓸려갔고 어디에 있는지 도무지 알 수가 없다고 했다. 농사를 짓는 것도 어렵고 여자와 아이들이 땔감을 줍거나 물을 길러 갈 때 두려움에 떨어야 했다. 에이즈, 내전, 기후……. 시련을 많이 참고 견딘 사람들이 천국에 간다면, 천국은 꿀이 흐르는 강가에서 영원한 안식을 누리는 모잠비크 인들로 가득 찰 것이다. 그때가 2003년 11월 초였는데, 족장은 무엇보다 다음 해 수확이 걱정이라고 했다. 우기에는 말라리아가 기승을 떨 위험이 있었다. 모잠비크에서는 에이즈보다 말라리아로 죽는 사람들이 더 많고, 2000년에는 270만 명이 넘는 사람들이 말라리아에 걸려서 아프리카에서 감염률이 제일 높았다. 모기에 물릴까 무서워 나도 끊임없이 생각하고 또 조심했다.

모잠비크 사람들은 주로 채소 위주의 식사를 했는데 참 맛있었다. 여러 가지 채소와 카사바를 섞어서 만든 '시기냐'라는 음식을 손가락으로 함께 먹으면서, 페드루 마리뉴 조아킨이라는 정치 지도자가 전쟁 동안 군인들이 야생 동물과 가축 대부분을 죽였다는 이야기를 내게 해주었다. 먹을 것이 귀해서 나는 자주 배가 고팠고, 어떻게든 스스로 먹을 걸 구해내는 방법을 배웠다. 외딴 지역에서 농부들이 살아 있는 닭을 만지게 해주더니 돈을 얼마쯤 주면 잡아서 요리해 주겠다고 했다. 난생처음 흰개미도 먹어봤다. 둥지에서 나오는 흰개미를 바로 잡아서 산 채로 삼키는데 입천장에 날개가 붙어서 떨어지지 않았다. 나중에 말라위에서는 커다란 자루에 담은 튀긴 흰개미를 사서 걸어가면서 먹었다. 캐나다에 있을 때 간식 삼아 먹던 땅콩처럼 말이다. 자나 깨나 끼니 걱정이 머릿속을 떠나지 않았다. 내일은 뭘 먹지? 먹을 걸 어디서 찾지? 그다음 날은……? 완전히 조리된 음식이 없고 기본적인 식재료만 있는 현지의 식생활에도 적응했다.

사막으로 가는 길에 아주 작은 마을을 지나가는데, 오두막집들이 모두 짚으로 지은 가게 한 곳을 중심으로 옹기종기 모여 있었다. 그 모습이 재미있어서 간판을 보니 '포르투갈 은행'이라고 적혀 있었다. 초가지붕에 끈 세 개로 매단 간판은 지나치게 엄숙해보였다. 가게 안에 있던 주인은 몸집은 작았지만 단호한 인상을 주는 턱에 꼬장꼬장해 보이는 남자였는데, 자신의 이름이 포르투갈이라고 했다. 작은 구멍가게지만 사업에 도움이 될 만한 이름을 심사숙고해서 정했다고 했다. 포르투갈 씨는 마케팅 감각이 있었던 것이다. 내 여정에 대해서 말해주자 그는 걱정했다. 사막으로 가면 길도 험하고 며칠 동안 사람을 전혀 못 만날 수도 있다고 했다. 포르투갈 부인이 사막 지방에서 많이 먹는 '시카바'라는 전통 음식을 준비해 주겠다고 했다. 그리고 카사바 전분과 땅콩, 갈색 설탕을 섞어서 걸쭉한 갈색 반죽으로 만들어서 천에 싸서 내게 건네주었다. 예전에 모잠비크 노동자들이 이 반죽을 먹으면서 걸어서 남아프리카 공화국의 다이아몬드 광산에 일하러 갔다는 이야기도 해주었다. 나는 제법 묵직한 시카바를 받아들고 그걸로 닷새 이상은 버틸 수 있길 바라며 조심조심 마을을 빠져나왔다.

북쪽으로 올라갈수록 열기는 점점 더 뜨거워져서 기온이 40도를 넘을 때가 많았다. 뜨거운 햇볕과 습기는 스토커처럼 끈질기게 들러붙었다. 나는 시카바를 조금 꺼내들고 조금이라도 구름이 지나가는 곳을 찾아다녔다. 그렇게라도 햇볕을 피해보려 했지만 생각대로 잘 되지 않았다. 걸음은 느려졌다. 공기가 부족한 것 같은 느낌이 들었고, 젖 먹은 힘까지 다 쥐어짜내도 겨우 몇백 미터 정도밖에 갈 수 없었다.

어느 늦은 오후, 이글이글 불타오르는 태양 아래 나는 풀썩 쓰러졌다. 길에 완전히 뻗어서 먼지를 삼키며 절망적인 기분으로 쿨럭였다. 그렇게 기운이 다 빠진 적은 처음이었다. 그 끔찍한 하루 동안 나는 무려 12리터의 물을 들이켰다.

무성한 잡초 밭에 누워서 나는 헐떡이고, 신음하고, 자신을 비웃었다. 미처 알아차리지도 못하는 사이 한 남자가 자전거를 타고 송장처럼 누워 있는 내 옆으로 다가왔다.

"거기서 뭐 해요?"

나는 훌쩍훌쩍 울며 대답했다.

"죽어가고 있어요."

그가 말했다.

"일어나요."

그리고 씽긋 웃더니 그냥 가버렸다.

나한테 아프리카를 끝까지 횡단할 용기가 있는지 자문하며 오랜 시간 누워 있다가 다시 일어났다.

죽었다 깨어나면 이 기후에 적응할 수 있을까? 조상들부터 대대로 살아왔던 땅에 뿌리를 내리고 사는 사람들만 가능한 걸까? 내가 만났던 아프리카 사람들은 온전히 아프리카에 속해 있었다. 그건 내가 서구 세계에 속해 있다고 느끼는 것보다 훨씬 강한 끈이었다.

길가에 마치 사바나의 풀처럼 눈부시게 늘씬한 여자들이 모여 있었다. 머리에 물통을 하나씩 이고 어깨를 흔들며 붉은 땅 위를 걷는데, 우아하고 가느다란 허리에는 색색의 카풀라나(긴 천으로 허리를 둘러 치마처럼 입는 모잠비크 전통 의상)를 둘렀다. 나는 여자들을 넋을 놓고 바라보았다. 그녀들은 태평한 얼굴로 별것 아닌 일에도 웃음 지으면서 사뿐사뿐 내 옆을 지나갔다. 이런 불행의 골짜기에서건 맨해튼의 거리에서건, 사람들은 똑같이 단순한 기쁨을 느끼면서 살아간다. 어디에서 살건 누구나 자신의 존재 안에 똑같은 행복을 담으며 살고 있다. 표현 방식은 달라도 감정은 세계 어디나 똑같다.

이냠바느 주 쪽으로 가는 길에는 사람의 발길이 닿지 않은 바닷가를 따라 야자나무와 캐슈나무 숲이 있었다. 나는 길가에서 커다란 단지를 놓고 빨갛게 익은 과일을 파는 젊은이들에게 웃어 보였다. 바다 쪽을 보니 남유럽식으로 만든 작은 거룻배들이 고기잡이를 마치고 돌아오고 있었고, 여자와 아이 들이 바닷가로 들어오는 배를 맞아서 잡은 고기를 받으려고 뛰어가고 있었다. 인도 항로를 개척하러 가던 중에 이 해안을 지나간 바스쿠 다가마는 이곳 사람들에게 매료되어 '좋은 사람들의 땅'이라는 이름을 붙였다.

내 유모차를 둘러싸고 즐겁게 춤을 추는 아이들을 보고 있으니 바스쿠 다가마가 붙인 이름이 참 잘 어울린다는 생각이 들었다. 몇 달 전부터 나는 아프리카 사람들이 놀라움을 표현하는 방식이 제각기 다르다는 데서 재미를 느끼고 있었다. 어딘가에 가서 사람들에게 내 여정을 들려주면 하나같이 깜짝 놀랐다.

"우와, 진짜 머네요!"

프랑스 어권 사람들은 눈을 굴리면서 "오! 랄라아아아아!!!"라고 하는데, '아' 발음을 입을 한껏 크게 벌리고 길게 하는 게 특징이다. 줄루 족 사람들은 목구멍 안쪽 깊숙한 곳에서 끌어올리는 듯한 쉰 목소리로 "호호호 요요요" 하고 소리친다. 북아프리카의 카빌리아 사람들은 혀를 입천장에 대고 딱딱 소리를 낸다. 모잠비크 사람들은 가장 독창적인 방식으로 놀라움을 표현한다. 그들은 아주 날카롭게 "에에에, 에에에, 이이이!"라는 소리를 짧게 끊어서 여러 번 낸다. 휘파람을 부는 것 같기도 하고 오리 소리 같기도 하다.

모잠비크 사람들은 땅과 대화할 수 있다. 웃기도 잘하고 노래도 잘 부른다. 어느 날 저녁 나는 길가에서 울려퍼지는 매혹적인 음악 소리에 마음을 완전히 빼앗겼다. 한 남자가 앉아서 나무로 만든 기묘하게 생긴 악기를 어루만지며 연주를 하고 있었다. 줄이 다섯 개였고 1갤런짜리 단풍시럽 통 비슷한 깡통이 달려 있어서 벤디르(모로코의 전통 악기, 북의 일종)

비슷해 보이기도 했다. 그는 직접 만든 이 악기로 부드러운 음률을 완벽하게 연주했고, 그 곡조는 길에 날리는 먼지와 섞여서 내 안으로 스며들었다.

반두지 평원을 지나 말라위 쪽으로 걸어가면서 나는 마음속 깊이 아프리카에 대한 애정을 느꼈다. 그곳 사람들이 변화의 거센 바람 속에서도 간직해온 우아함, 경쾌함, 순박함은 인간 본성의 진수를 드러내 보여준다. 마을을 지나칠 때마다 치른 세심한 의식이 있었다. 기나긴 소개가 끝

| 말라위, 카사바 요리를 하는 중

난 뒤, 족장의 부인이 커다란 냄비에 물을 붓고 말한다.

"우선 목욕부터 하세요."

짚으로 만든 칸막이 뒤에 놓아둔 나무통 앞에 쭈그리고 앉아 나는 몸을 헹구게 물 한 잔 달라고 했다. 도와주던 젊은 여자가 내 엉뚱한 부탁에 웃음을 터뜨렸다. 그리고 우아하게 손목을 돌리고 하늘을 바라보더니 장난기 가득한 말투로 말했다.

"어쩜! 캐나다에서는 물 한 잔으로 씻나 보군요."

그 가난한 마을 족장은 아내 다섯이 자녀 72명을 낳아주었다고 자랑했다. 모두 행복하게 잘 산다고 장담했지만, 나는 그들이 다 살아 있는지 확신할 수 없었다. 마을의 유력자와 끝없이 대화를 나누는 것도 의식의 일부였다. 호기심 때문에 억지로 앉아 있었지만 껄끄러운 의심이 들 때도 있었다.

우리 각자가 시간과 맺는 관계는 경제적·문화적인 환경의 산물이며, 공통점이 없는 두 세계에서 우리가 어떻게 살아왔는지 볼 수 있게 해준다. 나무 밑에서 오랜 시간 명상을 하고, 가게 앞에서 기다리거나 손님들과 이야기를 하는 일들은 자본주의에 흠뻑 젖은 내 문화에서는 '쓸데없이 허비하는' 시간이다. 하지만 이곳에선 귀중한 문화적, 사회적 기능이 있는 것 같다. 해 뜰 녘 수탉의 울음소리가 하루 일의 순서를 정하며, 그 사이에 시간은 늘어나기도 하고 과거와 현재, 현실과 신화가 뒤섞이기도 한다. 이렇게 모호한 공간 속에서 강력한 영성이 힘을 발휘한다. 겉으로 보기에는 무기력한 분위기가 사실은 현실과 영적인 면을 하나로 합치기 위한 것인 듯도 했다.

시간을 초월한 이 공간에서는 온갖 믿음이 유령처럼 떠돌아다녔다. 말라위의 블랜타이어에서 만난 농부들은 물란제 산에 귀신들이 살고 있다고 했다. 오두막 근처에 죽은 사람들의 영혼이 계속 떠돌아다닌다고 생각하는 사람들도 있었다. 또 어떤 사람들은 남아프리카에는 조그만 난쟁이들이 수풀 사이를 지나다닌다고 생각하여 이 악동들이 올라오지 못하게 하려고 높은 침대에서 자기도 한다.

외딴 오지까지 갑작스럽게 밀려든 서양 문화 때문에 갖가지 새로운 믿음들이 생겨나기도 했다. 하루는 한 젊은 농부에게 길을 물었는데, 그가 진지한 얼굴로 말했다.

"우리 지금 텔레비전에 나오는 거죠!"

그러자 옆에 있던 친구들이 환하게 웃으며 맞장구쳤다.

"아, 그래! 이분 지금 이야기 만들고 있나 봐!"

그들은 백인 모험가는 당연히, 실시간으로 텔레비전에 나온다고 믿고 있었다. 영화를 세계 어디든 구석구석 볼 수 있는 커다란 눈이라고 생각하는 것 같았다. 그런 의미에서 〈람보〉는 엄청난 혼란의 씨앗을 뿌려놓았다. 모잠비크의 한 바닷가에서 나는 처음으로 사람들이 〈람보〉 이야기를 하는 걸 들었다. 열다섯 명 정도 되는 젊은이들이 비좁게 끼여 앉은 작은 오두막집에서 기관총을 쏘며 싸우는 소리 같은 것이 새어나왔다. 케케묵은 고물 텔레비전과 VHS 비디오 재생기가 집 바깥에 놔둔 배터리에 연결되어 있었다. 문 앞에서 주인이 돈을 받고 '영화관' 입장권을 팔고 있었다. 여러 마을에서 똑같은 광경을 보았다. 어디를 가든 〈람보〉를 돌려보고 있었는데, 테이프는 도대체 어디에서 난 것일까? 비정부기구에서 돌린 걸까, 아니면 영화 관련자가 준 걸까? 세상에 다른 영화는 없다는 듯, 사람들은 실베스터 스탤론의 전광석화 같은 전투 실력을 보고 또 보았다.

어느 날, 모잠비크 북부 테트 지방의 무성한 열대 숲을 걷다가 케네디 로드리게스라는 젊은이를 만났다. 케네디는 길이 끝날 때까지 같이 가주겠다고 했다. 잠시 잡담을 주고받다가 그가 갑자기 물었다.

"그런데 람보는 잘 지내나요? 아직 살아 있어요?"

나는 약간 어리둥절했지만 물론 잘 지낸다고, 실베스터 스탤론은 살아 있고 매우 건강하다고 대답해주었다. 케네디가 눈을 반짝이며 말을 이었다.

"람보는 악당들과 싸우려고 목숨을 걸잖아요. 정말 멋져요. 그 용기가 존경스러워요."

그가 오해하고 있다는 생각이 들어서 포르투갈 어로 더듬더듬 〈람보〉는 지어낸 이야기라고 설명해주었다. 제작팀이 카메라를 가지고 배우들과 함께 만들어낸 이야기이고 피도 가짜라고 했다.

케네디가 의심스럽다는 듯 물었다.

"그럼 람보가 죽인 사람들이 죽는 건요? 그 사람들이 왜 죽고 싶어 했을까요?"

"죽는 척만 한 거야, 케네디! 케첩 같은 걸 뿌려서 피가 난 척한 거지."

우리는 한동안 입을 꾹 다문 채 걷기만 했다. 그는 이해가 안 간다는 표정이었다.

"람보는 어떻게 됐어요?"

"이봐 케네디, 그 사람은 실베스터 스탤론이라는 그냥 보통 사람이야. 큰 도시에 살고 돈을 아주 많이 벌지. 네가 영화에서 본 무기들은 미국 군대가 그 사람한테 빌려준 거야."

우리는 길가에 버려진 전차의 잔해를 지나쳐 갔다.

"네 아버지도 전쟁을 겪으셨지? 아마 람보보다 훨씬 끔찍한 일을 겪으셨을걸."

케네디는 그제야 알겠다는 표정을 지었다. 우리는 다음 마을에서 헤어졌다. 그 마을은 UN이 관할하는 지뢰 제거 구역으로 둘러싸여 있었다. 케네디는 내게 악수를 하며 말했다.

"어찌됐건 전 람보가 무사하길 바라요."

• 2004년 4월 10일~7월 14일
탄자니아, 케냐

길들여지지 않은 땅

땡, 땡, 땡!

맑은 종소리를 듣고 텐트에서 나왔다. 마을 광장에서 한 젊은이가 나무에 매단 트럭 타이어 휠을 쇠막대로 두드리고 있었다. 어디선가 수탉이 울기 시작했고 나뭇잎 사이로 햇볕이 따갑게 내리쬐었다. 다시 길을 떠날 시간은 벌써 지났는데, 마을 주민들이 텐트 주변을 서성이며 좀 더 머물라고 붙잡았다. 그 전날 풀숲에서 먼지구름이 자욱하게 피어오르기에 뭔가 해서 가봤더니 사람들이 커다란 몽둥이를 들고 작두콩을 쳐서 껍질을 벗기고 있었다. 젊은 방앗간 주인이 내게 그 지역 특산 맥주 비슷한 '대나무즙'을 주었고, 전통 음식 '우갈리'도 나눠주었다. 우갈리는 카사바 전분을 쪄서 하얀 반죽처럼 만든 음식이며 손가락으로 먹는다. 카사바 뿌리는 껍질을 벗기고, 씻고, 갈고, 압축해서 햇볕에 바짝 말리고 빻아서 가루로 만든다. 탄자니아 내륙 깊숙한 곳 외딴 산길에서 낯선 손님을 맞은 것이 그들은 정말 즐거운 모양이었다. 옆에서 일하던 사람들도 내 이야기를 들으려고 얼른 다가왔다.

"도도마를 지나서 북쪽으로 가는 길이 다르에스살렘이 있는 동쪽으로 가는 길보다 덜 위험하다고 하더라고요. 동쪽 길은 야생 동물이 우글거린대요."

곧 여기저기서 훈수가 쏟아졌다.

"길을 건너는 코끼리들도 있어."

"맞아. 하지만 드물지."

"하이에나들은 밤에만 나오니까……."

탄자니아 : 하네티(Haneti)에서 젊은 마사이 전사가 내 유모차를 밀고 있다. 세계 어디를 가나 수많은 어린이와 청소년들이 내 유모차를 미는 걸 즐거워했다.

"지난주에 아부가 치타를 봤어."

사람들이 나누는 이야기가 언뜻언뜻 귀에 들어오니 슬슬 불안해졌다.

아닌 게 아니라 요 며칠 동안 길이 하도 가파르고 꾸불꾸불해서 아스팔트 도로로 갈 걸 하고 여러 번 후회했다. 내가 길을 잘못 택한 건 아닐까? 옆에 앉아 있던 젊은이가 카사바 한 덩이를 손에 쥐고 해맑게 웃으면서 어쩌면 가다가 사자들을 만날 수도 있을 거라고 했다.

"사람이 아무도 없는 오지를 20킬로미터 정도 걸어가야 할 거예요. 그래도 사자들은 보통 밤에 사냥을 하니까요."

내 얼굴에서 핏기가 가셨다.

"설마요. 하지만 만약 사자를 만나면 어떻게 해야 하나요?"

"절대 뛰지 마세요. 그냥 걷기만 하면 사자들이 쳐다봐도 안전해요. 겁에 질려서 난리 치지 않으면 사자들도 신경 쓰지 않고 가만히 내버려둘 거예요."

다음 날 아침 나는 아침을 먹지 않고 길을 나섰는데, 몸에 힘은 없었지만 정신은 어느 때보다 말똥말똥했다. 공기는 건조하고 맑았다. 얼마 안 있으면 건기가 시작될 테고 그 직전에 풀과 관목 들은 씨를 퍼뜨리고 메말라죽을 것이다. 아무도 없는 길을 걸어가다가 보니 저 멀리 염소 몇 마리와 와고고, 와헤헤, 왈랑기 부족의 목동들이 조용히 서 있었다. 어떤 부족인지는 옷 색깔로 구별할 수 있었다.

경찰 검문소 철책을 지나면서부터 길이 좁고 꼬불꼬불해졌다. 모래가 너무 부드러워 유모차 바퀴가 헛돌았다. 물 12리터를 실어서 가뜩이나 무거워진 유모차를 미느라 두 배로 용을 써야 했다.

나뭇가지 사이로 숨소리가 조금만 들려와도 놀라서 펄쩍 뛰었다. 목구멍이 죄어드는 걸 느끼며 풀숲 사이로 움직이는 게 없는지 둘러보았고 혹시 맹수가 남긴 발자국은 없는지 길을 꼼꼼하게 관찰했다. 양손에 무기 삼아 하나씩 든 카이엔 고춧가루가 가득 든 스프레이를 터뜨리기라도 할 듯 꽉 쥐었다. 동물들이 온다! 난 무섭지 않다. 무섭지 않다. 그렇게 계속 되뇌는 게 무섭다는 증거인가? 앞쪽으로 바람이 불어오면 나는 자꾸 뒤를 살폈다. 잘 씻지 않아서 내 체취가 더 강하게 풍길 텐데, 그 냄새에 꼬여든 맹수가 등 뒤에서 공격할까 무서웠기 때문이다. 캐나다를 떠나오기 전에 했던 생각이 떠올랐다.

"나는 사회에 먹히느니 아프리카의 사자들에게 먹히겠어. 그러면 적어도 자연에 보탬이 될 테니."

얼마나 철딱서니 없는 생각이었던가! 몇 시간 후 길에서 느긋하게 서로 이를 잡아주는 비비원숭이 가족을 마주치니 겨우 마음이 좀 놓였다. 마침내 그 위험한 지역 끄트머리에 있는 경찰 검문소에 도착했고, 나를 본 경찰관이 놀라서 외쳤다.

"지금 오신 길은 굉장히 위험해요! 무기는 갖고 있겠죠?"

여전히 살아 있는 것이 기쁘고 안심이 되었고, 잔뜩 겁에 질려 벌벌 떤 것이 부끄럽기도 했다. 그래서 나는 괜히 거들먹거리며 당당하게 말했다.

"무슨 소리 하는 거예요? 난 평화를 위해 걷고 있다고요!"

그건 여행을 하는 대부분의 시간 동안 나 자신을 설득하는 말이기도 했다. 하지만 이어지는 몇 주 동안 몰려드는 피로와 고독 속에서 내가 왜 계속 걸어가는지 잘 모르겠다는 무력감에 빠졌다. 바위가 가득한 험한 길을 고생고생 가고 있는데, 은고롱고로와 세렝게티 국립공원으로 가는 관광객들을 가득 태운 고급 4륜 구동차들이 요란한 소리를 내며 끊임없이 지나쳐 갔다. 차가 지나갈 때마다 먼지구름이 자욱하게 일어서 오랫동안 눈앞이 캄캄해지고 숨을 쉴 수가 없었다. 길가에 마사이 족 소년들이 할례 의식을 할 때 입는 검은 옷을 입고 얼굴에는 흰 칠을 한 채 서 있었다. 그러다 사파리 복장으로 '변장한' 백인 부자들에게 실링 동전 한 줌을 받고 포즈를 취해주었다. 그들은 그 돈으로 학비를 충당할 거라고 했다. 지나가는 사람들이 인사를 건네니 마치 영어로 할 가치가 있는 유일한 말이 그 말밖에 없다는 듯 "기브 미 머니, 기브 미 머니(Give me money, give me money)."라고 대답했다. 외롭고, 피곤하고, 배가 고팠다. 완만한 비탈길을 계속 올라갔다. 오르고, 또 오르는데 "기브 미 머니, 기브 미 머니."라는 말이 계속 들렸다. 참고, 또 참았다. 기분이 더러웠고, 자꾸만 성질이 나려고 했고, 누가 건드리기만 해도 폭발할 것 같았다. 비싼 밥값에, 물값에 화가 치밀었고 이 나라엔 내 자리가 없으니 얼른 나가야 할 것 같았다. 어느 날 저녁 나는 완전히 기진맥진한 채, 밭에서 돌아오는 마을 사람들에게 길을 물었다. 그중 한 사람이 걱정 어린 눈빛으로 나를 보며 말했다.

"도무지 걸을 수 있는 상태가 아닌 것 같으니 우리 집에 갑시다. 오늘 밤은 우리 집에서 자요."

하지만 나는 그를 겨우 쳐다보며 떠나야 한다고 되뇌며 횡설수설했다. 그 순박한 사람들은 나를 보며 웃었지만 눈을 휘둥그렇게 뜨고 화를 내는 '음중구(스와힐리 어로 '백인'이란 뜻)'가 다리를 후들후들 떠는 걸 보고 걱정하는 것 같았다. 집에 가자고 청했던 남자가 갑자기 버럭 소리를 질렀다.

"됐어요! 그냥 있어요."

그 낯선 사람이 내 비참한 상황에 대해 아무것도 모르겠다는 듯이 말해서 나는 서럽게 울었고 그를 따라가기로 했다. 그의 수수한 집으로 함께 가서 우리는 고기 없이 쌀, 토마토, 양파로 만든 식사를 식구들과 나눠 먹었다.

나는 희미한 촛불 아래서 노래하고 아이들과 함께 놀았다. 그리고 우리는 함께 나가서 월식을 구경하며 감탄했다. 별이 총총 빛나는 하늘을 바라보며 나는 자갈과 모래투성이였던 험한 길을 떠올렸다. 길가에는 아카시아 나무와 억센 풀 들이 있었고, 깡마른 염소 몇 마리가 풀을 뜯어먹고 있었다. 그 길에서 이 농부들이 낯선 음중구인 나를 이토록 따뜻하게 맞아주었다. 소박하게 사는 이 사람들은 가장 필요한 것이라 할지라도 물건들은 삶에 부담을 주는 짐이라는 사실을 알고 있었다. 아주 조그만 흠도 없는 수정처럼 맑은 사람들이었다. 그들의 소박함과 사랑이 활활 타오르는 불처럼 내 죄를 태워 없애는 것 같았다. 나는 그들의 풍요로운 삶의 비밀을 배우고 싶었다. 다음 날 떠날 때 형제들과 헤어지는 심정이었다.

며칠 후, 나는 '인류의 요람'인 그레이트리프트 밸리의 꼬불꼬불한 길을 걷고 있었다. 눈앞에 펼쳐진 풍경의 색깔이 너무나 뚜렷해서 바로 전날 조물주 손으로 직접 칠한 것처럼 보였다. 왼쪽 협곡 너머 하늘의 짙푸른 색이 비가 내려 풍성해진 대평원의 초록빛과 대비되어 더욱 선명했다. 길에는 보라색, 노란색 작은 꽃들이 마치 천국을 수놓은 보석처럼 환하게 피어 있었다.

그 길을 걸으며 나는 사람들이 저지른 일에 대해 생각했다. 내가 걷는 길은 원래 남아프리카 공화국의 케이프타운과 이집트 카이로를 잇는 길이었고, 노예 무역상들이 걷던 길이었다. 나는 수백만 명의 남녀와 어린이 들이 적들에게 약탈당하고, 아랍 상인들에게 끌려 배에 빽빽하게 태워지면서 견뎠을 박탈감, 고통, 참담함을 상상해보았다. 그런 배들이 바다를 건너 다른 대륙, 내 나라까지 왔다. 오늘날 서구 세계가 원조를 하는 건 이런 과거의 잘못을 씻기 위한 것이 아닐까?

"기브 미 머니, 기브 미 머니." 하던 말이 머릿속에서 쟁쟁 울리는 것 같았다. 관광지에는 자유가 없었다. 관광지가 아닌 지역에 사는 사람들은 힘들어도 스스로 삶을 꾸려나갔다. 하지만 원조에 의존하는 곳은 부패가 들끓고 천박하며, 구걸하는 문화가 형성되었다. 몇 주 전 도도마 바로 근처에서 그곳에 정착해서 20년 가까이 살고 있는 캐나다 인들을 만났다. 애너와 피터는 사바나 초원에 풍차 방앗간을 만들고 우물을 파는 데 인생을 바치고 있었다. 애너는 학교도 지었는데 최근에 가뭄이 들었다고 했다.

"식량 원조가 도착했다는 걸 알고 있었는데 원래 가격보다 두 배를 받는 거예요. 그래도 군말 없이 돈을 줬죠. 굶주린 사람들이 우리 집 문을 두드려서 선택의 여지가 없었거든요. 그러고나서 그 사람들에게 봉사단의 트럭을 싸게 빌려주기로 했어요."

그리고 그녀는 다른 밀가루 부대는 몽땅 권력자와 가까운 부유한 가족들에게 돌아갔다는 사실을 알게 되었다. 굶주리는 사람들에게 줄 몫은 하나도 없었다. 애너는 가난하지만 강하고 마음도 무척 너그러웠다. 농부들이 풍차 방앗간을 사용하는 방법만이라도 알게 될까? 나는 애너와 농부라는 두 세계 사이에서 몸이 찢기는 듯한 기분이 들었고, 단순한 건 아무것도 없다는 사실을 새삼 깨닫고 숨이 막힐 것만 같았다. 딱히 해결할 방법도 없어서 눈앞이 캄캄했다.

사바나 초원의 건조한 풍경을 보며 케냐 국경 쪽으로 걸어갔다. 햇볕이 이글이글 내리쬐었지만 물이 떨어졌다. 여행을 떠난 지가 언젠데 아직도 가지고 다녀야 할 식량의 양을 과소평가했던 것이다. 손짓을 해도 차를 세워주는 사람이 없어서 기분이 나빠졌다. 붉은 흙길은 상태가 아주 안 좋았고 완만한 언덕들과 아카시아 숲, 밀밭을 끼고 구불구불 이어져 있었다. 길을 걸어가다 갑자기 늘씬하고 잘생긴 남자들과 마주쳤다. 그들은 빨간색과 파란색 격자무늬의 긴 옷을 입고 목걸이와 무거운 팔찌를 주렁주렁 차고 있었다. 팔찌는 발목과 팔에 찼고, 머리는 곱게 땋아서 금빛의 조그만 장신구를 꽂았다. 귓불에는 구멍을 뚫고 플라스틱 진주에 무늬를 새겨서 만든 무거운 링 귀고리를 매달아서 길게 늘어지게 했다.

그들은 마사이 족이었다. 외딴 장소에서 사람을 마주쳐서 나만큼이나 놀란 것 같았지만 그들은 미소를 지으며 나를 에워싸고 내 얼굴, 팔, 다리를 더듬었다.

"사자처럼 털이 북슬북슬하네요!"

그들은 한바탕 웃음을 터뜨리고, 자신들의 털 한 올 없이 매끈하고 흑단 같은 팔다리와 내 먼지 묻은 털북숭이 하얀 피부를 비교하며 재미있어하다가 내게 마실 것을 줬다. 조금 걸으니 나무 울타리를 빙 둘러친 둥

그런 형태의 마을이 나왔다. 집 벽에는 진흙과 쇠똥을 발랐고, 짚으로 두툼하게 지붕을 이어서 올렸다. 마을의 족장도 소개받았다. 우리는 스와힐리 어 몇 마디를 나누고 모래밭 위에 그림을 그려가며 이야기를 하려고 애썼다. 대화는 유쾌하고 호의적이었지만 소통이 잘 되지 않았다. 결국 족장이 마을 영어 선생 집으로 나를 데려갔고, 그는 마을 사람들이 환영의 표시로 살아 있는 염소 아니면 구운 염소 한 마리를 선물로 주고 싶어 한다고 설명해주었다. 나는 넉넉한 인심에 감사했고, 내 유모차가 너무 작아서 염소 한 마리를 태워서 가지고 다닐 수 없다고 세상에서 가장 공손한 태도로 사양했다.

밤이 되자 족장은 자신의 땅을 구경시켜 주었다. 맹수의 공격을 피하기 위해 만든 우리에 염소와 소 들이 얌전하게 들어가 있었다. 나는 반유목민인 마사이 족 사람들과 함께 우갈리를 나눠먹었다. 그날 저녁 조셉이라는 젊은이가 창 두 개와 칼로 사자 두 마리를 죽인 이야기를 했다. 그래서 그는 '용감한 전사'의 지위를 얻게 되었다고 했다. 영어 선생이 성년이 되기 위해 치르는 통과 의례인 할례에 대해 자세히 이야기해 주었고, 나는 길가에서 만났던 할례 의식 복장을 한 마사이 족 소년들을 떠올렸다. 할례를 하고 나면 소년들은 초급 전사인 '모란'이 되고 기다란 양날 창을 가지고 다니며 싸우는 기술을 배운다. 관광객들이 소년들의 사진을 찍었다. 영어 선생은 침울한 표정으로 목소리를 낮춰 말했다.

"아이들이 돈을 받아서 학비로 써요. 우리 마을 족장님은 현대식 교육을 썩 내켜하지 않죠. 젊은이들에게 일자리를 주겠다는 약속은 넘쳐나지만 정작 일할 데가 없어요. 그래서 많은 젊은이들이 대도시의 빈민가로

가죠."

다음 날 아침 아이들이 텐트 걷는 걸 도와주는 동안 족장이 와서 작별 인사를 하며 악수를 청했다. 손을 잡으니 딱딱한 굳은살이 느껴졌고, 그렇게 우리는 헤어졌다. 그다음 날 골짜기에 흩어진 가축 떼를 모으기 위해 치는 종소리를 들으며 나는 마사이 족이 과연 전통을 고스란히 간직한 채 살아갈 수 있을지 생각해보았다.

사람의 흔적을 전혀 마주치지 못했는데 해가 저물어서 나는 몹시 불안했다. 그때 한 남자가 걸음을 멈추고 다가와서 말했다.

"여기는 아무도 없어서 위험해요!"

그러고선 이내 떠나버렸다. 텐트랑 카이엔 고춧가루 스프레이를 꺼내는데 호기심 넘치는 가젤 한 마리가 와서 나를 한참 관찰했다. 저 멀리 길쭉한 탑 같은 것이 보여서 부리나케 짐을 다시 싸서 가보았다. 그곳은 마사이 족 전사가 지키는 휴대 전화 기지국이었다. 켈렘부라는 이름의 그 전사는 창을 들고 빨간 구슬 팔찌와 목걸이를 차고, 무거운 귀고리를 단 귓불이 길게 늘어져 있었다. 그야말로 완벽한 전사 복장이었다. 그는 기지국을 지키고 마을 족장에게 돈을 받는다고 했다. 그는 사자를 피하기 위해 기지국 발치에 아카시아 나무로 엮은 움막을 만들고 그 안에서 지냈다. 우리는 함께 움막 안에서 내가 가져온 스파게티와 돼지기름에 볶은 누에콩을 나눠먹었다. 마사이 족은 직접 생산한 것만 먹고 생선을 싫어한다고 켈렘부가 가르쳐주었다. 하지만 우유와 소피는 아주 맛있다고도 했다.

저녁을 먹고 켈렘부는 초등학교 교과서를 보다가 나보다 먼저 잠들었다.

• 2004년 7월 15일~10월 2일
에티오피아

아비시니아의 아이들

1년 동안 길을 걷고 사람들을 만나면서 아프리카를 잘 알게 되었다고 생각했다. 하지만 나는 또 틀렸다. 거대한 에티오피아, 야성적이고, 신성하고, 영원한 에티오피아가 내 모든 기준을 완전히 산산조각 내서 날려버렸다. 암굴 교회, 악숨의 오벨리스크, 고대 곤다르 왕국의 궁전들. 고대 문명의 요람인 특별한 나라 에티오피아에서 나는 매우 개성이 강한 사람들을 만났다. 에티오피아 사람들은 너무 비밀스러워서 속을 전혀 알 수 없다는 생각을 자주 했다. 나는 80개 부족이 모자이크를 이루며 사는 이 복잡한 나라에서 때때로 사막 가장 깊숙한 곳에서도 느껴보지 못한 심한 고독을 느꼈다. 부족이 달라도 한 번도 식민 지배를 받은 적이 없는 에티오피아 사람들의 애국심과 자부심은 무척 강하

• '에티오피아'의 옛 이름

| 에티오피아 : 사람들이 일일이 손으로 작업을 해서 에티오피아 산을 다시 푸르게 만들었다.

다. 그들은 3000년이 넘는 세월 동안 외세의 침입에 대항하여 스스로를 온전히 지켜왔다. 나는 처음으로 형제들 사이에서 혼자 '이방인'인 것이 얼마나 고통스러운지 느낄 수 있었다.

2004년 7월에 에티오피아로 가는 국경을 넘었다. 길가에 드문드문 보이는 오두막집 사이에 아이들과 함께 나온 엄마들이 있었다. 아카시아 숲 사이로 커다란 야생 칠면조들의 푸른 그림자가 어른거렸고 아이들은 그쪽으로 활을 쏘면서 즐거워했다. 가끔 지나가는 버스에 달린 확성기를 통해 목소리와 손뼉 소리, 북소리가 흥겹게 어우러지는 음악 소리가 들려왔다. 어쩐지 세계의 영혼이 느껴지는 것 같았다.

식량이 조금밖에 남지 않았다. 조그만 빵 네 개, 삶은 계란 두 개, 말린 살구 두 개, 땅콩버터 남은 것이 있었고 물은 충분했다. 조금씩 먹으면서 활동하는 데 이미 익숙해졌기 때문에 아무런 문제가 없었다.

해 질 무렵 춤바 마을에 도착했는데, 금세 내가 불청객이라는 느낌이 들었다. 암하라 어로 몇 마디 말을 걸어봤지만 아무도 대꾸하지 않았다. 그곳 사람들은 다른 지방어를 사용해서 그랬던 것일까? 밤이 이슥해졌는데도 나는 길을 계속 걸어갔다. 작은 트럭이 한 대 섰고 나를 딱하게 여긴 운전사가 자기 마을에서 보로나 전통 축제를 하고 있으니 같이 가자고 했다. 우리는 어두운 집에서 '인제라'라는 전통 음식을 먹고, 손뼉 치는 소리와 북소리를 들으면서 전통 맥주를 나눠마셨다. 무반주로 울리는 노랫소리를 들으니 존 리 후커의 블루스를 듣는 것처럼 몽롱해졌다. 내 영혼은 어느새 건조한 아프리카 북장단에 섞여 들려오는 서양의 음악 소리를 찾아갔다. 한 소녀가 장작불에 구운 염소 고기를 접시에 담아 가져다주었다. 그렇게 기분 좋은 저녁을 보내고 에티오피아 전통 음악을 들으며 텐트 안에서 잠이 들었다.

새벽에 눈을 뜨니 온 마을 사람들이 내 텐트 주위에 모여 있었다. 이글루같이 생긴 텐트에 모두 감탄을 금치 못했다. 전날 밤엔 텐트가 저절로 부풀어올라 펴지자 마치 요술이라도 본 듯 "오!" 하고 마을이 쩌렁쩌렁하게 탄성을 내질렀다.

나는 사람들이 텐트의 폴대를 조심스럽게 만지도록 내버려두고 트럭 운전사의 아내가 커피를 준비하는 모습을 지켜보았다. 커피의 본산지인 에티오피아에서 처음 보는 '커피 세리머니'였다. 우선 땅바닥에 허브와 꽃다발을 놓고 공기를 정화하기 위해 향을 피웠다. 그런 다음 생 원두를 씻어 양철 받침에 놓고, 숯불 화덕 위에서 가느다란 쇠막대기로 살살 저어가며 정성스럽게 볶았다. 다 볶아서 갈색이 된 원두는 절구에 빻아서 가루로 만들었다. 원두 가루를 도자기 커피포트에 넣고 끓이면 커피가 완성되었다. 커피를 만드는 긴 시간 동안 사람들은 웃으면서 화기애애하게 이야기를 나누었다.

에티오피아에서 따뜻하고 다정하게 마음을 나누는 저녁 시간을 보낸 건 그때 말고는 거의 없었다. 야벨로로 가는 길을 걸어가는데, 갈수록 풍경에 초록빛이 더해지고 사람들이 많아졌다. 하지만 아무것도 줄 것이 없는 사람들은 구걸하는 '외국인'에게 야멸차게 문을 닫았다.

하룻밤에 1달러를 받는 작은 호텔에서 잠을 자고 나오는데, 별안간 어린애들이 떼 지어 몰려오더니 날카롭게 "유(You), 유, 유!" 소리를 지르며 내 유모차를 둘러쌌다. 얼추 쉰 명 이상은 되는 것 같았고, 적대적이고 도발적인 태도로 내 유모차 주위에서 앞뒤로 왔다 갔다 하며 춤을 추었다. 말을 붙여보려고 여러모로 시도해봤지만 통하지 않았다. 손을 흔들며 화를 풀라고 해봤지만 전혀 통하지 않아서 난감하고 걱정스러웠다. 아이들은 점점 더 흥분하더니 내 뒤를 따라오며 사소한 동작 하나하나까지 지켜보며 흉내 냈다. 그 몇 시간이 영원처럼 길게 느껴졌다. 무시하면 주의를 끌려고 "유, 유, 유!" 소리치며 더 부산하게 행동했다. 나는 과연 내가 어린이들을 위해 걸을 수 있을지 의구심이 들었고, 이대로 가다가는 무너질 거라고, 저 아이들이 나를 무너뜨릴 거라고 생각했다.

정오 즈음에 자연 보호 구역이 가까워지자 아이들은 마침내 흩어졌다. 나는 혼란스러운 마음으로 바위 위에 앉았다. 끊임없이 오가는 사람들이 공연히 나를 공격하는 것처럼 느껴졌고 이제 그만 뤼스 곁으로 가고 싶었다. 바다에서 순풍을 맞으며 순조롭게 항해하는 것처럼 그저 뤼스와 함께 느긋하게 살고 싶었다.

이어지는 며칠간은 내 도보 여행을 통틀어 가장 지옥 같은 날들이었다. 사람들이 많은 장거리나 마을을 지날 때마다 "유, 유, 유!", "사진 찍지 마.", "당신 같은 사람 딱 질색이야."라고 소리치는 소리가 들렸다. 소란스러운 가운데 그런 소리가 언뜻언뜻 들려오면 몹시 당혹스러웠다. 하지만 사람들의 그런 태도는 내가 그들 주위에 얼쩡거리기 때문이 아닌가 하는 생각이 들기도 했다.

에티오피아에서는 삶이 고되다. 마을마다 끔찍한 가난에 허덕이고 있는데 내가 난생처음 보는 유모차를 밀고 막무가내로 들어가서 인사를 건네고, 배고픈 사람들의 사진을 찍었다. 나도 가진 것 없고 가난하지만 그 사람들이 어떻게 알겠는가? 자존심 강한 에티오피아 사람들은 동정을 혐오한다. 어느 날 저녁, 내가 시내를 돌아다니는 것이 심히 못마땅했던 젊은이 셋이 호텔에 들이닥쳤다.

"여기서 뭐 하는 거야? 뭐가 문젠데?"

흥분이 좀 가라앉고 나서 우리는 민감한 주제인 가난에 대해 이야기를 나누었다. 국토의 대부분이 고원이고 가뭄이 잦아서 이 나라에서 사는 게 말도 못하게 힘들며, 다들 얼마 안 되는 식량으로 하루하루 근근이 살아가고 있다고 했다. 가족의 유일한 재산은 아이들이다. 병이나 영양실조로 죽는 아이들이 엄청나게 많지만, 살아남아서 공부를 마치면 다시는 고향으로 돌아가지 않는다. 대부분 대도시의 빈민가에 몰려들어서 푼돈을 받고 일하며 겨우겨우 살아간다.

젊은이들이 떠나고 나는 절망에 휩싸여 어둠 속에 힘없이 누워 있었다. 그들을 위해 할 수 있는 게 아무것도 없었다. 어서 빨리 집으로 돌아가고 싶다는 생각에 사로잡혀 한밤중에 잠이 깼다. 그리고 몇 시간 동안 여러 가지 변명을 지어냈다. 물자도 떨어지고, 돈도 떨어졌다. 한두 달 정도 집에 있으면서 각종 단체에 연락하면 내가 만난 어린이들에게 구체적인 도움을 줄 수 있을 터였다.

다음 날 뤼스에게 내 결심을 알리는 긴 메일을 보냈다. 나는 돌아갈 거야. 쉬고 싶어. 뤼스의 답 메일은 일주일 후에 도착했다. 그때 나는 멜카우다의 라스타파리안(하일레 셀라시에 황제를 새로운 흑인의 메시아로 섬기고 흑인들은 아프리카로 돌아가야 한다고 주장하는 사람들) 마을에 있었다. 고바 계곡에 있는 멜카우다는 50년 전 하일레 셀라시에 황제가 에티오피아로 귀환한 흑인들에게 내린 땅이다.

뤼스는 메일에 썼다.

"사랑해. 돌아오고 싶으면 그렇게 해. 나는 여기에 있을게."

그리고 이어지는 문장들이 컴퓨터 화면을 폭발시킬 것만 같았다.

"하지만 너무 서둘러서 결정을 내리진 마. 당신이 돌아오면 지난 4년은 그냥 잃어버린 게 되어버리니까. 당신 꿈은 끝날 거고, 다시는 돌이키지 못할 거야."

그 후 며칠 동안 머릿속이 혼란스러웠다. 나는 모든 판단을 배제하고 아이의 눈으로 세상을 바라보려고 노력했다. 울창한 숲을 군데군데 밀어서 일군 밭들이 있었는데, 나는 거기서 기름진 땅에서 열심히 일하는 인간들의 삶을 보았다. 하지만 쟁기를 끄는 가축들은 엄청난 짐의 무게에 눌려 있었고 끊임없이 학대당했다. 농부들은 악에 받쳐서 가축들을 끝까지 몰아붙였다. 한 농부가 몽둥이가 부러질 때까지 당나귀를 때리는 걸 본 적도 있다. 발굽이 빠진 채 길에 서서 두려움에 떨고 있는 불쌍한 동물을 사람들은 못 본 척 지나갔다. 가난한 생활의 소중한 동반자인 가축들에게 그토록 심한 분노를 쏟아낼 정도면, 집집마다 얼마나 많은 폭력이 숨겨져 있을까? 그곳에서는 정말로 고달픈 삶이 어떤 것인지 알 수 있었다.

추코라는 마을을 지나는데 어디선가 우르르 몰려오는 사람들을 마주쳤다. 다들 손에 황금빛 액체가 가득 든 양철통과 물병을 들고 있었다. '유에스 에이드(US Aid)'라는 단체에서 식용유를 나눠줘서 받아 오는 길이라고 했다. 늘 그렇듯 가장 약한 사람들은 빈손이었다. 나는 도저히 이해할 수 없었다. 주위를 둘러보면 기름진 땅이 널렸는데 사람들은 왜 이렇게 가난할까? 에티오피아의 땅은 모두 국가에 속해 있다. 사람들은 땅을 일구다가 갑자기 추방당할 수도 있고 아무것도 소유하지 못한다. 나일 강 때문에 땅이 자주 침식된다. 에티오피아 고원의 붉은 흙이 나일 강에 실려 멀리 수단의 하르툼까지 가기도 한다. 사람들은 끊임없이, 끊임없이 땅을 빼앗긴다. 문득 이러한 폭력이 에너지가 분출되고 드러나는 과정이 아닐까 하는 생각이 들었다. 화산 폭발은 막힌 것을 풀어놓는 자연의 섭리다. 인간의 본성은 더 복잡할까? 나는 잘 모르겠다.

8월 18일 저녁에 수도인 아디스아바바에 도착했는데, 놀랄 만큼 미래적인 건물과 빈곤이 공존하고 있었다. 몇 주 전 길에서 만난 다니엘이라는 커피 도매상이 나를 맞아주었다. 진짜 커피 도매상인지는 확실치 않았고, 화물 운송 면허증을 포함해 여러 가지 것들을 암거래해서 생계를 꾸리는 것 같았다. 어쨌거나 아디스아바바에선 내 수호천사였다. 다니엘은 싼 호텔을 예약해주었고, 자기 집 뒤뜰에서 조촐하게 부헤 축일을 기념하는 자리에 나를 데려가주었다. '부헤'는 에티오피아 정교에서 지키는 그리스도 변모 축일이다. 소고기와 허브, 향을 뭉근히 끓이는 냄새가 났고, 우리는 손뼉을 치고 노래를 불렀다. 갑자기 다니엘이 내게 에티오피아 여자들과 잤느냐고 집요하게 캐물었다.

"아니야, 아니라고! 왜 자꾸 그런 걸 묻는 거야?"

그는 에티오피아에서는 윙크하는 것이 같이 자자는 뜻이라고 했고, 나는 놀라서 넋이 나갈 지경이었다. 도착해서부터 지금까지 어디를 가든 윙크를 했다. 남녀노소 가리지 않고 사람들과 친해져보려고, 심지어 당나귀한테까지 했다! 얼마나 끔찍한 변태라고 생각했을까!

다음 날 아침 사흘째 밀린 일기를 쓰고 있는데 누가 호텔 방문을 두드렸다. 열어보니 경찰 세 명이 있었고 내게 따라오라고 했다. 다니엘도 그들과 함께 있었다. 경찰서의 차가운 사무실에서 내 여행 동기에 대해 공격적인 심문을 당한 끝에 나는 구금되었다. 돈 때문이었을까, 아니면 인종주의 때문이었을까? 아직도 영문을 모르겠다. 나를 구해준 건 텔레비전이었다. 며칠 전, 어떤 남자가 화려하게 꾸민 여자를 태우고 사륜 구동차를 몰고 가다가 내 유모차 옆에 차를 세웠다. 그는 전국적으로 제일 유명한 토크 쇼의 사회자라고 하며 내게 명함을 건넸다.

"우리 쇼에 한 번 나오세요."

| 에티오피아

허름한 경찰서에 텔레비전 스타가 나타나자 경찰관들이 기절할 것처럼 놀랐다. 다들 안절부절못했고, 서장은 마치 오랜 친구에게 농담을 하는 것처럼 친근하게 내 팔꿈치를 치며 웃었다. 그러다가 별안간 뒤를 돌아보며 다니엘에게 암하라 어로 고래고래 소리를 지르기 시작했다. 내가 유명한 토크 쇼의 초대 손님이라는 걸 미리 알려주지 않았다고 "바보", "무식한 놈!"이라고 욕을 하는 것 같았다. 서장은 다니엘에게 감옥에 집어넣겠다고 윽박질렀다. 그리고 우리를 내보내주었고, 다음 날 경찰서에 다시 오면 자신의 상급자에게 말해서 모든 잘못을 없던 일로 해

주겠다고 약속했다.

경찰서를 나오는데 악몽 같은 영화 속에서 탈출한 것처럼 기분이 착잡했다. 어쩌면 그런 것이 독재의 본질인 듯했다. 명백한 '이유' 없이 모든 일이 비현실적으로 돌아가는 것이다.

아프리카의 뿔(에티오피아 · 소말리아 · 지부티가 자리 잡고 있는 아프리카 북동부를 가리키는 용어)을 뒤로 하고 북서쪽으로 가는 길을 천천히 걸어갔다. 한 달 후 나는 수단으로 가는 국경 지대에 도착했다. 그곳에서 마주치는 사람들은 좀 더 친절한 것 같았다. 어쨌든 눈빛에 적의는 없었다. 완만하고 짙푸른 산등성이를 지나가면서 만난 남자들은 모자를 들어올리며 내게 인사를 건넸고 아이들은 내 유모차를 밀면서 즐거워했다. 장에 가는 길이던 젊은이가 살이 투실투실한 수소를 자랑하며 적어도 3000비르는 받을 수 있을 거라고 뿌듯해했다. 어깨에 쟁기를 짊어지고 밭에서 돌아오는 사람들도 보았다. 그들은 감기에 걸리지 않으려고 유칼립투스 나뭇잎을 돌돌 말아 콧구멍에 끼우고 있었다. 그리고 나는 마침내 사람들을 웃기는 방법을 찾아냈다. 에티오피아의 거친 음식은 내 위장에 심각한 도전 과제였고, 공룡도 놀라게 할 만큼 강력한 가스를 배 속에서 만들어냈다.

점잖은 에티오피아 사람들은 남들 앞에서 방귀를 뀌는 걸 용인하지 않지만 나는 항상 아이들에 둘러싸여서 걷기 때문에 어쩔 수 없이 방귀 소리가 새어나갈 때가 있었다. 효과는 즉시 나타났다. 어딜 가나 아이들은 웃음을 터뜨리며 그 지역 방언으로 외쳤다.

"이 아저씨 방귀 뀌었다! 방귀 뀌었어!"

다들 즐거워하며 산골짜기가 쩌렁쩌렁 울리도록 크게 이야기해서 기분이 좋기도 하고 민망하기도 했다.

일본인들이 새로 만든 길을 걸어서 청나일 강 쪽으로 내려갔다. 그때 일한 인부들은 하루에 25비르(3.5달러)를 받아서 운이 좋았다고 했다. 중국인들은 15비르밖에 주지 않았기 때문이다. 성수가 가득한 물병을 들고 골짜기에서 돌아오는 성지 순례자들을 마주쳤다. 아브바우라는 도붓장수가 내게 하루나 이틀 밤을 재워주겠다고 했고, 목에 물을 끼얹으며 내 뒤에 있는 젊은이에게 의심스러운 눈길을 보냈다. 그는 며칠 전부터 나를 계속 따라다녔는데 도무지 떼어놓을 수가 없었다. 아브바우는 짐을 부려놓고 '텔라 하우스'라는 작은 술집에 옥수수 술을 마시러 가자고 했다. 술집은 무척 작고 허름했고 간판도 그냥 종이 쪼가리에 써서 문 앞에 세워둔 말뚝에 붙여놓았다. 짚을 섞은 흙을 벽에 바른 조그만 오두막에 들어가보니 열 명 남짓 되는 농부들이 벽을 따라 놓인 긴 의자에 앉아서 조용히 이야기를 나누고 있었다. 의자도 진흙을 굳혀서 만들었고 염소 가죽을 깔아놓았다. 맥주병으로 만든 기름 호롱불은 얼굴만 겨우 밝힐 정도로 어스름했다. 호롱불빛에 비친 얼굴들이 마치 창백한 달에 붉은 눈이 동그랗게 그려져 있는 것 같았다. 술집 아주머니가 귀한 옥수수 술을 가져오는 동안 벽을 보니 아기 예수를 안은 성모 마리아를 그린 포스터가 붙어 있었다. 우리는 영어와 암하라 어로 잡담을 나누었다. 그러다 갑자기 아브바우가 목소리를 낮추더니, 내게 같이 온 젊은이를 조심하라고 충고했다.

"도둑이에요."

모두 일제히 젊은이를 바라봤고, 당황한 그는 아니라고 중얼거렸다. 나는 젊은이를 돌아보며 조용히 말했다.

"나는 네가 어떤 사람인지 알아. 돈을 훔치고 거짓말을 하지. 네가 살려고 한 선택이니까 인정해주지. 하지만 더 나은 선택을 할 수도 있었을 거라고 생각해."

그는 울기 시작했다. 우리는 빗속에서 헤어졌고 젊은이는 아무것도 훔치지 않고 떠났다.

나는 조용하고 평화로운 수단 쪽으로 내려갔다. 산에는 노랗고 조그만 꽃들이 양탄자를 깔아놓은 것처럼 활짝 피어 있었다. 그 꽃을 보며 나는 '새로운 꽃'이라는 뜻의 아디스아바바(에티오피아의 수도)를 떠올렸다. 그리고 그 광경이 이 무뚝뚝하고 자존심 강한 나라와 작별을 나누는 징표라고 생각했다. 에티오피아는 도보 여행자도, 도움을 주는 사람도 받아들이지 않고 5000년의 세월을 혼자서 지나왔다.

하늘에 구름이 몰려 있다가 흩어졌다. 그 모습이 마치 비를 내리게 하려다 마음을 바꾼 것 같았다. 비가 오는 구역이 끝났다. 길에는 점점 사람들이 드물어졌고, 잎이 무성하게 우거진 나무들은 가시나무 숲으로 바뀌었다. 햇볕이 따갑게 내리쬐던 멕시코, 페루, 칠레, 모잠비크에서처럼 나는 땅에서 비둘기들이 부드럽게 구구거리는 소리와 가시나무에 쏟아지는 뙤약볕의 한숨 소리를 들었다.

사막에 도착했다.

• 2004년 10월 3일~12월 29일
수단

여자가 없는 세상

나일 강 동쪽 강변의 붉은 땅 위에 세워진 조그만 오두막집, 생각보다 훨씬 작은 국경 검문소였다. 그곳에서 수단 출입국 관리소 직원들이 5000디나르를 받고 아랍 어로 작성된 서류를 내주었다. 2004년 10월 12일, 나는 무슬림의 땅으로 들어갔다.

참깨밭에서 젤라바(북아프리카나 중동 남자들이 입는 전통 의상)를 입은 농부들이 트랙터를 몰고 있었다. 이웃 나라 에티오피아의 농부들이 전통 농기구를 사용하는 데 비하면 확실히 여유가 있어 보였다. 나는 농부들에게 손짓을 했다. 옛날 아랍 식민 지배자들이 '흑인들의 나라'라는 뜻의 '빌라드 알 수단(Bilad al-Sudan)'이라고 불렀던 이 건조한 나라에 사는 사람들이 나를 어떻게 맞아줄지 막연히 불안했다. 그들은 어떤 사람들일까?

1년 전부터 유혈 내전이 일어나서 다르푸르가 초토화되었고, 인종 간의 긴장이 높아지는 가운데 반군들이 부와 자원을 더 공평하게 분배해야

수단 : 나는 끝없이 펼쳐진 사막을 횡단하는 걸 좋아했다. 넓디넓은 사막 안쪽으로 한 번 들어가면 바깥은 아무 것도 아닌 것처럼 느껴졌다. 다행히 드문드문 지나가는 사람들이 대추야자가 든 자루를 건네주어 굶주림을 달랠 수 있었다.

한다고 주장하고 있었다. 다르푸르는 내가 걷기로 계획한 경로보다 훨씬 서쪽에 있었다. 하지만 최근에 뤄스가 아프리카 연합이 다르푸르에 3000명이 넘는 병력을 투입했다는 기사를 읽었고 몹시 불안해했다. 걱정 때문에 몸져누울 지경인 것 같았다. 하지만 내가 통과하는 지역에는 아무 일도 일어나지 않았다. 같은 시각 다른 곳에서 어떤 끔찍한 참상이 벌어지는지 상상도 할 수 없을 정도로 평온했다. 그것은 내가 도보 여행을 하는 내내 눈으로 확인한 수수께끼 중 하나이다. 삶은 경우에 따라 인간들을 신으로도, 악마로도 만들 수 있다.

채광창이 뚫린 조그만 오두막집에서 어린 딸이 말라리아로 온몸을 벌벌 떨면서 죽어간다. 그 아이의 머리맡에서 눈물을 흘리는 다정한 아빠가 가슴 속에는 잠자는 악마의 얼굴을 품고 살 수도 있다. 그런 가족을 이틀 전 국경 지대에서 만났는데, 그들은 나를 가족의 일원처럼 따뜻하게 맞아주었다. 딸아이의 덜덜 떠는 작은 몸을 식구들이 번갈아 안아주고 있어서 나는 가지고 있던 말라리아 알약 몇 개를 으깨 물에 타서 건넸다. 아이는 물을 삼킬 힘도 겨우 쥐어짜내야 할 정도로 쇠약했다. 부모가 아이를 데리고 멀리 있는 병원으로 가야겠다고 결심하고 길을 나섰다.

다음 날 도카에 도착했을 때 그 가족을 다시 마주쳤는데, 트럭에 하얀 천으로 싼 아이의 조그만 시신이 놓여 있었다. 차마 가까이 다가갈 수는 없었지만 온갖 고통에 시달리는 이 가난한 사람들에게 마음속 깊이 연민을 느꼈다. 그래도 그들은 연약한 일상의 행복을 간직하려고 애썼고, 그렇게 할 수 있는 데에는 종교의 힘이 큰 것 같았다. 이슬람교는 평범한 하루 일과에도 엄격한 규칙을 세워놓고 의미를 부여한다.

메마른 땅을 오랫동안 걸어 10월 15일 저녁 사분에 도착했다. 한 수수한 식당 주인에게 저녁 식사 초대를 받았다. 그는 에리트레아가 고향인데 커피 원두를 팔아서 식당을 차렸다고 했다. 덧창 그늘 아래 나일론을 대서 만든 초라한 침상에 남자 몇 명이 기대앉아서 차를 마시며 이야기를 나누고 있었다. 갑자기 시선이 일제히 하늘을 향해서 나도 같이 내다보니 가느다란 초승달이 떠 있었다. 라마단이 시작되었다며 다들 기쁨을 한껏 표현했다. 나는 낮 동안에 축적된 열기가 아직 남아 있는 바깥의 땅바닥에 자리를 깔고 잤다. 다음 날이 되자 날씨는 참을 수 없을 만큼 뜨거워졌고, 신발이 너무 작아 발가락이 뭉개지는 것같이 아파서 신발 밑창과 발등 사이를 송곳으로 뚫어서 틈을 냈다. 신발이 벌어져서 웃는 것 같은 상태로 다니니 조금 숨통이 트이는 것 같았지만 더 큰 문제가 있었다.

배가 고팠다.

하루 종일 먼지를 들이마시며 곡식밭 사이를 휘청거리며 걸어다녔다. 드물게 있는 노점은 하나같이 문을 닫았고 비옥한 평원에 먹을 것이라곤 전혀 찾아볼 수 없었다. 다행히 시원한 물을 가득 담은 질그릇 단지가 길가에 드문드문 놓여 있어서 뙤약볕 아래 목은 축일 수 있었다. 나는 걷고 또 걸으면서 이 여행은 너무 길고 내 인생은 너무 짧다고 생각했다.

하지만 저녁이 되면 어느 마을이든지 나를 뜨겁게 환영해주었다. 주민들은 형편이 어떻든 간에 여행자들에게 문을 활짝 열어주고 진심에서 우러나오는 환대를 해주는 게 의무라고 생각했다. 단식을 마친 저녁에 푸짐하게 차린 음식을 나눠먹으며 나는 라마단 기간의 신성하고 경건한 분위기에 흠뻑 젖어들었다.

어느 날 밤 집주인에게 물어보았다.

"저는 백인 외국인이잖아요. 길가에서 노숙을 하면 위험할까요?"

집주인은 손사래를 치며 말했다.

"전혀 위험하지 않아요! 여기서는 어딜 가도 안전해요."

그래서 나는 즉시 시험해보았다. 수단에서 지낸 몇 달은 내가 길에서 보낸 가장 안전한 기간이었다. 밤낮 할 것 없이 안전하게, 아무 걱정 없이 걸어다닐 수 있었다.

부담감은 다른 쪽에서 느꼈다. 집 안에서 은밀하게, 내 영혼에 가해지는 압력이었다. 종교의 강력한 힘에 날마다 새삼 놀랐다. 어딜 가나 사람들은 내게 열을 내며 이슬람교를 전도했고, 길에서 만난 친구들과 종교 말고 다른 얘기를 하려면 무진 애를 써야 했다. 신앙은 일상의 모든 면에 영향을 미쳤고 금식, 기도, 세정 의식, 코란 낭독으로 하루하루가 흘러갔다.

나는 듣기만 하고 아무 말도 하지 않았다. 기다란 양탄자 끝에 남자들과 같이 앉아 있노라면 아내, 자매, 딸 들은 어디에 있는지 늘 궁금했다. 어쩌면 다른 세상에 있을지도 몰랐다. 그 세상은 어디일까? 어딜 가나 열정적이고, 다정하고, 친절한 남자들뿐이었다. 그러다 길가에서 한 여자를 보았는데, 히잡 아래 보이는 눈 한쪽이 부어 있었다.

하르툼에 있을 때 라마단이 끝나는 걸 기념하는 성대한 잔치가 열렸는데, 심한 장염에 걸려 침대에 꼼짝도 못하고 누워 있느라 놓쳤다. 하지만 나는 가벼운 마음으로 하르툼을 떠났다. 단식 기간이 끝났다는 건 게걸스러운 서양인에게 내린 형벌도 끝났다는 것이다. 내가 누비아 사막에서 죽더라도 이제 굶어죽는 건 아닐 터였다. 물론 식량이 모자라지만 않는다면 말이다.

이글이글 타오르는 사막으로 들어가기 전날 밤, 나는 가진 돈이 얼마나 되는지 확인해보았다. 주머니에는 150달러밖에 없었는데 그 돈으로 비자를 연장하고, 이집트의 아스완까지 가는 여객선 표를 끊고, 두 달을 살아야 했다. 사막을 통과해서 이집트로 가려면 소비를 극도로 줄여야 했다. 다시 말해 새 모이 먹듯 조금만 먹어야 했다. 게다가 이제 완전히 고립된 누비아 사막에 들어가야 한다! 그 생각을 하니 깊은 절망감이 밀려왔다. 나는 열흘 동안 햇볕에 지글지글 끓는 모래와 바위투성이의 땅, 모래 언덕과 죽은 동물의 잔해 사이를 걸어갔다. 길에 모래 먼지가 흘러내려와 눈이 따끔거려서 고통스럽게 한 발 한 발 앞으로 나갔다. 칠레에서처럼 사막에 있으니 좋았다. 하지만 가진 게 점점 떨어져가서 불안하기도 했다. 나는 혼란스럽고 몹시 약해진 기분이 들었다. 11월 24일에 마지막 빵을 먹었다. 식량을 제대로 관리하기도 힘들어서 될 대로 되라는 심정이었다. 모래 언덕 사이를 지나가는 험난한 길 위에서 별안간 다 그만두고 싶다는 충동이 들었다.

뤼스, 아이들, 어머니 생각이 났다. 나는 터무니없게도 사막에서 어머니를 목이 터져라 부르기 시작했다. 차를 한 대 세울 수도 있을 것 같았고, 당국에 도움을 요청할 수도 있을 것 같았다. 돈 한 푼 없는데 이집트에는 어떻게 도착할 수 있을까? 이집트까지 가야 은행 카드를 사용할 수 있을 텐데. 아직 7년은 더 걸어야 하는데 할 수 있을지 의심이 들었다.

여행을 떠나고 얼마 후에 태어나 한 번도 보지 못한 손녀를 생각했다. 11살이 된 손녀가 말할 것 같았다.

"할아버지, 저리 가. 너무 늦었어. 할아버지 이야기는 옛날엔 재미있었을지 몰라도 지금은 재미없어."

늙고 병든 아버지를 생각했다. 살아 계실 때 다시 만나고 싶었지만 나는 걷고, 걷고, 걷기만 했다. 걷는 것 말고는 달리 할 일이 없었기 때문이다.

마침내 어느 날 저녁, 아주 먼 지평선 너머 사막에 이쑤시개처럼 생긴 가느다란 말뚝이 서 있는 걸 봤다. 이슬람교 사원의 첨탑이었다. 뭔가를 먹을 수 있을 거란 생각에 날개가 돋은 것처럼 발걸음이 가벼워졌다. 모래 언덕 사이를 종종걸음으로 경쾌하게 가고 있는데 차 한 대가 와서 섰다.

"살롬, 여기서 뭐 해요?"

"살롬, 세계 여행을 하고 있어요."

나는 약간 숨찬 목소리로 대답했다.

사람들은 깜짝 놀라 휘둥그레진 눈으로 나를 바라보았다. 아무래도 내 외모 때문인 것 같았다. 수염이 텁수룩한 얼굴에 숄을 둘둘 말아서 감고, 찢어진 바지에 긴 젤라바를 입어서 나는 꼭 파키스탄 사람 같았다. 파키스탄 남자가 유모차를 밀고 사막을 건너간다는 건 도저히 있을 수 없는 일이었다. 그 유쾌한 수단 남자들은 내 모습을 보고 껄껄 웃어댔다. 그리고 내게 100달러가 든 봉투를 건네고 떠났다. 살았다! 이제 나는 이 나라를 떠날 수 있다!

나일 강이 가까워지니 풍경에 다시 생기가 돌았다. 누비아는 남쪽 지방보다 이슬람 교리가 덜 엄격해서 여자들이 세상에 다시 등장했다. 그녀들은 아무리 봐도 아리송한 내 차림새가 궁금했던 모양인지 물어왔다.

"저기, 파키스탄에서 왔어요?"

나는 우스갯소리로 대답했다.

"아니요. 아프가니스탄에서 왔고요. 이름은 오사마라고 해요."

그러자 남자들이 배를 잡고 웃었다.

"잘 왔어요!"

오사마 빈 라덴은 그들에게 영웅이었지만 우리는 함께 웃었다. 저녁부터 밤늦게까지 계속되는 내 우스갯소리에 여자들이 소리를 죽이고 킥킥 웃었다. 이곳은 일부다처 사회지만 캐나다에서는 여자들이 남편 넷을 거느리고 남자들이 순한 양처럼 군다고 했다. 남자들이 장을 보고, 빨래를 하고, 요리를 하는데 여자들이 지겨워지면 다른 남편을 구할 수도 있다는 이야기도 했다. 히잡을 쓴 여자들이 눈물까지 흘리며 폭소를 터뜨렸지만 남자들은 웃지 않았다.

그 후로도 1년은 더 이슬람 국가들을 걸을 계획이었다. 나는 내 농담에 몇 번이나 모두 같이 웃을 수 있을지 궁금했다.

• 2004년 12월 30일~2005년 7월 13일
이집트, 수단

섹스와 경찰

수속 절차에는 규칙이 있고, 그 규칙에는 또 규칙이 있다. 검사관이 수속 서류들을 하나하나 확인해서 통과시키면 서류 뭉치가 상급 사무실로 가서 심사를 받고 마침내 도장이 찍히고, 인지가 붙고, 서명된다.

그런데 거기서 끝이 아니었다. 배를 타고 나세르 호수를 건너 아스완에 도착하니 이집트 공무원들이 아주 신중한 태도로 나를 맞아주었다. 수단 공무원들이 그들 나름의 규칙에 맞게 통과시켜 주었기 때문에 서류에는 아무런 문제가 없는 것 같았다. 하지만 수염이 텁수룩한 남루한 차림의 남자가 유모차를 질질 끌면서 가는 모습이 의심스러웠던 모양이다. 꼬치꼬치 캐물은 끝에 다행히 내가 테러리스트가 아니라 세계 일주를 하는 얼간이일 뿐이라는 사실을 확신하게 되자 그들은 그제야 웃으면서 말했다.

"이집트에 온 걸 환영합니다!"

그리고 '칼카데(히비스커스 꽃을 말려서 만든 차)'를 권했는데, 얼굴은 웃고 있었지만 지친 눈빛은 '참 재수 꽝이네!'라고 말하는 것 같았다.

경찰관들이 나를 밴에 태워 작은 호텔로 데려다주었고 엿새 동안 방을 예약해주었다. 내 서류가 카이로로 가는 데 엿새가 걸리기 때문이라고 했다. 서류가 접수되면 나를 마음대로 다니게 내버려둘까? 두 달 남짓 전, 홍해 연안 관광지에서 폭발 테러가 연쇄적으로 일어나 34명이 죽었고 40년 가까이 지속되어온 이집트의 비상 상태가 더욱 강화되었다. 그래서 이 나라의 최대 수입원인 관광객들은 경찰의 호위를 받으며 여행을 해야 했다. 강제된 휴식 시간 동안 나는 시내를 돌아다니고, 부품을 사다가 고장 난 장비들을 고치고, 이발소에 가서 수염을 깎았다.

당국의 답변서는 관광청의 선물인 화사한 히비스커스 꽃다발과 함께 도착했다. 룩소르까지 200킬로미터는 자유롭게 걸어가도 되는데 그 후부터는 안 된다는 답변이었다.

5일 동안 나는 가벼운 마음으로 멋진 나일 강 계곡의 풍광을 만끽하며 걸어갔고, 대추야자나무 그늘 아래 누워 다이아몬드처럼 빛나는 강 너머로 지는 해를 구경했다. 호루스 사원을 구경하다가 만난 이브라힘이라는 남자가 이름이 같은 사촌인 이브라힘을 소개해주었고, 그 이브라힘이 나를 집으로 초대해 아내 사라와 딸 엘함, 아들 아티프, 무함마드, 바하, 알라를 인사시켰다. 모두 나를 뜨겁게 환영했고 시적인 말로 만남을 축하해주었다.

"들어오세요! 우리 집에 빛을 가져다주셨어요."

우리는 함께 홍차를 마시고 식사를 했고, 물담배를 피웠다. 느긋하게 앉아서 세상 돌아가는 걸 보며 나는 그들이 정말 온화하고 다정한 사람들이라고 생각했다. 이집트 사람들을 더 알고 이해하고 싶은 마음이 간절했다. 하지만 엿새째 되는 날 아침 경찰 밴이 다시 찾아왔다.

"사바 엘 카이르, 안녕하세요, 이집트에 온 걸 환영합니다!"

경찰 4명이 들어와서 이 순간부터 그들이 내 신변을 보호할 것이라고 친절하게 알려주었다. 그런 다음 일언반구 말도 없이 내 유모차를 들어서 밴에 싣는 것이었다!

나는 깜짝 놀라서 밴에 타길 거절하고 걷겠다고 했다. 다음 마을까지 3킬로미터를 나는 걸어서, 경찰들은 밴을 타고 내게 바짝 붙어서 따라왔다. 그들은 호텔까지 따라와서 내게 방값을 내달라고 했다. 나는 돈이 거의 없어서 보호소나 주민들의 집에서 신세를 지려고 한다고 설명하려 애썼지만 소용없었다. 할 수 없이 나는 경찰들을 줄줄이 달고 노점으로 가서 달걀 4개를 샀다. 달걀을 깨서 날로 삼켰더니 경찰들이 기절할 듯이 놀랐다. 그러고나서 나는 이집트 무장 경찰이 지키는 12달러짜리 방에 틀어박혀서 밤을 보냈다.

그날 이후로 나는 어딜 가나 경찰의 감시를 받았다. 현지 주민들과 사소한 접촉도 통제를 받으니 범죄자라도 된 기분이었다.

경찰들은 이집트 사람이 나를 집에 초대하는 걸 조심해야 한다고 했다. 이곳 사람들은 불친절하고 거칠기 짝이 없다는 것이다. 자기들 멋대로 나를 기독교인이라고 단정 짓고, 교회에 가서 사제들에게 신세를 지는 건 허락하겠다고 했다. 내가 얻어낼 수 있는 건 그게 다였다. 불같이 화를 내고 분통을 터뜨려봐야 힘만 빠졌다.

내 유모차에서 물건이 모자라기라도 하면 난리법석이 났다. 경찰들은 서로 무전으로 연락을 나누면서 공조했고 길가에서 하염없이 기다리며 시간을 보냈다. 나는 순간순간 깊은 절망감을 맛보았고 그렇게 열흘쯤 지나니 자포자기 상태에 이르렀다. 독재가 요구하는 대로 하다보니 걸으면서도 감옥에 갇힌 듯한 기분이었다. 사람들에게 말 한마디 붙여보지 못한 채 오로지 걷기만 했고, 숙소에 있는 시간이 늘어갔다. 내가 카페에 들어가면 경찰들이 경기관총을 들고 입구에서 기다렸다. 내게 불상사가 생기는 걸 국가가 용납하지 못하기 때문이라고 설명했지만, 나는 그들이 정말로 걱정하는 건 내 안전이 아닌 것 같았다. 혹시 내가 국가 전복을 꾀하는 건 아닌지 두려워하는 것 같았다. 발목에 수갑을 차고 감옥 복도를 걷는 기분이었다. 사람들과, 특히 반대 의견을 가진 사람들과 이야기를 나누는 건 금지되었다. 방랑자가 될 권리조차 거부당한 것이다! 마을 사람들이 무표정한 얼굴로 우리가 지나가는 걸 보았다. 하지만 내 안에선 분노가 들끓었고 그들의 고통이 느껴졌다. 안전을 지킨다는 명목으로 7200만 이집트 국민은 외부인을 전혀 만날 수 없단 말인가? 테러와 전쟁을 한답시고 각종 배제 법안들을 정당화하고, 국민을 억압하고, 권리를 부정하고, '국민 질서'를 해친다는 모호한 혐의만으로 수천 명을 재판도 없이 구금하는 건 도대체 누구 머리에서 나온 생각인가?

다가가는 게 금지된 사람들의 눈에서 나는 우울과 슬픔을 읽었다. 그 슬픔은 시간이 지나면 폭력과 테러로 발전할 것 같았다.

문득 내 미국 친구들이 떠올랐다. 그들은 테러리스트 집단의 먹잇감이 된 나라들이 얼마나 위험한지를 떠들어대는 자극적인 보도 때문에 겁에 질려 나라 밖으로 감히 한 발자국도 못 나간다. 속을 들여다보면 미국인들이 정말 더 자유롭게 사는지 의문이 든다.

1월 말 어느 컴컴한 밤에 우리는 나일 강 동안(東岸)에 있는 고대 도시 아크밈에 도착했다. 경관들이 한 정교회 예배당의 문을 두드렸지만 사제는 나를 재워주지 못하겠다고 했다.

"이제 어쩌죠?"

경관들이 진지한 얼굴로 내게 해결책을 묻고 답을 기다렸다. 나는 짜증이 밀려와서 소방서, 병원, 주민들, 적신월사(이슬람권의 국제 적십자사) 사무소 등 재워줄 만한 곳을 속사포처럼 주워섬겼다. 그들은 한사코 도리질을 쳤다.

"그럼 여기서 텐트 치고 잡시다!"

"그건 안 되죠!"

그들은 떨떠름한 얼굴로 택시를 잡아서 내 유모차를 짐칸에 싣고 경찰서로 가자고 했다. 경찰서에 도착해서는 나를 돌아보며 멍한 눈으로 택시비를 내라고 했다. 그 순간 나는 폭발했고, 미친 사람처럼 유모차로 경찰서의 문을 박차고 들어가며 고래고래 소리쳤다.

"서장 어디 있어? 어디 있느냐고?"

아무도 대답할 엄두를 내지 못했고 나는 유일하게 닫힌 방문을 향해 어뢰처럼 쇄도해서 밀고 들어갔다. 깨끗한 책상 뒤에 초록색 제복을 입은 서장이 권태로운 얼굴로 붙박인 듯 앉아 있었다. 나는 잠을 깨울 때처럼 고함을 꽥 질렀다.

"난 그저 잠을 자고 싶어요, 자고 싶다고요! 이 도시에 나를 재워줄 구멍이, 방이 없나요?"

서장은 떨리는 손가락으로 폐쇄된 사무실 하나를 가리켰다. 강렬한 네온 불빛 아래서 나는 마침내 잠이 들었다.

날이 갈수록 긴장은 느슨하게 풀렸고, 경찰들과도 어느 정도 인간적인 관계를 맺을 수 있게 되었다. 어느 날 아침, 경찰서에서 호위 담당이 교체되길 기다리며 젊은 마무드 순경이 내 가족에 대해 물었다. 문득 그에게 속속들이 다 이야기해주고 싶은 충동이 들었다. 그래서 내가 5남매의 장남이고, 종교는 없고, 부모님이 이혼하셨고, 나도 첫 아내와 이혼했다는 이야기를 했다. 뤼스를 만났을 때 내 아이들이 우리에게 결혼하라고 부추겼다는 이야기도 했다. 하, 하! 내 이야기가 어때, 경찰 양반? 이제 규칙을 엄청나게 위반하는 대화를 나눌 생각에, 그런 얘기를 꺼낸 내 대담한 용기에 등골이 짜릿해지는 기분이었다.

눈이 휘둥그레진 마무드가 중얼거렸다.

"우와! 하지만 그건 정말 나쁜 거잖아요."

"난 그렇게 생각하지 않아요. 우리가 행복하면 신도 행복한 거잖아요. 안 그래요?"

마무드는 어두운 표정으로 고개를 흔들었다. 몸에 힘이 잔뜩 들어가 있는 것 같았다.

"아니죠, 아니에요."

나는 고집스럽게 말을 이었다.

"나는 결점이 많은 사람이지만 평화를 위해 걷고 있어요. 마무드, 우리는 계율 속에 사랑을 감춰둘 수 없어요."

마무드는 당황하고 혼란스러운 것 같았지만 긴장됐던 분위기는 한순간에 풀어졌다. 그는 제복 주머니에서 휴대 전화를 꺼내 들더니 멋쩍게 웃으면서 포르노 사진 여러 장을 보여주었다.

"선생님 나라에도 이런 게 있지요? 이런 자세를 하는 여자들이랑, 또 이런 남자도……."

"그럼요. 어디서나 볼 수 있지요. 이집트에서는 금지됐나요?"

"아, 그럼요! 발각되면 25년 동안 감옥살이를 해야 해요. 사면도 절대 없죠."

나는 구치소 문을 흘끔 바라보며 말했다.

"그런데 괜찮겠어요?"

"전 사정이 다르죠. 경찰이잖아요."

맞는 말이다. 전지전능한 경찰이 법 위에 있다는 걸 명심해야 한다.

감옥 같은 여행을 한 달 넘게 한 끝에 우리는 카이로에서 헤어졌다. 소란한 도심과 순환로가 가까이에 있는 다리 위에서 책임 경관은 내게 인사를 하고 남은 이집트 여행을 잘하길 바란다는 덕담을 마치고 뒤도 안 돌아보고 군중 속으로 사라졌다.

멀리서 불어오는 시원한 바람을 맞으며 좁다란 길을 따라 나일 강 옆을 걷는데, 마침내 자유롭다는 기분이 들었다.

다섯 달 후 홍해 옆의 샤름엘셰이크에서 끔찍한 테러가 일어나서 88명이 목숨을 잃었다.

습지를 따라 알렉산드리아를 향해 걸어갔다. 해초와 조개 냄새가 바람을 타고 실려왔고 낚시꾼들이 낚싯줄을 던지고 있었다. 휴가 온 기분으로 피라미드를 구경했고, 발걸음을 잠시 멈추고 상인들, 산책하는 사람들, 농부들과 가벼운 대화를 나누는 즐거움을 만끽했다.

로맨틱한 알렉산드리아에서 서쪽 마그레브(리비아 · 튀니지 · 알제리 · 모로코 등 아프리카 북서부 일대의 총칭)로 가는 기나긴 길은 두 갈래로 나뉘어 있었다. 나는 마그레브 프랑스 어를 빨리 듣고 싶었지만 한편으론 걱정도 되었다. 매주 카이로 주재 리비아 대사관에 비자를 문의하러 갔지만 아무런 대답도 듣지 못했다. 나는 뜨거운 햇볕 아래 로마 시대 유적과 2차 세계대전의 흔적 사이를 계속 걸어다녔다. 그날 아침에는 슬러마 씨에게 인사를 하러 갔다. 그는 땅바닥에 앉아서 자동차 부품을 고치다가 일어섰다. 직접 만든 나무 의족을 단 다리로 살짝 비틀거리며 걸어가 작은 서랍을 열었다.

"아니요, 아니에요. 아이가 넷이잖아요!"

내가 소리를 치며 만류했지만 슬러마 씨의 검은 두 눈은 단호했다. 그는 내 재킷 주머니에 지폐 한 장을 넣어주었다. 전날 그의 친구들에게 슬러마 씨가 어렸을 때 알라메인에서 살았고 지뢰를 밟아서 다리를 잃었다는 얘기를 들었다. 그는 그 이야기를 거의 입에 올리지 않았다.

여러 가족이 집에 나를 재워주었는데, 밤늦게까지 수다를 떨다가도 내가 경찰의 압력이나 테러리즘에 대한 이야기를 꺼내는 순간 다들 약속이라도 한 듯 입을 다물었다. 악마를 만나지 않으려면 멀리해야 하기 때문인 듯했다.

메르사마트루로 가는 길가에서 샤이드를 만났다. 그는 내게 자기 집에 저녁을 먹으러 가자고 한사코 팔을 끌었고, 아이들의 웃음소리가 가득한 커다란 집으로 데려갔다. 음식들이 놓인 바닥에 앉아서 나는 집 안 깊숙한 곳에 숨겨진 침실에 가려고 방을 몰래 가로지르는 그림자들을 눈치챘다. 샤이드는 자식이 서른 명이라며 자랑스럽게 이야기했다. 그리고 은 송곳니가 드러나도록 활짝 웃으며 아내는 둘이라고 했다. 식사가 끝나자 그는 의식을 치르듯, 섬세하게 세공된 작은 상자에서 해시시(대마의 이삭이나 잎. 이슬람교도들은 이것을 마취제로 쓰거나 담배같이 만들어 쓴다.) 봉지를 꺼냈다. 우리는 해시시를 피우기 시작했고 기분 좋은 만족감에 미끄러지듯 천천히 도취되었다.

샤이드가 물었다.

"캐나다에선 여자를 얼마에 살 수 있어?"

그 질문이 재미있어서 우리는 쿠션에 기대서 성에 관한 이야기를 나누기 시작했다. 나는 그에게 캐나다에서는 여자들이 파트너를 마음대로 고를 수 있다고 했다. 여자들은 여러 명의 파트너를 사귈 수도 있으며, 남자가 자신에게 성적인 만족감을 느끼게 해주길 기대한다고도 했다. 샤이드는 소스라치게 놀랐다.

"만족감? 여기 여자들은 다섯 살이 되기 전에 할례를 받아. 캐나다에서는 사랑을 어떻게 나누지?"

그래서 나는 이야기해 주었다. 이 선량한 무슬림 가장의 식당에서 나는 카마수트라에 나오는 상상의 1001가지 체위를 열을 내며 설명했다. 몇몇 체위를 몸소 흉내까지 내며 보여주니 샤이드는 깊은 충격을 받았다.

며칠 후 이집트를 떠나면서 나는 내 사랑에 대한 강의가 마을 남자들이 물담배를 피우는 자리에서 전파되길 꿈꿨다. 그것은 이집트를 비롯한 이슬람 국가들을 걸어다니면서 너무도 그리웠던 인류의 반, 여성들에게 주는 내 선물이었다.

리비아 입국을 거절당하고 나는 튀니지의 수도 튀니스까지 비행기를 타고 갔다. 그리고 국경 근처 허가된 지역에서 다시 걷기 시작했다. 고대 로마 시대에 만들어진 길을 따라 제르바 섬 쪽으로 걸어갔다. 등 뒤에는 카다피의 거대한 초상화가 독수리처럼 날카로운 눈빛으로 나를 째려보고 튀니지 사람들은 카다피를 '미친 사람'이라고 불렀다. 그가 오줌 색깔에 따라 생각을 바꾼다는 이야기도 돌았다. 올리브밭을 따라 난 길에서 나는 또다시 경찰과 얽혔다. 하지만 이번 경찰은 내 안전을 지켜주는 데는 관심이 없었고, 나를 이중간첩쯤으로 여기는 것 같았다. 경찰이 나를 호위하니 또다시 사람들과는 인사 정도밖에 나눌 수 없었다. 대화가 길어질라치면 경찰들이 말을 자르고, 나랑 대화하는 사람들의 신상을 적거나 퉁명스럽게 가던 길 가라고 명령했다. 그러면 사람들은 순순히 말을 들었다. 어딜 가나 벤 알리 대통령의 거대한 초상화와 포스터 들이 걸려 있었다. 가슴에 손을 얹고 부자연스러운 미소를 지은 대통령의 얼굴이 사람들의 머릿속에 들러붙어 있었다.

튀니지를 떠나며 홀가분한 마음으로 경찰들이 사라지는 걸 지켜보았다. 움테불의 국경 검문소에서 알제리 세관원들이 내게 잘 왔다며 커피를 건넸다. 나는 커피를 마시며 세관원들에게 튀니지의 디나르 화를 어디에서 환전할 수 있는지 물어보았다. 그러자 세관원이 이상하다는 표정을 지으며 말했다.

"여기서 환전하는 건 불법인 거 아세요?"

"그럼요! 그래서 물어보는 거잖아요."

그 친절한 세관원들은 내게 알제리에서 첫날 묵을 장소까지 찾아주었다.

• 2005년 7월 15일~10월 28일
알제리

내가 사랑하는 사람들

숲을 통과하는 길이 구불구불 나 있었고, 둥근 산봉우리들이 연푸른 하늘 위로 희미하게 보였다. 밭에서 일하던 농부가 나를 불렀다.

"거기, 당신 피에 누아르(1830년 6월 18일 프랑스가 알제리를 침공한 때부터 1962년 알제리가 독립할 때까지 프랑스령 알제리에 있던 유럽계 사람)요?"

그는 도시로 나간 자식들이 땅을 물려받지 않겠다고 해서 좀 쓸쓸하다고 했다. 완벽한 프랑스 어를 구사했는데 식민지 시절에 중학교에서 배웠다고 했다.

국경 세관원들이 유스호스텔에 방을 하나 예약해줘서 산간 지역 출신인 베르베르 족 생태주의자 젊은이들과 함께 하룻밤을 보냈다. 그중 하나가 티지우주 근처를 지나면 자기 집에 들르라고 했다. 아마 8월 내 생일 때 거기에 갈 것 같았다.

알제리 사람들은 여행자를 '엘라할라'라고 부르며 따뜻하게 맞아주었다. 그들은 내게 유명한 탐험가인 이븐 바투타 이야기를 들려주었다. 베르베르 족 무슬림이었던 이븐 바투타는 14세기에 안달루시아에서 중국까지 29년 동안 여행했다. 나는 중세 시대에 여행한 그가 물집을 어떻게 처리했을지 궁금했다. 안나바에 도착했을 때는 발이 완전히 너덜너덜해져서 얼른 신발 밑창을 다시 꿰매야겠다는 생각밖에 없었다. 구두 수선공의 라디오에서 나오는 가슴을 후벼 파는 미시시피 블루스 음악 소리에 나는 잠시 감미로운 향수에 젖어들었다. 언제 마지막으로 서양 음악을 들었는지 기억조차 나지 않았다.

구두 수선공이 싱긋 웃으며 말했다.

"우리나라는 아랍 세계에서 가장 민주적인 나라예요. 자유롭게 다른 나라의 문화를 소비하고 대통령을 비판할 수도 있답니다. 여기선 뭐든 원하는 대로 할 수 있어요. 히잡을 쓰고 다닐 수도 있고, 미니스커트를 입을 수도 있죠."

90년대에 정부와 여러 이슬람 무장 단체 사이에 벌어진 끔찍한 내전 이야기도 했다.

"하지만 다 지나갔어요. 다른 이들을 죽이거나 강간한 사람들 말고는 서로 용서해야 해요."

안나바의 바닷가마다 사람들이 꽉꽉 들어차 있었다. 빽빽하게 세워진 파라솔과 알록달록한 매점들 사이에서 어린이들이 왁자지껄 노래를 부르고 춤을 추었다. 국가에서 운영하는 여름 학교에 참가한 아이들이었다.

나는 환경주의자와는 거리가 먼 사람이지만 거리에 나뒹구는 수많은 쓰레기를 보고 충격을 받았다. 교외로 나가니 산처럼 쌓인 쓰레기 더미에서 입을 벌리고 있는 쓰레기봉투를 소가 뒤지고 있었다. 나는 짜부라진 플라스틱병에 발이 걸려서 넘어질 뻔했고 갓길에 고인 시커먼 물에서 풍기는 고약한 냄새에 속이 메슥거렸다.

구불구불한 오르막길을 오랜 시간 걸어서 7월 25일에 콩스탕틴에 도착했다. 콩스탕틴은 무척 매혹적인 도시였다. 그물망처럼 연결된 좁은 길과 가파른 바위를 파서 만든 계단들이 있었고, 절벽 사이사이가 구름다리로 연결돼 있었다. 골목길 굽이굽이에서 베르베르 인 목동들이 서로 부르는 소리, 로마 철학자들의 기도, 유대인들의 기도, 그레고리안 성가와 코란을 암송하는 소리가 들리는 듯했다.

식민지 시절에는 고원에 자리 잡은 이 수수께끼 같은 도시로 올라가는 승강기가 있었다. 소형 트럭을 타고 가다 내려서 터키식 요새의 골목길에서 길을 잃고 헤매다보면 어느새 로마식 아케이드의 상점 거리를 만나게 된다. 땅거미가 내리면 콘스탄티누스 동상 아래에 연인들의 그림자가 어른거렸을 것이다. 그중 몇몇은 움푹 파인 바위 틈새로 가서 사랑을 나누고, 아찔한 럼멜 협곡 깊은 곳에서 반사되는 메아리 소리가 울려퍼졌을 것이다.

지금은 모든 것이 바뀌었다. 작동을 멈춘 승강기는 더러운 화장실이 되었고, 폭포가 흐르는 절벽에는 쓰레기가 떨어졌고, 럼멜 협곡은 시커먼 하수구가 되었다.

하지만 나는 이렇게 알제리의 속살을 들여다보는 게 좋았다. 천국처럼 아름다운 풍경과 풍부한 천연자원을 보니 프랑스가 이 나라에 그토록 집착한 이유를 알 것 같았다. 알제리는 풍요롭고 기술이 발달한 나라가 되길 꿈꿨지만 내전이 일어나 수십만 명이 죽었고 그 꿈은 잠시 접을 수밖에 없었다. 지금은 중국이 이 나라에 이슬람 사원의 첨탑을 공급해주는 등 물량 공세를 펼치고 있다. 그에 대한 대가를 얼마나 지불해야 할까? 한 알제리 사람이 우스갯소리를 했다.

"신은 알제리를 그 어떤 땅과도 비교할 수 없을 만큼 아름답게 만드셨어요. 그런 다음 다른 나라 사람들이 질투하지 않도록 알제리 사람들을 만드셨죠."

어딜 가나 사람들은 내게 이슬람교가 평화의 종교라는 사실을 다른 나라에 알려달라고 했다. 하지만 그다음 날이 되면 다른 사람들이 와서 내게 개종을 종용했다.

"천국에 들어갈 수 있는 유일한 방법이에요."

엘밀리아 도심 카페에서 만난 젊은이들이 이슬람교로 개종하라며 나를 끈질기게 설득했다.

"쉬워요. '라 일라하 일라 알라 무함마드 라술 알라(La ilaha ila Allah Muhammadun rasul Allah, 알라 이외에 다른 신은 없고 무함마드는 알라의 사자이다.)'를 하루에 세 번만 외우세요. 그러면 당신도 무슬림이에요! 이슬람교를 믿어야 해요. 그렇지 않으면 지옥 불에 떨어질 거예요."

나는 그들에게 넬슨 만델라나 마하트마 간디처럼 평화를 위해 삶을 헌신한 사람들은 연옥에 머무르게 되느냐고 물었다. 그들은 단호했고 코란은 매우 명확했다. 유대인은 어떠냐고 물으니, 그중 한 젊은이가 증오로 일그러진 웃음을 지으며 목에 손가락을 대고 자르는 시늉을 했다. 나는 심각한 얼굴로 말했다.

"당신이 심판하는 건 중죄예요. 오직 알라만이 심판하니까요!"

당황스러웠지만 그들을 이해하려고 애썼다. 알제리는 아름다운 나라지만 사람들이 내전을 겪으며 10년을 암흑 속에서 고통 받았고 아무도 도와주지 않았다. 그들은 세계를 향해 자신들의 고통을 어떻게 표현해야 할지 모른다. 그 젊은이들도 자기 정체성이 없었다.

코르니슈 지젤리엔의 깎아지른 듯한 해안 절벽 도로를 따라 걸어갔다. 발밑으로 보이는 절벽 아래에 쪽빛 바다와 하얗게 부서지는 물거품이 보였다. 좁은 터널을 지나는데 자원봉사자들이 교통정리를 하고 있었다. 이런 형태의 전통적인 상부상조를 '연대'라는 뜻의 '투이자'라고 불렀다. 투이자를 통해 농부들은 누가 일이 늦어지면 가서 돕고, 친구나 가족 중에 신혼부부가 있으면 집을 함께 지어주기도 한다. 그렇게 서로 도우며 쓰레기도 치우면 좋으련만, 깨끗하고 훤히 트인 축구장 말고는 곳곳에 냄새나는 쓰레기가 굴러다녔다. 갑자기 어깨에 플라스틱병 하나가 떨어졌고 젊은 여자가 사과했다. 알제리 사람들은 전혀 신경 쓰지 않는 것 같은데, 언젠가 중국인들이 이 쓰레기를 치우게 될까?

깨진 맥주병 파편을 길에서 수도 없이 많이 봐서 지긋지긋해질 정도였다. 다음 날 카빌리에서 유모차 바퀴를 징이 달린 두꺼운 것으로 바꿀 참이었다.

산간 지역인 카빌리로 가서 한 달 전 튀니지 국경에서 만났던 베르베르 족 생태주의자 청년 라바를 다시 만나니 무척 반가웠다. 베르베르 족은 자신을 부를 때 '아마지'라고 하는데 '자유로운 사람'이라는 뜻이다.

이들은 공격적인 아랍화 과정에서 땅을 야금야금 빼앗기기 전까지 북부 아프리카의 넓은 땅을 차지하고 살았다. 라바가 말했다.

"우리는 이 땅에 속한 사람들이에요. 로마인, 다음엔 아랍인, 터키인, 프랑스인들이 차례로 왔지만 모두들 가고 우리만 언제나 여기에 있지요."

베르베르 족은 아랍인이 아닌 자신들만의 정체성을 지키기 위해 싸워왔다. 그것이 퀘벡 사람인 내 가슴을 울렸다! 타그딘트 고개를 지나자 산등성이에 조그만 마을들의 오렌지색 벽돌 기와지붕이 발랄하게 점점이 찍혀 있었다. 풍성한 초록빛과 황금빛이 어우러진 숲과 밭들 사이를 회색 길이 뱀처럼 구불구불 휘감고 있었다. 케부슈 마을에 들렀을 때, 나는 재미있는 문구가 쓰인 간판을 보고 멈춰 섰다. '사냥꾼들의 약속'이라는 술집이었다. 아틀라스 산맥에서 만난 술집이 반가워서 들어가보니 아일랜드 분위기가 물씬 났다. 나는 어느새 그 분위기에 빠져들었다. 사냥 장면이 그려진 갈색 널빤지 벽 사이에 어두운 색의 나무 탁자들이 한 줄로 늘어서 있었다. 카운터 뒤에는 건장한 남자가 무뚝뚝한 표정으로 놋쇠로 만든 커다란 맥주통을 윤이 나도록 닦고 있었다. 아지딘 잔이라는 그 술집 주인은 내게 생맥주 한잔 하겠느냐고 물었다. 나는 깜짝 놀라서 대답했다.

"무슬림이잖아요. 그런데 이렇게 대놓고 술을 마시나요?"

"그럼요. 여긴 자유로워요. 기도를 하건 말건, 술을 마시건 말건 하고 싶은 대로 하고 살죠. 술을 마시면 취하는 게 당연하죠."

그는 껄껄 웃으며 말을 이었다.

"우린 카빌 족(알제리의 대표적인 베르베르 족은 카빌, 샤위아, 므자브, 투아레그이다. 카빌 족은 알제리에서 가장 세력이 큰 베르베르 족으로 험준한 산악 지역인 카빌리에 모여산다.), 아마지, 자유로운 사람들이에요!"

아지딘 잔은 1954년~1962년 알제리 전쟁 때 민족해방군으로 참전하여 프랑스군과 싸웠다. 맥주 한 잔을 가져다주며 그는 "매복해서 무기를 탈취하는 전문가"였던 자신의 전쟁 무용담을 들려주었고, 윗옷과 바지를 걷어올리며 흉터도 보여주었다.

"우리가 놈들을 이겼어! 빌어먹을 프랑스 놈들! 자유는 값을 따질 수 없이 소중한 거야."

그다음 날 라바가 티지우주에 있는 유스호스텔 방을 예약해주고 고향 마을로 나를 데려가주었다. 마을은 티지우주에서 남서쪽으로 8킬로미터 떨어진 산간 지역에 자리 잡고 있었다. 가는 도중에 라바는 카빌리 산간 지역에는 여러 윌라야(알제리의 행정 구역)에 걸쳐 3250개 정도의 마을이 있다고 했다. 마을마다 특징이 있었는데, 그 특징은 당대의 평판에 따라 결정되었다. 라바의 고향인 아이트헤산 마을은 친절하기로 유명했다. 그 지역에서 가장 높은 주르주라 산맥 아래에 위치한 아이트헤산 마을은 가파른 산 측면에 걸려 있는 것처럼 보였다. 잿빛 공처럼 보이는 올리브나무들이 황토색 땅과 뚜렷이 대비되었다. 가을이 되면 올리브기름을 짜는데 찾는 사람들이 아주 많다고 했다.

우리는 집들 사이를 걸어가며 평온하게 흘러가는 삶을 들여다보았다. 노인들이 조그만 가족 묘지의 무덤가에 앉아 햇볕을 쬐며 꾸벅꾸벅 졸고 있었다. 좀 떨어진 곳에선 아이들이 먼지투성이 땅바닥에서 제법 진지한 표정으로 구슬치기를 했고, 엄마들은 알록달록한 옷을 입고 아이들을 지켜보며 조용히 이야기를 나누고 있었다. 그 모습이 꼭 들꽃으로 만든 화사한 꽃다발 같았다. 내가 라바 아마니의 집에 간 날은 8월 18일이었다. 그의 어머니는 쿠스쿠스가 가득 담긴 커다란 질그릇 접시를 두 손으로 받쳐 들고 환하게 웃으며 나를 맞아주었다.

"오늘이 누구 생일인가봐요!"

가슴이 벅차올랐다. 8월 18일, 그날은 내 50번째 생일이었다. 나는 쉰 살을 도보 여행을 하며 맞았다. 라바가 내게 깜짝 선물을 준비한 것이다. 마을 광장에 음식을 차린 식탁이 여러 개 놓여 있었다. 우리는 식탁 옆에 세운 초롱불의 희미한 불빛 아래서 밤이 새도록 먹고, 춤추고, 노래 불렀다. 라바가 음악을 틀었고, 여자들은 대중음악의 리듬에 맞춰 격렬하게 춤을 추는 남자들을 보며 감탄하기도 하고 깔깔거리며 웃기도 했다. 온 마을 사람들이 내 생일을 축하해주었다. 커다란 케이크에 꽂힌 촛불을 불면서 나는 몹시 기뻐서 쉬지 않고 박수를 쳤다. 고마운 마음이 너무 커서 어떻게 표현해야 좋을지 몰랐다. 한 노인이 나를 안으며 감격 어린 목소리로 말했다.

"우리 마을에 외국인이 온 게 30년 만이라오."

그날 저녁에는 외국인도 한 가족이 된 기분이었다.

아쉬움과 슬픔을 뒤로 하고 친구들을 떠났다. 그래도 가슴속에는 그들이 보여준 따뜻함과 자유로움이 가득 담겨 있었다.

코르크 나무 숲을 빠져나가다가 샘 근처에 소풍 나온 남자들을 마주쳤다. 주위에는 조그만 기념품 가게들이 있었고 산더미 같은 쓰레기가 있었다. 그들은 그 쓰레기 더미에 자기들의 쓰레기도 던져넣었다. 그토록 선량한 사람들이 어떻게 자연은 그렇게 가혹하게 훼손할 수 있을까? 누군가 그건 정부 잘못이라고 말했다.

오랑에서 알제리 사람들의 친절한 대접을 받으며 여러 주를 보냈다. 의료진의 도움도 받았다. 아프리카에 들어와서부터 다니기가 거북할 정도로 통증이 계속 느껴졌다. 오랑에서 찾아간 비뇨기과 의사가 최대한 빨리 전립선 수술을 받아야 한다고 했다. 캐나다로 돌아갈 방법이 없어서 난감했는데 알제리가 다시 한 번 따뜻한 도움의 손길을 내밀어주었다.

나는 오랑 병원의 과장인 저명한 아타르 박사에게 수술을 받고, 회복될 때까지 2주 동안 극진한 간호를 받았다. 수술을 받지 않았다면 여행을 끝까지 마치지 못했을 것이다. 11월이 다가올 무렵 모로코를 향해 걸음을 옮기며, 못내 아쉬운 심정으로 나는 이 너그럽고 자유가 살아 숨 쉬는 나라를 떠났다.

나를 맞아준 집주인들은 한사코 먹을 것을 권하며 말했다.

"먹어요, 먹어! 모로코 사람들이 우리가 당신을 구박했다고 생각하면 안 되니까."

• 2005년 11월 1일~11월 30일
모로코

내일에 대한 두려움

메디나(아라비아 어로 '도시'를 뜻한다. 옛 이슬람 도시에서 근래에 교외에 건설되는 신시가에 대해 구시가를 메디나라고 부를 때가 많다.)에 사람들이 빽빽하게 들어차 있었다. 귤과 바나나, 오렌지 이파리가 뒤섞여서 가득 담긴 수레를 피하자마자 쌀, 잠두콩, 밀이 담긴 묵직한 자루들 사이를 요리조리 피해 다녀야 했다. 도심에서 빠져나가니 물을 댄 농경지 사이에서 한 베르베르 족 목동이 양 떼를 데리고 길을 건너고 있었다.

"쉬, 쉬!" 양들이 고개를 들었다.

"타이, 타이!" 양들이 뒤로 돌았다.

"아이르, 아이르!" 양들이 속도를 늦추었다.

목동이 양들에게 말을 하다니 정말 놀라웠다. 그런 말은 어떻게 생겨났을까? 아마도 아주 먼 옛날 인간이 양들을 처음 길들였을 때 생겨났고, 양 떼들이 대를 이어가며 5000년 동안 서로 가르쳐준 건 아닐까?

농부들이 당나귀를 끌고 밭에서 돌아왔다. 당나귀는 올리브 광주리가 실린 작은 수레를 끌고 있었다. 알 함둘릴라! 신을 찬양합시다!

"너그러우신 알라 덕분에 올리브 가격이 올랐어요!"

무함마드는 인심을 쓰고 싶은 기분이었는지, 수확한 올리브를 돈을 넉넉히 받고 팔면 시장에서 차 한 잔 마시며 축하하자고 나를 초대했다. 두 시간쯤 후, 우리는 베르베르 족의 천막처럼 생긴 비닐 차양 아래 손으로 짠 커다란 양탄자 위에 자리를 잡고 앉았다. 남자들은 서로 수확물을 비교했다.

"모로코 국왕은 어떤 분인가요?"

내 질문에 무거운 침묵이 흘렀다. 차를 한 잔 더 주문했더니 대화가 다시 이어졌다. 모로코에선 왕가에 대한 의견 말고는 뭐든 말할 수 있다. 왕가는 신성한 영역이고 신성에 대해 의문을 가지면 안 된다. 벽에도 귀가 있다는데 하물며 비닐 천막은 오죽하겠는가? 자칫 부적절한 발언을 하면 5년 동안 감옥살이를 해야 한다니 입을 다물고 침묵을 지킬 수밖에 없다.

차를 홀짝이며 이런저런 생각을 했다. 9일 후면 이제 이 넓은 대륙 횡단을 마칠 것이다. 아프리카와 반투 족(아프리카 동부의 반투 어(語)를 사용하는 종족의 총칭), 나일로트(수단 및 아프리카 동부의 흑인), 아랍, 베르베르 문화를 떠올려보았다. 머릿속에서 여러 종족과 신앙들, 내전과 풍요로운 자연 등이 마구 뒤섞였다. 이슬람교에 입문하고 싶었다. 천국을 이야기하는 무슬림들의 눈빛이 행복과 벅찬 감동으로 빛나서 나도 믿어보고 싶었다. 산더미처럼 쌓인 진귀한 음식, 폭포처럼 흐르는 포도주와 향기로운 술, 아름다운 여자 들을 영원히 누릴 수 있는 천국을 믿어보려 애썼지만 잘 되지 않았다. 조용한 튀니지, 자유로운 알제리, 여성들이 교육을 받을 수 있는 모로코에서조차 나는 억압을 느꼈다. 마음대로 사랑하려면 목숨을 걸어야 할 것 같았다. 차를 다 마시고 남자들에게 인사하며 천천히 일어났다. 9일 후면 나는 다시 서구 세계로 갈 것이다.

그런데 겁이 났다.

뤼스도 내가 예민해진 것 같다고 메일에 썼다. 내가 그녀의 세상을 떠난 지 4년이 넘었다. 지배와 풍요로움, 효율성과 성과 위주의 세상. 서구 사람들은 내게서 무엇을 볼까? 4년 동안 남반구의 일상에 녹아들면서 내 마음속에는 쓰라림이 가득 찼다. 남아메리카 농민들의 분노를 함께 나누었고, 버림받은 검은 아프리카 사람들을 보며 마음 아팠고, 옛 식민지 사람들의 좌절감을 이해했다. 예전에 품었던 선입견은 사라졌고 백인이 악행을 너무 많이 저지른다는 생각을 하게 되었다. 내가 이 모든 생각에서 벗어날 수 있을까?

파란 하늘을 머리에 이고, 아프리카에서 보낸 2년 반을 추억하며 미들 아틀라스 산맥의 골짜기를 건너갔다. 에이즈와 말라리아가 빼앗아간 슬픈 삶, 좋은 사람들의 땅 모잠비크, 야생 동물의 세계와 사막에 난 길을 걸었던 일,……. 하지만 문을 활짝 열고 차를 대접해준 사람들, 에티오피아의 커피 세리머니, 함께 나누었던 음식들, 잠자리들도 생각났다. 나일강, 유일신, 너그러운 알제리와 소심하고 조용한 모로코도 떠올랐다.

나는 한 시간도 넘게 추억을 되새기며 왕궁 앞을 지나고 라바트 시내를 가로질러 갔다. 천천히 바다를 향해 걸어가서 두 손을 짠 바닷물에 담그고 물거품 속에 발을 맡겼다. 내일, 나는 포르투갈에서 잘 것이다.

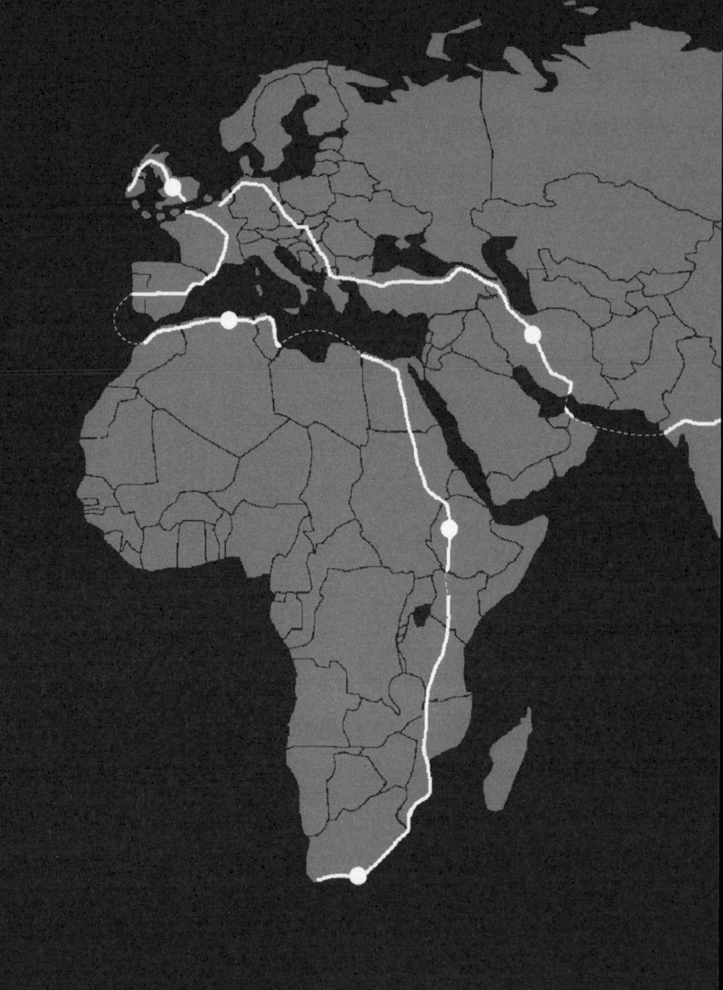

- 엘키호테
- 안녕, 사촌들
- 아버지, 건강하세요!
- 작은 말
- 중부 유럽

유럽

헝가리 : 작은 마을 라코치팔바(Rákóczifalva) 사람들이 내가 도착하자 4만 킬로미터를 걸었음을 축하해주었다. 4만 킬로미터는 지구의 둘레와 비슷한 거리다.

• 2005년 12월 2일~2006년 3월 30일
포르투갈, 에스파냐

엘키호테•

젖은 보도 위에 갈색 나뭇잎들이 모자이크처럼 다닥다닥 붙어 있었다. 그걸 보니 퀘벡의 가을이 생각났다. 2005년 12월 3일, 포르투갈의 수도 리스본은 벌써 크리스마스 분위기로 단장했다. 고급 제품들이 쌓여 있는 가게 진열창은 수많은 불빛으로 반짝였다. 나는 그 광경을 감탄과 친숙함이 섞인 감정으로 바라보았다. 구두, 시계, 보석, 개 액세서리, 플라스틱 마네킹마저 무척 아름다워서 사람들이 보다 보면 그 몸에 걸친 걸 몽땅 사고 싶을 것 같았다.

나는 여전히 수단에서 가지고 온 숄을 목에 둘둘 감고 있었다. 아주 먼, 다른 행성에서 온 나를 아무도 눈치채지 못하는 것 같았다. 행인에게 길을 묻다가 문득 그를 바라보니 공포에 질린 얼굴을 하고 있었다. 내가 자

• 에스파냐 작가인 세르반테스의 〈돈키호테〉에 빗댄 말

기 비스킷을 집어삼킬 듯이 탐욕스럽게 바라보고 있어서 많이 놀란 모양이었다. 나는 굶주린 늑대 같았고, 내가 지나온 나라들에서는 다른 사람들 앞에서 먹는 모습을 보이는 건 잘못된 행동이라고 생각하며 반드시 나눠먹었다. 아무것도 모르는 그 사람은 내가 자기 비스킷에 달려들까 두려워하는 것 같았다.

나는 내 문화에 다시 적응해야 했고 그런 생각을 하니 욕지기가 치밀었다. 모든 것이 집중적이고, 잘 정리돼 있고, 체계적인 것 같았다. 며칠이 지나자 나는 마주치는 사람들에게 손을 들어 인사하는 걸 그만두었다. 사람들이 나를 미친 사람 취급하는 게 두려워서였다. 나는 당황스러웠고 충격 때문에 진이 다 빠진 느낌이었다.

숙박비 15유로를 내고 내키지 않는 걸음으로 서민적인 식당에 가서 생선 요리 한 접시를 주문했다. 식당 안쪽에 놓인 텔레비전이 고래고래 소리치고 있었고, 그 앞에 축구팬들이 가득 모여 있었다. 다음 날 챔피언스리그 경기를 한다는 것 같았다. 맨체스터 유나이티드 유니폼을 입은 덩치 큰 아일랜드 남자가 나무 의자에 앉아서 내게 입장권을 보여주었다. 다노 도일이라는 그 남자는 목소리가 컸고, 말하는 사이사이 굵고 낮은 목소리로 껄껄 웃었다. 그는 맥주 한 잔을 주문하다가 내 등을 철썩 때리며 북쪽 사람 특유의 거친 악센트로 소리쳤다.

"위스키 한 잔도 부탁해요. 향수병에 걸린 내 친구를 위해 캐나디언 클럽으로."

J&B 한 잔이 왔고 나는 단숨에 마셨다. 다노는 한 시간 동안 여행 경험담을 쏟아놓았다. 남아프리카 공화국 사이먼스타운에서 만난 영웅적인

개, 캐나다 처칠 폭포의 백곰들, 이란의 수도 테헤란의 물 공급소 등 워낙 많은 이야기를 해서 따라가기도 힘들었다. 마치 내 생각의 흐름을 방해해서 뭐가 뭔지 모르게 만들어 버리려는 것 같았다. 식사가 끝날 즈음 다노는 내 웃옷 주머니에 50유로짜리 지폐 두 장을 넣어주며 말했다.

"명심해, 장. 바닥을 치면 올라갈 일만 남았다는 걸."

흔히 하는 말이지만 그때만큼은 소중하게 다가왔다. 다노는 그 말을 남긴 채, 맨체스터 유나이티드 모자를 눌러쓰고 성큼성큼 걸어나갔다. 정말 놀라운 아일랜드 인이었다! 몇 분도 안 돼서 나를 낱낱이 파악하다니. 아니면 내가 그렇게 티 나게 궁핍해보였나?

이웃 나라 에스파냐를 걷는 몇 주 동안에도 내 불편한 마음은 사라지지 않았다. 나를 맞아준 가족들은 친절하고 배려심이 넘쳤다. 하지만 그 친절은 어쩐지 애매모호했고, 우리 사이에 넘을 수 없는 짙은 안개 벽이 있는 것 같았다. 사람들에게 더는 말을 걸 수 없었다. 모든 것이 이상하게 느껴졌고, 길에는 나를 공격하는 것투성이였다. 번쩍거리는 자동차들의 행렬, 빠르게 달리는 자동차, 광고 간판 들.

5년 반 만에 내 머리는 수백, 수천 개의 광고 메시지를 받아들이는 습관을 버렸다. 나는 시간, 돈, 최고로 좋은 것들을 좇아서 끊임없이 달리는 사람들이 불쌍했다. 어딜 가든 붙어 있는 '극도', '최고', '최상' 같은 광고들이 풍경을 어지럽히고 우리와 시간의 관계를 왜곡하고 있었다. 거짓의 세계에서 돌연변이들 사이를 걷는 느낌이 들었다.

어느 날 아침, 지중해의 수평선을 바라보며 해안을 걷고 있는데 사이클을 탄 사람들이 나타났다. 현란한 색깔의 착 붙는 선수복을 입고 있었는데, 마치 수레 손잡이 위에 기어올라간 아마존 개구리들 같았다. 그들은 메트로놈에 맞춘 듯 정확하게 허벅지를 왔다갔다 움직이며 저마다 기술을 경쟁하고 있었다. 뒤통수가 길쭉한 헬멧이 우스웠고, 뾰족한 코만 있으면 공기를 완벽하게 가를 수 있을 것 같았다. 코가 아니면 당근을 다는 건 어떨까? 사이클 선수들은 눈 깜짝할 사이 내 곁을 스쳐지나갔다. 멈추지 않으려면 발을 쉼 없이 놀려야 한다!

예전엔 나도 그랬다. 인간은 자신보다 더 완벽한 기계를 만들어내느라 기운을 다 쓴다. 서구 사회에서 불행한 자들은 소비할 수 없는 사람들이다. 예전엔 소비가 내 가치였다.

며칠 전 라만차 지역을 지나왔다. 옛날에는 풍차들이 서 있었을 비옥한 들판 사이를 걷고 있노라니 내가 마치 돈키호테가 된 기분이었다. 우리는 소중하게 여기는 가치를 위해 어디까지 싸울 수 있을까? 들판에는 풍차 대신 거대한 풍력 발전기가 있었다. 이곳에서 내 걸음은 아무런 의미가 없었다. 떠나고나서 얼마 지나지 않아 알게 되었다. 나는 그저 걸을 뿐이고, 걷는 이유를 정해주는 이들은 내가 만나는 사람들이라는 것을. 사람들이 없으면 내 여행은 아무런 의미가 없었다. 자신들만의 경주에 골몰해 있는 서구 사람들에게 내가 무엇을 가져다줄 수 있을까? 톨레도 고원의 무뚝뚝하지만 아름다운 풍경 속에서 나는 유럽에서 도망치고 싶다는 생각을 했다. 지중해 연안을 따라 걷다가 이탈리아를 지나서 터키, 중동으로 가고 싶었다.

2006년 3월 31일 피레네 산맥에서 국경을 넘었다. 페르튀스 마을에서 처음으로 '진짜' 프랑스 사람을 만났는데, 볼이 통통하고 땅딸막한 경찰관이었고 이름은 나랑 같은 장이었다.

"울랄라! 걸어서 여행을 다닌다고요? 그거 아무나 못하는 건데! 울라라!"

페르튀스 고개에서 내려와서 불루까지 가는 길에서 지나가던 사람이 내게 포도주 한 병을 주었다. 명목상이지만 도장을 찍어달라고 여권을 내밀자 경찰들은 내가 그들의 사촌이라도 되는 것처럼 반갑게 맞아주었고, 굳이 경찰서로 돌아가서 창고를 뒤져서 유럽 통합 이전에 썼던 옛날 도장을 찾아서 찍어주었다. 나는 그들과 함께 웃으며 농담을 나눴지만 마음은 다른 데 가 있었다. 제3세계의 문화를 만나기도 전에 거부했던 것처럼, 아니 그보다 더 심하게 나는 유럽을 발견하기도 전에 거부하고 있었다.

캐나다를 떠나면서 나는 과거의 나에게 등을 돌리고 새롭게 거울 앞에 서기로 했다.

내가 발견하게 될 것이 두려웠다. 하지만 사실은 나 자신이 두려운 것이었다.

• 2006년 3월 31일~6월 23일
프랑스

안녕, 사촌들

프랑스에 도착하고 며칠이 지난 후, 세벤 산맥을 지나가던 길이었다. 큰 간선 도로들을 걷다가 북쪽 지방으로 올라가려고 17번 지방 도로를 걸어가고 있었다. 차들이 너무 빨리 지나가고 사람들이 나를 지나치게 경계해서 맥이 다 풀렸다. 한 공장 입구에서 나오는 여자에게 길을 물었는데, 말쑥하게 차려입은 그 여자는 내가 무슨 험한 짓이라도 한 것처럼 화들짝 놀라면서 가방을 꽉 움켜쥔 채 뒤로 성큼 물러섰다. 그런 반응에 내가 당황해하자 그녀는 변명하듯 말했다.

"아시잖아요. 워낙 폭력적인 일들이 많이 일어나서요."

나는 인간관계가 좀 더 단순해지길 간절히 바랐다.

4월 14일, 나는 저녁이 다 된 시간에 레장(프랑스 남부에 있는 코뮌. 코뮌은 프랑스의 가장 작은 행정 구역이다.)을 지나가고 있었다. 레장은 소나무와 올리브 나무, 포도밭이 무성한 초록빛 언덕에 둘러싸여 있는 작은 소읍이다. 그곳에서 나는 헛간에 앉아 목공 일을 하는 남자를 보았다. 그의 이름은 이브 미셸이었고, 내 미소에 그저 이렇게 대답했다.

"캐나다에서 왔어요?"

그는 알았다.

"잘 곳이 필요해요?"

헛간 안쪽에 잠을 잘 수 있게 개조한 방이 하나 있었다.

"하지만 그 전에 저녁을 먹어야죠."

이브는 내 팔꿈치를 붙잡고 미디(프랑스 남부 지방의 속칭) 지방 특유의 강한 억양으로 말했는데, 그 말투가 마치 내 손을 잡아서 춤을 추자고 권하는 것만 같았다. 그는 아내가 깐깐한 성격이라고 귀띔했지만, 문에 들어서자마자 나는 예전부터 나를 기다려온 집에 들어서는 느낌이 들었다.

우리는 가벼운 이야기를 나누며 저녁 시간을 보냈다. 이브는 가톨릭의 탄압에 저항한 위그노 신자들의 이야기와 '피케트(포도 찌꺼기에 물을 타서 만드는 시큼한 포도주)'가 나오는 포도밭 이야기를 해주었다. 또 북쪽 지방 프랑스 사람들의 '카랑카랑한' 억양에 대해서 알려주었다. 그의 아내 르네는 입가에 미소를 머금고 내 접시가 비었는지 살펴보며 양배추 수프를 끊임없이 채워주었다. 양배추 수프는 튼튼한 무쇠 솥에서 뭉근하게 오래 끓여서 무척 맛있었다. 나는 조금씩 마음이 편안해졌다. 마치 이 은퇴한 노부부가 국자 끝으로 살그머니 나를 밀어서 내 문화와 화해하게 해주는 것 같았다. 나는 아주 오래전부터 이런 순간을 기다려왔다. 열광적이고 효율적이며 첨단 기술을 추구하는 유럽을 걸으면서 나는 내내 얼음벽에 갇힌 기분이 들었다. 넉 달 만에 마침내 나와 내 문화 사이를 가로막고 있던 그 얼음벽이 깨졌다.

'토박이'라는 말은 대대로 그 땅에서 나서 오랫동안 살아온 사람들을 의미한다. 내가 지나온 모든 나라에서 나와 가장 비슷한 가치들을 간직한 사람들은 그곳 토박이들이었다. 왁스를 먹인 식탁보 위에 숟가락을 내려놓으면서 나는 처음으로 기분이 정말 좋았다.

따뜻하게 어루만지는 봄날의 훈풍을 느끼며 햇볕을 따라 프로방스 지방을 지나갔다. 세례식과 부활절 축제가 한창 벌어지는 시기였다. 로슈귀드 공원을 산책하는데, 기다란 창이 여러 개 나 있는 돌벽 뒤에서 즐겁게 웃는 것처럼 졸졸 흐르는 물소리가 들려왔다. 냇물이 고기가 노니는 게 훤히 보일 만큼 맑고 깨끗했다. 나는 론(프랑스 남동부를 지나 지중해로 흘러드는 강) 계곡 포도밭의 나뭇가지 사이에 텐트를 쳤다. 포도밭 옆에는 유채밭이 펼쳐져 있었다. 리옹을 지나니 분위기가 조금씩 달아오르는 것이 느껴졌다. 그동안 거리를 두고 점잔을 빼던 프랑스 사람들이 강을 사이에 두고 씻은 듯이 달라진 것 같았다. 마을에 들어설 때마다 사람들이 포도주를 한잔하고 가라고 권했고, 식탁에 자리 하나를 내주고 끝없이 이어지는 대화에 끌어들였다. 시골 길가에 가득 핀 미나리아재비와 개양귀비가 벌과 나비 들을 유혹했다. 비를 잔뜩 머금은 들판에서 샤롤레 소들이 발굽을 땅에 단단히 붙인 채 풀을 뜯어먹고 있었다. 데이지꽃을 한 송이 꺾어 모자에 꽂으니 여행 초창기에 미국 버몬트 주를 걸었을 때가 떠올랐다. 그때 어떤 노인이 길가 들판에서 꽃 한 송이를 꺾어서 떨리는 손으로 내게 건넸다. 그 들판도 이곳과 비슷했고 꽃과 내가 만난 농부들의 웃는 얼굴도 비슷했다.

이런 구식 유럽의 풍경은 내 어린 날의 추억과 무척 닮아 있었다. 공기에 밴 마른 건초와 퇴비의 냄새를 맡으며 나는 이슬이 맺혀 있는 커다랗고 달콤한 토끼풀꽃을 갉아먹곤 했다. 아버지의 밭은 어떻게 되었을까? 아버지는 여전히 병원 침대에 누워만 계실까? 엘리자와 같이 있을까? 내 딸 엘리자가 곧 둘째 아이를 낳는다고 전날 뤼스가 메일로 알려주었다. 딸과 아기에게 커다란 들꽃 한 다발을 보내주고 싶었다. 5월 15일 저녁, 나는 염소젖 양동이 두 개를 무겁게 들고 가는 농부에게 재워달라고 부탁했다. 농부의 외양간에서 건초 더미 사이에 누워 닭들이 꼬꼬거리는 소리를 들으면서 잠이 들 무렵, 수천 킬로미터 밖에서 내 손녀가 첫 울음을 터뜨렸다.

그날 밤, 몬트리올에 있는 생로랑 강과 프랑스에 있는 루아르 강 사이에 거대한 다리가 놓인 것 같았다. 마치 귀스타브 에펠이 건설에 참여한 브리아르 운하 다리 같은 다리였다. 비록 멀리 떨어져 있었지만 손녀와 나 사이에는 나와 프랑스 조상들을 묶는 것과 같은 단단한 인연의 끈이 연결되어 있었다. 내 프랑스 조상들은 1644년 새로운 땅 아카디아(캐나다 최동단에 있는 노바스코샤 주의 옛 이름)를 찾아서 배를 탄 푸아투 사람들이었다. 뿌리를 되찾으면서 나는 이제야 비로소 내 문화를 인정하고 완전히 화해할 수 있었다.

드시즈, 느베르, 퐁슬렝, 푸그레조를 차례로 지나서 샤리테 쉬르 루아르의 예쁜 마을에서 일정보다 좀 더 머물렀다. '길들여지지 않은' 마지막 강의 다리 위에서 그 지역에 있는 퀘벡 교민들이 모이는 저녁 모임이 있다는 소식을 들었다. 저녁 무렵, 나는 마을 입구에 있는 작은 숲 속에 있는 헤리 마을 회관의 문을 열고 들어갔다. 사람들이 환호성을 지르며 나를 맞아주었다.

"당신이 바로 그 걷기에 미친 인간이군!"

악기 연주자가 팔을 흔들며 부루퉁하게 말했다. 자기 애인이 나를 중앙에 있는 식탁으로 데려가서 화가 난 모양이었다. 자리에 앉아서 두 시간 동안 사람들이 가져다주는 렌즈콩과 소금에 절인 돼지고기를 실컷 먹었다. 중간중간 웃음을 터뜨리며 먹고 또 먹다가 다시 길을 떠났다. 그리고 다른 마을에 도착해서는 또다시 마시고 또 먹었다. 마치 마을마다 내 배 속에 다른 곳과 비교할 수 없는 자신들만의 밭을 일구려는 것 같았다.

"내 포도주 지하 저장고로 같이 가봐요."

라고 권하는 사람들도 꽤 많았다. 언젠가 만난 미셸이라는 남자가 밑도 끝도 없이 불쑥 말했다.

"우리 지하 저장고로 잠깐 같이 내려가요. 내가 아끼는 '피네트' 궤짝을 보여줄 테니까."

나는 잔뜩 긴장해서 그의 보물이 잠자고 있는 컴컴한 지하실로 머뭇거리며 따라갔다. '피네트'라는 건 독한 증류주를 부어서 담근 야생자두 술이었다. 우리는 어두컴컴한 지하실에서 밀주를 마시는 주당들처럼 술을 맛보았다. 인간의 마법이 빚어낸 술 몇 모금에 취해 나는 갑자기 두 손에 내 삶 전체를 거머쥔 듯한 기분이 들었다. 술은 몸과 마음을 약하게 만든다. 이러다 프랑스 사람들이 날 잡아먹을 것만 같았다.

느무르에서는 게노라는 열정적인 포도밭 소유주의 개인 포도주 저장고에서 1시간을 보낸 후 비틀거리면서 나왔다. 머릿속에서 포도나무, 맛있는 포도주, 다른 곳보다 더 완벽하게 포도를 무르익게 하는 햇빛, 포도 경작지들에 대한 설명이 빙글빙글 돌았다. 나는 사양할 도리가 없어서 더 마셨고 결국 제발 그만 마시게 해달라고 사정하고 풀려났다. 피곤했지만 포도주의 효과 덕에 나는 길을 다 걸을 때까지 해롱대면서 뛰고, 웃고, 헐떡거렸다.

6월 1일 저녁에 파리에 도착했다. 각 지방에서 묻혀온 흙들을 보도에 흩뿌리며 남쪽 교외 지역에서 북쪽까지 걸어갔다. 그곳에서 알제에서 날 도와줬던 '수호천사'의 딸들인 자밀라와 자스민 자매를 만나기로 했다. 자매는 북아프리카계 주민들이 많이 사는 서민적인 동네에 살고 있었는데 분위기가 마치 북아프리카의 한 도시 같았다. 북아프리카계 주민들 때문에 동네들 사이에 긴장감이 부쩍 높아져서 걱정이라는 이야기를 남프랑스 사람들에게서 들었다.

"그 사람들은 폭력적이에요."

"위험해요."

"자기들끼리만 따로 놀아요."

그들은 두려움에 떨며 날이 저물면 문 뒤에 꼭꼭 숨어서 나가려 하지 않았다. 유럽인들은 외부인이 사회 상층부로 올라가는 걸 유리 천장으로 막아버리는 복잡한 시스템을 만들어낸 것 같다. 여러 동네를 다녀보니 저마다 분위기가 확연히 달라서 마음이 좋지 않았다. 어떤 곳은 해쓱한 백인들만 있어서 핏줄 속에 다른 색 피가 흘러야 할 것 같았다.

열흘 남짓 동안 나는 파리를 샅샅이 걸어다니며 사람들을 만나고, 여러 장소를 방문하고, 건강 검진도 받았다. 샤티옹 쉬르 루아르에서 만난 의사가 나 같은 경우는 "장기간 도보 여행자에 대한 연구 프로토콜"인지 뭔지에 해당한다며 파리 생앙투안 병원에서 종합 건강 검진을 받게 해주었다.

가슴에 심전도 측정용 전극을 열 개 정도 붙이고 약간 어수선한 상태에서 유네스코 본부에 갔다. 11년 동안 여행을 다니면서 유네스코 본부는 딱 한 번 방문했다. 반갑게 맞아줘서 기분이 무척 좋았지만 한편으로는 불편하기도 했다. 일주일 전에 나는 2차 국제 평화 활동가 대회(International Salon for Peace Initiatives)에 참관인 자격으로 초청되었다. 강연자들이 앉은 탁자에서 좌파는 지구를 기아에 빠뜨리는 금융 제국을 소리 높여 성토했고, 한 가톨릭 주교는 균형을 맞추는 게 자기 임무인 양 애쓰고 있었다. 이맘(이슬람 교단의 지도자)이나 랍비(유대교의 율법 학자)는 없었다. 연단에는 사막에서 기아에 고통스러워하는 엄마와 아이 들을 담은 커다란 포스터들이 붙어 있었다. 검은 빈곤과 하얀 부(富)가 선명하게 대조를 이루며 선량한 사람들에게 먹잇감으로 던져진 것 같았다. 별안간 나는 탁자 위로 뛰어올라가서 모든 일이 그렇게 단순하지 않다고 소리치고 싶은 충동이 들었다. 왜 이른바 가난한 나라에서 자살률이 낮은 걸까? 세계 어느 곳보다 가난한 나라에서 아이들의 웃음을 더 많이 볼 수 있었던 건 왜일까? 모든 것을 잃었을 때 우리가 가질 수 있는 진정한 부란 무엇일까? 토론이 계속 이어지는데 원형 강당 안쪽에서 한 남자가 갑자기 일어서더니 쩌렁쩌렁 울리도록 크게 외쳤다.

"오직 사랑으로만 평화를 이룰 수 있다!"

그러고는 곧장 나가버렸다. 잠시 장내가 웅성거렸고, 저명인사들은 입가에 웃음을 띤 채 재미있다는 반응을 보였다. 그 순간 나도 바깥으로 나갈까 망설였다. 그 남자가 옳은 말을 했다. 그는 가장 훌륭한 강연자였다.

사람들과 흙길이 못 견디게 그리워서 6월 12일에 파리를 떠났다. 나시옹 광장에 들렀다가 센 강변에 늘어선 고서적상들을 구경하고, 유모차를 밀면서 노트르담 성당 앞에서 루브르 박물관의 피라미드까지 갔다가 샹젤리제를 걷고 튈르리 궁전에도 갔다. 샤요 궁에서 에펠 탑까지, 사람들은 카페 테라스에 느긋하게 앉아서 맥주를 마시고 있었다. 나는 교외 지역까지 걸어가면서 수 세기에 걸쳐서 극장의 장식은 바뀌었지만 똑같은 인간 희극이 상연되고 있다는 생각을 했다. 그리고 또다시 나는 술을 마셨다. 시드르, 포모, 칼바도스 같은 술들을.

1차 세계대전 박물관에 전시된 놋쇠 소켓 앞에서 오통 주민들은 60년도 더 전에 독일군으로부터 마을을 되찾아준 캐나다 병사들의 후예의 목을 실컷 축여주었다. 리슬 강을 따라 옹플뢰르 항구가 있는 센 강 하구까지 걸었다. 강가에는 하얀 회벽에 튼튼한 골조의 예쁜 농가들이 늘어서 있었다.

나는 옛 도시의 항구들을 상상하며 백일몽에 빠졌다. 퀘벡을 건설한 사뮈엘 드 샹플랭이 캐나다 해안을 향해 출발하기 전 배에서 수많은 군중에게 인사하는 장면을 상상해보았다. 그리고 벅찬 꿈을 안고 배에 올라탄 수천 명의 프랑스인 들도 생각했다. 그들은 아무것도 할 수 없는 봉건주의적인 구세계 유럽을 떠나고 싶다는 일념으로, 바다를 건너면서 만나게 될 추위와 괴혈병을 비롯한 온갖 끔찍한 고난을 이겨낼 각오가 되어 있었을 것이다. 신세계에선 부유한 상인들도 가난해질 수 있고 가난한 사람들도 부자가 될 수 있을 거라 꿈꿨을 것이다.

주위를 둘러보니 징크 지붕의 목골 연와조 건물들이 다닥다닥 붙어 있었다. 그래도 누벨 프랑스로 떠나는 왕의 딸들(17세기 북아메리카에 있던 프랑스 식민지인 '누벨 프랑스'로 간 남자들이 가정을 꾸리도록 하고 식민지의 인구를 늘리기 위해 모집한 15~30세의 미혼 여성들을 말한다. 여성들은 주로 도시의 빈민층, 고아원 등에서 모집했으며, 프랑스의 왕인 루이 14세가 여성들의 후견인이 되어 여비와 결혼 자금 50파운드를 지급했다.)에게 인사를 건네는 것처럼 창문마다 꽃들이 벽을 뒤덮을 만큼 흐드러지게 피어 있었다.

항구의 검은 돌길 위로 작은 통들이 굴러가는 소리에 섞여 교회 종소리, 웃음소리가 메아리쳐 들려왔다.

"시드르를 저기 갖다줘요. 실컷 한 번 마셔봐요! 바람도 좋은데, 가봅시다!"

옹플뢰르 항구, 선원들, 북적거림이 나는 좋았다. 산다는 건 인간의 안팎을 여행하는 것이다.

연안을 따라 걷다가 트루빌 쉬르 메르에 도착했고 그곳에서 나를 재워주기로 하고 마중을 나온 '조각가-선원-도미니크'를 만났다. 그를 처음 보자마자 이 별명이 떠올라서 붙여주었다. 도미니크는 투박한 얼굴에 헝클어진 머리로 내게 악수를 청했는데, 끌을 하도 많이 사용해서 손가락이 뿔처럼 딱딱하게 못이 박혀 있었다. 작업실에서 그는 여러 시간 동안 내 여행에 대해서 묻고 또 물었다. 마치 바다를 여행하는 것처럼 이리저리 흔들리면서 가는 내 여행 이야기를 들으며 도미니크는 아들 니콜라를 부추기듯 한 번씩 팔꿈치로 툭툭 쳤다.

다음 날 나는 바이외에서 장 알렉시스를 만나기로 했다. 그는 내 나머지 일정을 모두 짜주었고, 내가 노르망디 지방의 여러 바닷가와 태피스트리, 상륙 작전이 있었던 해변, 박물관, 묘지 들을 둘러보기를 바랐다. 하지만 프랑스에서 보낸 마지막 며칠 동안 내가 주로 본 건 장 알렉시스의 따뜻함, 열정, 셰르부르의 바닷가에서 환하게 짓던 미소였다.

프랑스를 가슴 한 편에 소중히 간직한 채 바다로 발걸음을 옮겨 아일랜드로 가는 배에 올라탔다. 내 마음은 세계를 향해 활짝 열려 있었다.

• 2006년 6월 28일~10월 2일
아일랜드, 스코틀랜드, 잉글랜드, 벨기에, 네덜란드

아버지, 건강하세요!

"다음 마을은 큰가요?"

"아니요. 펍이 두 곳밖에 없거든요. 하지만 다음 마을에는 펍이 네 곳 있어요."

나는 축축한 갓길에 멈춰 서서 잠시 생각했다. 펍이 네 곳이라는 건 물기가 없는 곳에서 밤을 보낼 수 있는 기회가 네 번 더 있다는 뜻이므로 고려할 만한 가치가 있었다. 옷가지가 모두 젖었고 유모차도 흠뻑 젖었다. 아스팔트 도로를 내딛을 때마다 신발에서는 물기 때문에 쩍쩍거리는 소리가 났다. 안개 속에 갇혀 있던 올드헤드 오브 킨세일 곶의 절벽에서부터 억수같이 비가 내렸다. 돌풍이 불어서 구름이 흩어졌고, 음산한 분위기 속에서 하늘을 향해 우뚝 솟은 선돌과 고인돌 들 위에 집중 호우가 쏟아졌다. 펍의 뒷방에서 이탄 불을 쬐며 흑맥주를 마시며 쉬고 싶은 마음이 간절했다.

"펍이 네 곳이라고 하셨죠?"

"네. 그리 크진 않지만……."

이곳에서 마을의 크기는 맥주 몇 갤런을 소비하느냐에 따라 결정된다. 아일랜드의 펍은 삶의 방식을 넘어서서 하나의 종교가 되었다. 사람들은 성당에서 무릎을 꿇는 것과 같은 신앙심에 불타서 술집 탁자에 둘러앉고, 술을 마시지 않는 사람은 중세 시대 마녀 심문에 버금가는 닦달에 시달린다. 펍은 인생이다. 인생에 거리를 두면 안 된다. 그런 삶은 아무런 의미가 없기 때문이다. 이 불문율은 내 마음에 쏙 들었다. 나는 캐나다 동부 지역의 여러 마을에서 자랐고, 그곳은 아일랜드 이민자 수십만 명이 일군 땅이었다. 아일랜드의 음악, 음식, 솔직하고 거친 분위기는 내 어린 시절을 떠올리게 해주었다. 물론 캐나다에는 이토록 끈질기게 내리고 뼛속까지 얼어붙게 만드는 비는 없었다.

아프리카에서는 여러 해 동안 술을 입에도 대지 않았는데 유럽으로 오자마자 나 자신도 놀랄 정도로 빨리 술에 대한 입맛을 되찾았다. 아마도 유럽에서는 사회관계의 축이 술이고 겉으로나마 분위기가 화기애애해지려면 술을 마시는 게 필수적이기 때문인 것 같았다. 아일랜드에서 가장 오래된 펍에서 토니가 나를 불렀다.

"들어와요! 당신이 내 꿈을 이뤄주는군요!"

아마추어 바이올린 연주자인 토니는 아일랜드 말로 수다를 떨었다.

"슬란샤!('건강'이라는 뜻으로 아일랜드와 스코틀랜드에서 술 마실 때 건배의 의미로 쓴다.)"

우리는 기네스 파인트 잔을 부딪치며 마시고 또 마셨다. 아일랜드 곳곳에서 노래 축제가 펼쳐졌지만 나는 북쪽 지방 사람들의 말투처럼 빨리 펍에서 펍으로 발 도장만 찍으면서 벨파스트까지 발걸음을 재촉했고, 그곳에서 스코틀랜드의 글래스고로 가는 여객선을 탔다.

아들이 글래스고에서 나를 기다리고 있었기 때문이다.

내 아들 토마 에릭은 배낭 하나만 멘 채 안개비를 맞으며 배에서 내렸다. 너무 많이 변해서 하마터면 못 알아볼 뻔했다. 무성한 수염과 젊은이다운 풋풋한 자신감이 더해지니 더욱 달라보였다. 코스타리카 해변에서 처음 만났을 때 여행하고 싶다는 소망을 털어놓던 아들의 모습이 떠올랐다. 그게 벌써 5년 전이었다. 지금 토마 에릭은 예술적인 열기가 끓어오르는 독일 베를린 동부에서 살고 있다. 나와 함께 매혹적인 에든버러에서 하드리아누스 성벽까지 걸으러 왔다. 우리는 당연히 술을 마셨다.

"우리 캐나다 친구들한테 제일 좋은 스카치를 대접해야지. 아니, 거기 오른쪽, 다른 선반에 있는 걸로 갖다줘."

아들과 함께 여행을 하는 동안 아주 특별하고 강렬한 추억을 얻었다. 길을 걷는 동안 우리는 지나간 시간을 따라잡으려는 듯 얘기하고, 얘기하고, 또 얘기했다. 예전엔 결코 하지 않던 일이었다. 멀리 떠나오니 아들과 사이가 더 가까워졌다. 관계 사슬에서 자유로워지고 아무런 구속이나 책임 없이 꿈속을 헤매는 것처럼 살게 돼서 그런 것 같았다. 나는 아들이 어디에서 먹을지, 어디에서 잘지 걱정하는 것이 재미있었다. 그래서 나는 웃으면서 아무려면 어떠냐고 대답했다. 마을 주민의 집이나 다리 밑에서 자면 되지.

"토마 에릭, 우리는 자유로워. 자유가 뭔지 잘 봐. 다들 자유를 말하지만, 나는 자유를 몸소 체험하며 살고 있단다, 알겠니?"

토마 에릭은 내 말을 알아들었다. 그리고 나는 그 애가 배워나갈 것이라고 믿었다. 아버지로서 물려줄 재산은 없어도 다른 사람들에게 열린 삶, 미래에 대한 계획 없이 오로지 현재에만 집중하는 삶이라는 독특한 경험을 아들과 함께 나눌 수 있다는 게 행복했다. 아들의 대학 공부가 거의 다 끝나서 학생으로서 마음 편히 지내던 생활도 얼마 남지 않았다. 그 애는 벌써 은근히 스트레스를 느끼는 것 같았지만 나는 걱정하지 않았다. 다른 길도 얼마든지 있다는 사실을 그 애가 알게 되었기 때문이다.

우리는 독일에서 곧 보자는 약속과 함께 헤어졌고, 나는 잉글랜드를 향해 남쪽으로 걸었다. 잉글랜드의 링컨셔에 있는 슬리포드라는 요상한 분위기의 오래된 펍에서 여행 6주년을 축하했다. 어두운 색으로 장식된 펍의 홀에서 푸짐한 '해기스(양이나 송아지의 내장을 잘게 다져서 향신료로 양념하여 오트밀과 섞은 뒤 원래 동물의 위에 넣어 삶은 스코틀랜드 요리)'를 앞에 놓고 앉아 바깥의 보도에 흘러가는 빗물을 바라보았다. 멀지 않은 곳에 천년 남짓 동안 법원과 형무소로 사용되었던 링컨 성이 있었다. 근처에서 여전히 유령들이 돌아다닐 것만 같았다.

"여긴 아주 오래된 펍이죠?"

주인은 두 주먹을 허리에 대고 의기양양하게 대답했다.

"1672년에 문을 열었죠."

그리고 내게 권했다.

"여기서 주무실 수도 있어요. 그런데 아셔야 할 건……."

주인은 목소리를 낮추더니 그곳에 유령이 산다고 말했다. 하나는 앨리스라는 여자 유령이고, 다른 하나는 1926년에 의문의 죽음을 맞은 어니스트라는 남자 유령이라고 했다.

"가끔 주방에서 소리가 들리기도 하고 칼이 저절로 떨어질 때도 있어요. 어니스트가 자기 도구를 찾는 거죠. 그래도 해를 끼치진 않으니까 우린 전혀 개의치 않아요."

잉글랜드 사람들은 유령들도 마법과 수수께끼로 가득 찬 이 나라의 어엿한 구성원으로 소중하게 아끼고 있다. 나는 유령과 수수께끼, 마법을 믿는 잉글랜드 사람들이 좋다. 그들은 짐짓 냉소적인 얼굴로 감추고 있지만 마음속엔 반짝였던 어린 시절의 동심 한 가닥을 간직하고 있다.

노르망디풍의 예쁜 집들이 옹기종기 서 있는 단정한 시골을 지나서 템스 강변까지 갔다. 데이비드 프리처드라는 친구가 자신의 동네에서 나를 맞아주었다. 우리는 3년 전 말라위에서 만났는데, 데이비드는 그곳에서 사파리 여행을 했다. 그가 사는 런던의 거리에는 온갖 인종이 다 모여 있었다. 나로서는 무척 놀라운 광경이라 데이비드에게 말했다.

"전 세계 사람들이 이 동네로 몰려오나 봐요!"

그는 진정한 영국인답게 냉랭한 말투로 대답했다.

"맞아요. 과거엔 우리가 세계를 식민지로 만들었는데, 이제 세계가 우리를 식민지로 만들고 있어요."

칼레로 가서 도버 해협을 건너고 9월 초에 벨기에의 국경을 통과했다. 100년 만에 최악의 홍수가 닥친 직후라 들판이 물에 잠기고 동네마다 물에 잠겼던 가구와 카펫을 집 앞에 널어놓고 말리고 있었다. 저녁에 선술집에서도 다들 홍수 피해 이야기뿐이었다. 모든 것이 풍요롭고 빠른 유럽에서는 큰 곤경을 겪어도 웃고 울면서 삶이 조용하게 흘러갔다. 나는 어느 때보다 자유롭다고 느꼈다. 문화 충격에 맞서지 않고, 이국적인 정서를 굳이 찾아보려 하지 않고 그저 나 자신으로 돌아가서 긴 시간 동안 자신을 돌아보았다. 몇 주 전 링컨에서 상징적이긴 하지만 여행의 절반에 도달했다. 이제 남은 6년 동안 걷게 될 지구의 반은 집으로 돌아가는 길이 될 터였다. 나랑 거의 매일 통화하는 뤼스는 뛸 듯이 기뻐했다. 뤼스와 나는 내 여행의 의미가 무엇인지 묻기를 그만두었다. 우리는 여행을 날마다 경험하고 있었고, 그것으로 충분했다. 하지만 얼마 전에 내 여정을 기록하는 웹사이트에 어떤 부인이 남긴 메시지 때문에 뤼스가 무척 당황했다. 그녀는 신랄한 어투로 이렇게 썼다.

"이런 여행이 무슨 소용이 있는지 모르겠어요. 신발만 닳을 뿐이죠."

나는 그녀에게 대답해주고 싶었다.

"한 번 해보세요! 신발장 안에 잠자고 있는 신발 수십 켤레를 꺼내세요. 그 신발을 신고, 신발이 닳도록 돌아다니면서 세상이 얼마나 아름다운지 눈으로 직접 확인하세요. 자신을 탐험하고 수많은 보물들을 가지고 돌아오세요. 다른 관점에서 보는 법을 찾아보세요. 사랑하는 사람들을 귀하게 여기게 되는 경험을 해보세요."

다른 사람들을 향한 관용을 키우자고 섣불리 말해선 절대 안 된다. 차라리 참기만 하는 건 참을 수 없다고 생각하는 게 낫다.

벨기에의 수도 브뤼셀에서 멀지 않은 카페에서 메일을 보내려고 하는데 뤼스에게서 온 메일 한 통이 보였다. 전날 아침에 이야기를 나눴는데 무슨 일이 또 있나 하며 메일을 열어보았다.

아버지가 돌아가셨다.

2006년 9월 10일 저녁이었다.

시간이 멈춘 것 같았다. 그날 밤 나는 텐트 안에 누워서 오랫동안 깊이 생각했다. 차들이 지나다니는 소리도 귀에 들어오지 않았고, 온몸을 파고드는 추위도 느껴지지 않았다. 그러고나서 짙은 안개가 껴서 앞이 보이지 않고 정신이 멍한 상태에서 다시 길을 나섰다.

브뤼셀에서 에스코까지 연결된 빌브루크 운하를 기다란 어선들이 은빛 화살처럼 거슬러 올라갔다. 도개교가 햇빛을 받아 반짝거렸다. 그때 문득 아버지가 해준 다리 이야기가 생각났다. 어떤 모르는 사람이 아버지한테 아들이 황금 다리 위를 건너는 것처럼 전 세계를 다닐 거라고 했다는 이야기였다.

그날 캐나다에서 어머니가 아버지의 유해를 땅에 뿌릴 거라고 했다. 이상하게도 아버지가 내 옆에서 걷고 있는 듯한 기분이 들었다. 1년 전 알렉산드리아에서 마지막으로 통화할 때 아버지가 말했다.

"내가 오래는 못 살 것 같구나. 일이 닥치더라도 돌아올 것 없다. 네가 왔을 때 나는 이미 한 줌의 재가 되어 있을 테니까. 계속 걸어라! 내가 네 곁에서 함께 걸으마. 나는 늘 그러고 싶었어. 병원 침대에 내내 누워 있기보다는 세상을 걷고 싶었다."

나는 아버지를 모시고 네덜란드의 길을 걸으며, 스코틀랜드의 구릉 지대에서 내 아들이 그랬듯이 아버지에게 끊임없이 말을 걸었다. 건강하세요, 아버지! 우리는 아무 말도 하지 않았다. 그래도 나는 안다. 우리 사이에 말은 별 의미가 없다는 걸. 내 자유가 아버지의 것이 되었다는 걸.

• 2006년 10월 2일~11월 19일
독일

작은 말

"왜 독일 사람들은 날 집에 들이지 않을까요?"

"나쁘게 생각하지 마세요. 못 봐서 그래요. 그저 사람들이 당신을 못 봐서 그렇다니까요."

니더작센 주의 우엘첸 도심의 작은 카페에서 나는 테리와 함께 상점가의 문이 열리길 기다리고 있었다. 우리는 전날 노숙자 쉼터의 조그만 방에서 만났다. 그는 토마스 만의 소설을 읽고 있었는데 제목이 무슨 뜻이었는지는 모르겠다. 독일에 오면서부터 나는 노숙자 쉼터 신세를 자주 지고 있었다. 이런 쉼터들은 더할 나위 없이 깨끗했고, 휴가 때 이용하는 가족 펜션처럼 운영되고 있었다. 병원, 소방관, 경찰 들이 딱히 해줄 게 없을 때 나를 노숙자 쉼터로 보냈다.

테리가 사과하듯 말했다. 내가 자기 나라 사람들을 쌀쌀맞다고 생각할지도 모른다는 게 영 불편한 모양이었다.

"지금은 가을이잖아요. 사람들이 집에 일찍 들어가서 다시 나오지 않지요. 하지만 길에서 당신을 만나면 당연히 집에 들이고 재워줄 거예요."

몸집이 자그마한 테리는 놀랄 만큼 예의 바른 사람이었고 텁수룩한 수염 사이로 우수에 젖은 미소를 띠고 있었다. 수줍음을 많이 타는 그에게 나는 감히 어디에서 왔는지 물을 수도 없었다. 사회 보장 제도 덕분에 살아간다고 말하는 것으로 봐서 떠돌이 생활을 하고 있다고 짐작할 뿐이었다. 미국은 정부에서 해주는 게 아무것도 없어서 사람들은 각자 지역 공동체의 도움을 받는다. 그런데 여기 사람들은 정부의 세심한 보호를 받는다.

"딱 한 가지 문제는 화장실이에요. 지저분하게 들리겠지만, 그래요. 화장실을 가려면 50센트를 내야 하거든요. 그래서 철도 근처에 있는 나무 뒤에 숨어서……."

무척 슬픈 표정으로 이야기하는 걸 보니 테리는 그 일을 굶고, 일자리가 없고, 노숙자라는 사실보다 더 끔찍한 모욕처럼 느끼는 듯했다. 조직이 잘된 사회일수록 부끄러움은 어이없을 정도로 세세한 부분 속에 숨어 있다. 테리가 헐렁한 바지춤을 왼손으로 잡고 길 저편으로 멀어져갔을 때 갑자기 나 자신이 처량해졌다. 발은 아프고 아프리카를 건너온 내 낡은 유모차는 보도 위에서 덜컹거렸다. 하지만 며칠 후면 가장 소중한 보물들인 내 아이들을 함부르크에서 만날 터였다. 그 말을 테리에게 하지는 못했다. 아무런 노력도 하지 않고 이런 행복을 누리는 것이 염치없다는 생각이 들어서였던 것 같다. 어쨌거나 아이들을 꼭 만나고 싶어서 여정을 수정하기로 했다. 러시아의 상트페테르부르크에는 안 가기로 했다. 덴마크, 스웨덴, 핀란드의 겨울에 맞서기에도 내가 너무 늙은 것 같았다. 베를린에 갔다가 터키를 향해 곧장 남쪽으로 내려갈 것이며, 독일 동남부의 드레스덴에 들렀다가 체코의 프라하, 그리스 쪽으로 갈 것이다. 춥기는 하겠지만 눈은 피할 수 있을 것 같았다. 또 애초에 계획했던 대로 5년 안에 돌아갈 수 있을 것이다.

독일의 길가에는 무성한 숲이 우거져 있었고 빨간 양탄자를 깐 것 같은 널찍한 자전거 도로가 있었다. 잠은 다리 밑이나 낮은 수풀에서 잤고, 감옥에서 신세를 진 적도 있는데 그렇게 깨끗한 감옥은 지금껏 본 적이 없다. 시골이나 도시나 할 것 없이 공공 기관에서 일하는 사람들이 어찌나 친절하게 도와주는지 감동할 지경이었다. 어딜 가든 소방관, 경찰, 사회 복지사들이 나를 따뜻하게 맞아주었고, 잘 곳을 마련해주려고 자기 일처럼 신경을 써주었다. 이런 구조 속에서 나는 테리의 지적인 눈빛에서 읽었던 것과 똑같은 힘과 체계를 보았다. 독일은 강하면서도 세심하고, 엄하고 공정한 어머니 같았다. 여행을 하면서 나도 그런 독일의 자식이 되는 특권을 맛보았다.

내 아들 토마 에릭은 독일을 무척 좋아하고 질서 정연한 문화에 익숙해 있었다. 그 애를 다시 만났을 때, 멋진 새 유모차와 독일의 유명한 아웃도어 업체에서 제공한 의류 세트가 나를 기다리고 있었다. 아들은 베를린의 끓어오르는 예술적 열기에 매료돼 있었고, 나는 그런 아들의 시선을 통해 베를린을 보았다. 그 애는 내게 예술가들의 스쾃 운동('웅크리다', '쪼그리고 앉다', '공유지에 무단 입주하다', '미개지에 정착하다'라는 뜻을 가진 단어로, 오랫동안 버려진 도심의 빈 건물을 살아 있는 문화 공간으로 활용하자는 취지의 문화 운동의 의미로까지 확대되었다.), 베르니사주(프랑스에서는 전람회가 일반에 공개되기 전날에 작품 전체 또는 퇴색한 부분에 베르니를 바르는 습관이 있었다. 이에 따라 전람회 전날의 초대를 이렇게 부르게 되었다.), 동독에서 열렸던 암호를 대야 들어갈 수 있는 은밀한 저녁 모임 같은 이야기를 해주었다. 배움을 완성하기 위해 어깨에 가방 하나 달랑 메고 3년 동안 전국을 떠돌아다닌 장인들의 이야기도 해주었다. 그들은 손수 일을 하거나 사람들의 도움으로 근근이 생계를 유지하며 수련에 힘썼다. 아들은 내게 베를린 장벽의 잔해도 보여주었다. 다양한 색깔이 폭발한 낙서가 빼곡하게 들어차 있는 걸 보니 이 빈틈없는 사회에서 사람들이 장벽에서나마 저마다 자기 의견을 남길 빈 공간을 절실하게 찾는 것만 같았다. 그리고 10월 30일, 마침내 우리는 함부르크로 가는 기차를 탔다.

공항의 유리문을 통해 딸 엘리자 제인이 배낭을 멘 가냘픈 여자아이의 손을 잡고 터널을 통과하는 모습을 보았다. 내 맏손녀 로리는 다섯 살이었고 온통 분홍색으로 차려입었다. 나는 무릎을 꿇었고, 아이는 약간 놀란 눈으로 나를 가만히 바라보다가 살그머니 다가왔다. 아이의 짙은 눈동자를 바라보며 아이의 몸에 조심스럽게 손을 대보았다. 아이가 너무 작아서 품에 꽉 안으면 부서질 것만 같았다. 갑자기 아이가 폴짝 뛰어서 내 목을 감싸안았고, 안개가 낀 듯 멀리에서 엘리자가 웃는 소리가 들려왔다. 엘리자는 우리가 함께 있었던 일주일 내내 그렇게 큰 소리로 끊임없이 웃었다. 로리를 품에 꼭 안으면서 이런 만남을 가능하게 해준 '수호천사' 프랑스 친구를 생각했다. 이름이 미셸 위그인 그 친구는 엑상프로방스에 살고 있었다. 그는 여행을 많이 해서 가족들과 오래 헤어져 있는 것이 얼마나 힘든지 잘 알고 있었다. 미셸은 무척 다정한 사람이어서 만난 적도 없는 내게 가족을 데려다주고 싶어 했다. 반년 전 내가 미셸의 집에 도착했을 때, 뜻밖에도 뤼스가 기다리고 있었다. 미셸이 여행을 다니던 중에 어떤 신문에서 내 기사를 읽고 감명을 받았고 내게 '사랑의 일주일'을 선물한 것이다. 어느 날 저녁 그는 내가 손녀를 한 번도 못 만난 것이 못내 마음에 걸린다고 했다. 그래서 딸과 손녀가 유럽에 올 수 있도록 비행기 표를 사주었다.

10월 30일, 그날 나는 공항 바닥에 놓인 여행 가방 사이에 반쯤 누운 채 벅차오르는 사랑을 느꼈다. 함께 지내는 동안 우리는 함부르크 시내를 잠깐씩 구경하는 것 말고는 토마 에릭의 아파트를 거의 떠나지 않았다. 목마른 사람이 샘물을 들이켤 때처럼, 나는 아이들에게서 눈을 떼지 않았고 말 한마디 놓치지 않았다. 오랜 시간 동안 로리와 놀아주었다. 별일 하지 않고 웃기만 해도 시간이 잘 갔다. 우리는 내일을 생각하지 않고 로리의 작은 말 인형에게 먹이를 주는 놀이를 했다. 나는 로리가 아기였을 때부터 로리가 너무나 보고 싶었다. 그래도 후회는 없었다.

아이들과 헤어질 때 나는 로리의 어린 시절을 추억할 수 있는 물건 하나를 챙겼다. 그렇게 로리의 작은 말 인형은 여행이 끝날 때까지 내 유모차 옆에 달려 있었다.

• 2006년 11월 20일~2007년 3월 6일

체코, 오스트리아, 슬로바키아, 헝가리, 세르비아, 마케도니아, 그리스

중부 유럽

피와 꿀의 땅이다. 서양과 동양이 만나고, 교류하고, 여행하는 땅, 풍요로운 평원과 험난한 산맥들로 이어지는 좁은 길, 수세기에 걸쳐 수많은 민족들이 오가서 최초의 거주자가 누구였는지 잊어버린 땅. 여러 세계의 길목에 있어서 고통과 전쟁으로 얼룩진 지역, 저마다 다른 문화를 가진 나라로 쪼개진 민족의 전시장.

나는 발칸 반도에 대해 아는 게 없었다. 역사도 모르고 평화를 위한다는 명목으로 벌어진 수많은 유혈 분쟁도 몰랐다. 하지만 어떤 이들의 평화가 다른 이들의 평화와 충돌할 수 있다는 건 안다. 평화가 가장 근본적인 집단적 열망인 힘에 대한 욕구, 사라지는 것에 대한 두려움을 진정시킬 수는 없기 때문이다.

2007년 겨울 세르비아를 지나가면서 나는 세상에는 결코 평화로울 수 없을 것 같은 곳들도 존재한다는 사실을 알게 되었다.

1월의 어느 아침, 정교회 달력으로 새해 첫날에 세르비아로 가는 국경을 건넜다. 헝가리에서 보낸 마지막 며칠 동안 나는 이 지역의 추위와 관습에 충분히 적응했다. 가벼운 왈츠, 슈납스(증류한 독주를 포괄적으로 일컫는 독일 말)를 잔뜩 곁들인 푸짐하고 따뜻한 식사. 가난에 찌든 것 같은 분위기는 전쟁과 수년에 걸친 유엔의 제재 때문이었다.

길가에 펼쳐진 밭에서 농부들은 낡아빠진 MF35 트랙터를 세워놓고 쇠스랑과 갈퀴를 가지고 일을 하고 있었다. 나는 1960년대에 아버지의 농장에서 그 트랙터를 운전하는 법을 배웠었다. 꽉 막힌 듯한 털털거리는 소리를 내는 조그만 트랙터의 좌석에 노인이 앉아 있었다. 에밀 삼촌이 이 구닥다리 트랙터를 타고 채소밭에서 나온 쓰레기를 버리러 가는 걸 본 적이 있었던 것 같다.

마구잡이로 쌓아올린 기와지붕의 벽돌 건물들에서 석탄 냄새가 풍겼다. 문 뒤에서 개들이 짖어대고 닭들이 먹이를 쪼고 다투는 사이사이 조용하고 친근한 음악 소리가 들려왔다.

요란한 소리가 나는 모터사이클을 탄 남자 몇 명을 마주쳤다. 안전 장비라곤 어설픈 눈 보호대가 달린 낡은 건설 노동자용 헬멧뿐이었다. 보이보디나 지역은 오랫동안 헝가리 제국에 속해 있었다. 많은 사람들이 유럽 연합에 통합되면 좋겠다는 이야기를 했는데 모국에 더 가까워질 것이라는 희망 때문인 것 같았다. 국경에 인접해 있는 두 나라인 루마니아와 불가리아는 2주 전에 유럽 연합에 합류했다. 그래서 헝가리계 세르비아 인들은 더욱 씁쓸한 감정을 느꼈다. 여러 가지 문화가 잡다하게 뒤섞인 환경은 과거의 영향 때문인 듯했다. 구소련에서 생산한 낡은 라다 자동차와 르노의 R5 자동차 들이 로마 제국의 유적 위에 세운 오스만 제국의 유적지 사이를 오가고 있었다. 이따금씩 나무 바퀴를 쇠로 감싼 짐수레가 아스팔트 도로 위를 딸각거리며 지나갔다. 짐수레꾼은 교회 앞 광장에서 대기하며 손님을 기다렸다.

한 마을에서 미츠쿠라는 남자가 저녁 식사에 초대했다. 내 말을 통역해줄 수 있는 친구 그레고리도 함께 있었다. 미츠쿠는 매우 열정적이고 융숭한 대접을 해주었다. 마치 수십 년 동안 무뚝뚝한 악당이라는 평판을 받아온 세르비아 인들에게 웃어줄 준비가 된 이 외국 남자에게 감사를 표현하고 싶어 하는 것 같았다. 돼지 족발 요리를 앞에 두고, 그는 멋쩍은 얼굴로 분뇨 정화조에서 오물을 수거하는 일을 한다고 했다.

"일을 잘하면 됐죠. 부끄러울 거 하나 없어요."

나는 이렇게 대답하고 그에게 어떻게 효율적으로 오물을 빼내는지 물어보았다.

우리는 연신 "나즈드로비아!(러시아 말로 '건강을 위해!'라는 뜻)"를 외치며 오랫동안 술을 마셨다. 식사가 끝날 무렵, 미츠쿠는 내게 자기 전화번호를 휘갈겨쓴 종이를 내밀며 말했다.

"문제가 생기면 나한테 전화해요. 어떤 동네라도 상관없어요. 난 무기는 다 갖고 있으니까 당신을 지켜줄게요."

몇 주 후, 이와 똑같은 말을 열네 번째 들었을 때 나는 미츠쿠를 떠올리며 웃었다. 이 나라에선 모두가 모두에게서 나를 지켜주겠다고 했다. 미츠쿠도 이렇게 난무하는 폭력이 안타깝다고 했다. 이웃 나라 코소보의 비극, 7개 나라로 쪼개진 구 유고슬라비아, 극도로 복잡한 민족 간의 관계에 대해서도 이야기했다. 그는 사소한 아이들 싸움이 지역 게릴라전을 촉발할 수도 있다고 했다.

그레고리가 슬픈 눈으로 말했다.

"사람들이 더는 행복을 받아들일 수 없게 된 거죠. 같은 민족끼리도 눈만 뜨면 서로를 증오해요. 그러니 다른 민족이라면 당연히 이를 갈죠. 아이들도 이런 폭력적인 분위기에서 자라나요. 어딜 가나 부패가 판을 쳐요. 한 달 월급이 80유로밖에 안 되니 살아가려면 크건 작건 사기를 쳐야 해요. 이러 상황에서 친구를 만들기는 어렵죠."

그레고리는 외국인들이라면 진절머리가 나는 듯했지만 나와 헤어지는 건 무척 아쉬워했다. 나는 선물로 받은 돼지고기 2킬로그램을 유모차에 싣고, 그들의 끔찍한 고독에 마음 아파하며 다시 길을 떠났다.

티서 강가를 따라 걸었다. 하류 쪽으로 몇 킬로미터만 더 가면 도나우 강이 나올 것 같았다. 갑자기 여기저기서 내게 "웰컴!"이라고 외치는 소리가 들렸다. 그렇게 나는 슬라브계 가족을 우연히 만났다. 스테판은 강가에 종합 관광 시설을 만들 구상을 하고 있었고, 그라디미르는 노래하고 농담하기 좋아하는 검사관이었다. 집안의 가장이자 어머니인 레포사바 노부인은 검은 스카프를 턱 밑에 단단히 묶었고, 심라크는 관 제조업자였고 그의 아내는 미장원을 했다. 우리는 집 앞에 숯불을 피워놓고 돼지고기를 구워먹으며 여러 시간 동안 이야기를 나누었다. 구운 돼지고기와 슈납스 향이 섞여서 오묘한 냄새가 났다. 슈납스를 권하는데 거절하면 사람들이 기분 나빠하기 때문에 나는 주는 대로 다 받아마셨다. 다들 무척 친절했고 술과 음식이 넘쳐났다. 내가 만난 세르비아는 그랬다. 내가 본 건 천사뿐이었다. 하지만 악마는 사람들의 마음속에 도사리고 있었다.

하루는 초등학교에 들러서 아이들에게 내 도보 여행에 관한 이야기를 들려주었다. 쉬는 시간에 모두 함께 평화를 기원하는 나무 한 그루를 심고 있는데 조그만 남자아이가 다가와서 물었다.

"이 나무는 왜 심는 거예요?"

선생님이 설명했다.

"나무는 무럭무럭 자라서 튼튼해지잖아. 그런 것처럼 우리나라가 튼튼하고 평화롭기를 바라면서 심는 거야. 지금은 나무가 어리고 약해. 그러니까 네가 지켜줄 수 있겠지?"

아이가 씩씩하게 대답했다.

"네, 제가 이 어린 나무를 지켜줄 거예요. 누가 나무를 헤치려들면 주먹으로 얼굴을 마구 때려서 가루를 내버릴 거예요!"

로마 제국 시대에 건설된 옛 도로를 걸어서 발칸 반도에서 가장 오래된 도시인 니시 쪽으로 내려갔다. 이 도로는 로마와 현재 루마니아의 영토인 옛 다키아 주를 잇는다. 추위가 닥친 길에 묵직한 눈송이가 날렸고, 아이들은 내리는 눈을 잡으려고 신나게 뛰어다녔다. 촘촘한 격자형 나무 뚜껑이 덮여 있는 우물 주변에는 닭들이 노닐고 있었다. 베오그라드의 기독교 요새를 정복한 '화려한 황제' 술레이만 1세의 추억이 지붕에 걸려 있었다.

그걸 보며 나는 북아프리카, 에티오피아에서 물건들을 가득 싣고 이 길을 따라 북유럽으로 향하던 옛 상인들과 인도, 터키, 중앙아시아, 페르시아, 비잔틴 제국, 그리스에서 온 여행자들을 떠올렸다. 상인들은 기나긴 대상 행렬과 함께 천천히 앞으로 나갔을 것이다. 향료, 천, 진기한 양탄자 등을 넘치도록 실은 무거운 짐수레를 끄는 소들과 짙은 피부의 노예들이 알록달록한 동양풍의 옷을 입고 상인들의 뒤를 따랐을 것이다. 아마도 그 뒤에는 집시들이 치마를 빙글빙글 돌리며 춤을 추고, 도둑들과 떠돌이 설교자들도 있었을 것이다. 길가에 고대부터 내려온 것처럼 보이는 집들이 있었다.

그런 예전 집들이 많이 바뀌었을까? 어떤 사람들은 초가지붕 밑에 곡식을 쌓아놓고 헛간으로 쓴다. 살림집 바로 옆에 길 쪽에서는 보이지 않게 채광창을 반만 낸 축사가 있기도 하다. 축사에는 길고 마른 나뭇가지를 엮어서 만든 울타리를 달았다.

마을마다 화려한 첨탑이 푸른 하늘을 찌르고 있었고, 그 옆에는 금색과 붉은색이 어우러진 정교회의 돔 지붕이 있었다. 오후가 끝날 무렵 금방이라도 폭풍우가 몰아칠 것처럼 하늘이 흐려졌고, 나는 델리그라드라는 마을로 가서 새로 연 것 같은 투박한 식당에 들어갔다. 델리그라드는 완만한 구릉 지대에 접한 오목한 분지에 자리 잡고 있었다. 식당 주인 조란은 큼지막한 햄 덩어리의 맛있는 부분을 잘라서 빵, 맥주와 함께 내주었다.

"어서 먹어요. 그리고 가게 문 닫고 우리 집에 가서 자요."

그는 무척 정정한 노모와 낡은 벽시계 근처에 달려서 덜덜 떨리는 액자 속에 있는 조상들을 모두 소개해주었다. 부엌에서는 난로가 활활 타고 있었지만 방은 얼음장처럼 차가워서 나는 두꺼운 담요를 여러 겹 뒤집어쓰고도 덜덜 떨면서 자야 했다. 다음 날 아침, 조란은 내게 농장을 보여주었다. 닭장과 조그만 돼지우리, 석탄 창고와 바람이 잘 통하는 곳에 옥수수를 널어 말리는 선반이 몇 개 있었다.

마을을 가로질러 식당으로 가는 길에 언덕 위에 멀리 예배당 하나가 보여서 가보았다. 예배당은 정성껏 관리하고 있는 것 같았는데, 언덕에는 아직도 전쟁 때 사용하던 참호와 방책의 흔적이 남아 있었다.

조란은 그곳에서 1806년에 중요한 전투가 벌어졌었다고 설명했다. 오스만 제국의 지배를 300년 넘게 받던 세르비아 인들이 처음으로 터키 인들에게 반기를 든 것이었다. 그때 2000명의 세르비아 용사들이 터키의 정예 부대 6만 명을 무찔렀다. 예배당 안에는 창과 총알로 장식된 큰 촛대와 용사들의 해골과 뼈가 가득 묻힌 지하 납골당이 있었다. 조란은 자기 할아버지의 전설 같은 무용담을 들려주었다. 조란의 할아버지는 달리기를 무척 잘해서 참호 위를 훌쩍 뛰어서 건너다녔다. 그래서 터키 군은 할아버지가 못 뛰어넘도록 참호를 넓혔고, 그 바람에 정작 자신들조차 참호를 건널 수 없었다는 이야기였다.

100년도 더 전에 있었던 역사를 조란은 마치 직접 경험한 것처럼 생생하게 들려주었다. 그는 세르비아 인들은 기독교를 지키는 최후의 용사들이었으며 거의 맨손으로 중동의 침략군을 막아냈다고 했다. 그렇게 열심히 싸웠지만 서구 국가들은 인정해주지 않았고 세르비아 인들은 줄곧 나쁜 평판에 시달려야 했다.

"하지만 우리는 전장의 최전선에 있었어요. 우리가 무너지면 곧바로 침략이 시작되는 거였죠."

심각한 이야기를 마치고 우리는 함께 마을 남자들이 모이는 잡화점으로 갔다. 그들은 난로를 사이에 두고 앉아서 웃고, 놀고, 마을과 이웃 나라의 소식을 나누었다. 나는 평화를 빌어주고 그들을 떠났다.

눈이 내리지 않아 무미건조한 겨울 풍경이 이어지는 시골길을 계속 걸어갔다. 산이 많아서 비뚤어진 바둑판 모양의 고동색 경작지와 마른 풀밭이 번갈아가면서 이어졌다. 길가에 내버려진 전차들의 무덤이 있었고 좀 더 가니 마을이 나타났다. 할머니들이 웃으면서 내게 손짓을 했다. 현관 앞에 파프리카를 널어서 말리는 집들이 많았고 돼지 구유는 길 건너에 있었다.

감기 기운이 있고 열도 났지만 나는 계속 걸어갔다. 유모차 차축이 고장 날 기미가 보여서 니시에 가서 부품을 구해야 했기 때문이다. 니시에 거의 가까이 갔을 때 작은 트럭 한 대가 섰고 회색 콧수염을 무성하게 기른 남자가 프랑스 어로 말을 걸었다.

"내 차 같이 타요."

유모차 바퀴가 빠져나가기 직전이어서 나는 그러기로 했다. 운전석에 앉은 밀로는 자기가 해결해 주겠다고 하며 덧붙였다.

"난 친구가 많거든요."

가는 도중에 그는 왕년에 잘나가는 축구 선수였고 프랑스 클럽 팀에 영입된 적이 있다고 했다. 지금은 가족과 함께 니시 중심가 목 좋은 곳에서 빵집 겸 카페를 운영하고 있고 얼마 전에 비스킷 공장도 시작했다. 에너지가 넘치는 밀로를 보니 나도 덩달아 힘이 나는 것 같아서 그의 말에 열심히 맞장구를 쳐주었다.

밀로는 웃으며 말했다.

"이따 한번 봐요. 내 친구가 합금으로 만든 유모차 차축을 구해서 달아줄 거예요. 그럼 이제 절대 고장 날 일이 없죠."

유모차 수리를 밀로에게 맡겨두고 나는 그의 딸과 함께 시내를 구경했다. 화창한 날씨에 곧 따뜻한 햇볕을 쬘 수 있을 거란 생각이 들어서 기분이 몹시 좋아졌다. 6일 후면 마케도니아에 가 있을 테고, 12일 후에는 그리스 땅을 밟을 것이다.

밀로의 친구들 목록을 갖고 니시를 떠났다. 그는 친구들이 나를 재워줄 거라고 장담했고, 자기는 친구가 많다고 다시 한 번 강조했다. 나토의 공습을 받은 다리 대신 새로 만든 다리 앞을 지나가면서 나는 밀로가 운이 좋다고 생각했다. 그는 인생의 좋은 쪽에 서 있었고, '알아서 잘' 해나갔으며, '친구'도 많이 있었다.

코소보 국경을 아주 가까이 지나간 적이 있다. 국경 근처에는 각종 비정부 기구에 소속된 건물들이 늘어서 있었다. 그곳에서 비정부 기구들은 이해관계가 다른 당사자들 간에 합의점을 찾아주기 위해 노력하고 있다고 했다. 그 시도들이 실패한다 해도 정치적 상황이 불안한 이 지역에서 조정자 역할은 할 수 있으니 계속 머무는 것이라고도 했다. 터놓고 이야기하자면, 아무리 야만적인 사람들이라도 전 세계에서 보는 눈이 있는데 이웃의 목을 덜컥 자르기야 하겠느냐는 것이다.

하지만 그 지역 단체의 대표인 스텔라는 현지인들보다 훨씬 많은 봉급을 받는 이 '인도주의자'들을 썩 좋아하지 않았다.

"가난에 찌든 동네에 와서 큰돈을 버는 사람들을 누가 믿겠어요?"

국경을 넘기 전날 밤 10시 반에 휴대 전화 벨이 울려서 깜짝 놀랐다. 밀로였다. 내가 어디에 있고 별일 없는지 알고 싶어 했다. 걱정 말라는 내 대답에 그가 고집스럽게 말했다.

"문제가 생기면 나한테 전화해요. 난 친구가 아주 많으니까……."

- 이스탄불에서 트빌리시까지, 세 세계 사이에서
- 밤의 천한 가지 자유
- 벼락을 맞은 듯한 충격
- 세계의 지붕 밑에서
- 푸른 강을 다섯 번 건너다
- 안녕, 테크노!
- 잃어버린 천국
- 바람 부는 땅
- 돈 많은 술탄의 작은 제국

아시아

| 터키 : 지데(Cide). 아시아 쪽으로 가던 길. 내가 살던 곳과 점점 멀어지면서 느낀 감정의 파도, 그리

• 2007년 3월 7일~7월 29일
터키, 조지아, 아제르바이잔

이스탄불에서 트빌리시까지, 세 세계 사이에서

까마득히 먼 곳까지 산, 산, 오로지 산만 보였다. 흑해를 따라 아시아 쪽으로 들어가는 길이었다. 터키를 동서로 가로지르는 폰투스 산맥을 넘어가는데, 가면 갈수록 점점 더 높아지는 산이 끝도 없이 이어졌다. 오른쪽을 보니 긴 물줄기가 급류를 이루며 흘러가다가 산 옆쪽으로 폭포가 되어 쏟아졌다. 물가 근처에 간간이 섬세한 동양풍 모자이크로 전체가 장식된 신축 주택들이 있었다. 왼쪽에는 바다가 있었는데, 바위 해변에서 낡은 나무 캡스턴(주로 선박의 정박용 밧줄을 감는 데 사용하는 기계) 몇 개가 고기잡이배들을 기다리고 있었다. 숲으로 둘러싸인 들판에 마른 풀 사이로 푸릇푸릇한 잔디와 꽃들이 고개를 내밀고 있는 걸 보니 봄이 성큼 다가온 것 같았다. 주위 풍경은 숨이 멎을 정도로 아름다웠지만 길이 워낙 험하고 힘들어서 제대로 볼 정신이 없었다. 나는 유모차 위에 엎드려 금방이라도 숨이 넘어갈 듯 헐떡이며 폐 속의 공기를 토해냈다. 그러고 있자니 내가 이 그림엽서 같은 풍경을 더럽히고 있는 기분이 들었다. 폰투스 산맥의 능선을 여러 주 째 걷고 있었다. 유모차를 밀면서 아무리 걸어도 오르막길은 끝없이 계속되었고, 비로소 다 올랐나 싶으면 고통스러운 내리막길이 시작되었다. 오르막길, 내리막길, 오르막길, 내리막길. 더는 참을 수 없었다. 기운이 없으니 견딜 수 없을 만큼 우울해졌다.

4월 초에 유럽과 아시아 대륙을 가르는 보스포루스 해협을 건널 때는 마음이 찢어지는 것 같았다. 3주 일정으로 나를 보러 이스탄불에 온 어머니와 뤼스를 뒤에 두고 가는 길이었기 때문이다. 무엇보다 견딜 수 없었던 건, 또다시 거대한 대륙에 발을 들였지만 마음이 설레거나 희망이 솟기는커녕 여행을 끝까지 할 수 없을 것 같다는 기분이 들었던 것이다. 5년을 더 고생하며 걷고, 내 의지나 인생관과는 거리가 먼 온갖 결정을 내려야 하는데 도대체 무엇을 위해 그래야 하나? 약속을 했으니까?

바보 같은 약속이야. 자갈에 발이 긁혔을 때 나는 생각했다. 거친 숨을 내뱉으며 어떻게든 힘을 내보려고 안간힘을 썼다. 내가 이런 말도 안 되는 상황에 자신을 던져넣었다. 내가 여러 주 동안 끝도 없이 올라가고 내려가는 산맥을 걷자고 결정했다. 지금 가장 중요한 건 이 길을 무사히 끝까지 걷는 것이다. 그게 다였다. 그래서 나는 고개를 숙이고 짐을 잔뜩 실은 당나귀처럼 꾸역꾸역 걸어갔다. 좋은 시간이 다시 올 거라고 애써 나 자신을 위로하면서.

길을 가는 도중에 만난 마을들에서 나는 환영받으며 편안히 쉴 수 있었다. 터키 민족의 정체성이 어떤지 한마디로 설명하기는 어렵다. 수 세기 동안 수많은 사람들이 오가서인지 서양의 가치와 아랍 전통이 뒤섞여 있었다. 거리마다 케말 아타튀르크 집권 시기를 그린 벽보판이 있었고 그의 초상화가 곳곳에 걸려 있었다. 공공건물, 공원, 학교 교정마다 아버지 같은 미소를 살짝 띠고 있는 아타튀르크의 대형 걸개그림이 있었다. 심지어 집 안에까지 걸어놓았다. 잘 관리된 양복을 입고 앞을 똑바로 응시하는 그는 명실상부한 '국부(國父)'이다. 보는 사람들의 연령대와 시기별로, 분위기별로 여러 가지 모습을 그린 초상화가 있었다. 엄하고 딱딱한 모습의 초상화도 있었고, 여자들과 아이들에게 둘러싸인 너그러운 모습의 초상화도 있었다. 머리를 뒤로 넘기고 비스듬히 위를 바라보는 초상화도 가끔 볼 수 있었다. 아타튀르크는 전방위적인 개혁을 통해 오스만 제국의 제국주의를 청산하고 터키를 현대적인 공화국으로 만들었다. 정치와 종교를 엄격히 분리하는 세속주의를 표방했고 여성에게 참정권을 부여했다.

이슬람 극단주의자들에게 대항하고 아타튀르크의 유산을 지키기 위해 후계자들은 그에 대한 기억을 바탕으로 우상화를 진행했다. 아타튀르크에 대한 터키 인들의 존경과 사랑은 놀라울 정도이다. 국부로서 그는 터키 인들의 이상이고, 진보와 평등을 향한 강렬한 염원을 의미한다. 아타튀르크가 없었다면 터키는 여전히 이슬람주의자들의 손아귀에 있을 터였다.

하지만 그런 자유를 얻기 위해 치러야 하는 대가는 무엇일까? 터키에서 절대 훼손하면 안 되는 것이 두 가지 있다. 아타튀르크의 이미지와 국기(國旗)이다. 이 두 가지 중 한 가지라도 깎아내리면 법정 최고형인 사형까지 받을 수 있다. 군이 감시하고 있기 때문에 늘 조심해야 한다.

남자들이 내게 환영한다는 표시로 "알로!" 하고 외치고, 손가락을 돌려 숟가락질하는 시늉을 하며 차를 권했다.

"차이, 차이!"

어딜 가든 웃으면서 합창하듯 차를 권해서 종종 사양해야 했다. 권하는 족족 받아마시면 도저히 앞으로 나갈 수가 없을 지경이었기 때문이다.

터키 말은 음악적이어서 듣기가 참 좋았다. 우즈베키스탄, 아랍, 페르시아, 멀리는 몽골 평원 사람들이 속삭이는 소리까지 섞여 있는 것 같았다. 아랍과 유럽이 독창적으로 섞여서 묘하고 시적인 인상을 주었다.

산허리에 매달려 있는 것처럼 서 있는 집들은 전통과 현대를 능수능란하게 뒤섞은 양식이었다. 무거운 돌기와 지붕을 얹은 2층 목조 주택인데 각 층이 마치 별채처럼 나누어져 있었다. 1층은 가축을 키우는 외양간이고 2층은 살림집인데, 현대식 자재를 사용해서 외양간 냄새가 2층으로 전혀 올라오지 않도록 지었다.

모든 것이 깨끗하고 잘 정돈되어 있었다. 시장에서는 곡식, 기름, 해산물이 지나가는 사람들이 보기 좋도록 완벽하게 진열해놓았다. 여름 준비가 한창인 바닷가에서도 고기잡이배와 모래밭이 깨끗하게 청소되어 있었다. 북쪽 지방의 영향은 바다를 타고 오는 듯했다. 길가에서 두 백인 여성이 앉아 완두콩 껍질을 까면서 푸른 눈으로 웃어보이는데, 흑해 너머 우크라이나와 러시아가 내게 인사하는 것만 같았다.

샘가에 발길을 멈추고 아픈 발을 물에 식히며 잠시 쉬었다. 산길을 걷는 게 너무 힘들어서 다음 마을까지 도저히 못 갈 것 같았다. 나는 침엽수

그늘 아래 텐트를 치고 깊은 잠에 빠져들었다. 봉우리와 언덕이 끝도 없이 이어지는 지옥 같은 러시아 산맥을 헤매는 꿈을 꿨다. 너무 힘들어서 생각도 마비됐는지 또다시 식량을 덜 챙겨오는 실수를 저질렀다. 벌목꾼들에게 빵과 치즈를 얻어서 유모차에 단단히 넣었다. 나는 계속 걷고, 산을 오르고, 헐떡였다. 피곤하니까 짐도 귀찮고 무겁게 느껴졌다. 캐나다에서 처음 출발할 때는 짐 무게가 35킬로그램이었는데 다니다보니 어느새 50킬로그램이 되었다. 물건을 챙겨야겠다는 욕구를 참을 수가 없었다. 텐트 팩을 고정시키는 데 필요한 작은 망치, 연장 몇 개, 여분의 타이어 펌프, 쌍안경,……. 물질주의적인 세상에 거리를 두고 물건에 대한 의존성을 버리려고 했건만, 시간이 갈수록 더 많은 물건들이 내게 달라붙고 있었다. 속으로 나 자신을 욕했다. 하지만 작은 망치는 챙겼다. 그 망치를 진심으로 사랑했기 때문이다. 손에 없으면 마음이 허전했고, 내게 너무나 많은 기쁨을 주었다. 아이들의 곰 인형처럼 망치는 영혼의 반창고 같은 물건이었다. 차라리 통조림을 버리는 편이 더 나았다.

걸으면서 달리 할 일이 없었으므로 나는 망치와 내 관계를 곰곰이 생각해보았다. 그런 충동 때문에 사람들이 재물을 쌓아두는 건 아닐까? 물건을 갖고 싶다는 충동은 타고나는 걸까, 문화적인 걸까? 서양 풍속에 젖어 있고 잘사는 터키 사람들은 남동 지방의 쿠르드 족들이 점점 더 가난해지는 이유가 일부다처제 전통 때문에 스무 명쯤 생긴 자식들을 먹여살리느라 그렇다고들 한다. 그런데 이렇게 상황이 극단적이기 때문에 반대쪽의 극단으로 정신없이 달려가야 한다는 변명이 정당한 걸까?

이스탄불에서 나는 무척 현대적인 작은 식당의 화장실에 갔다가 너무

사치스러워서 충격을 받은 적이 있었다. 아무것도 손댈 필요가 없었다. 불도 자동으로 켜지고, 변기 커버 비닐도 자동으로 교체되고, 동작 센서가 달려 있어서 조금만 움직여도 휴지통과 세면대가 알아서 작동했다. 현대 자본주의는 양 극단 사이에서 어색하고 우스꽝스러운 싸움을 벌이도록 강요한다. 터키 인들은 어떤 길을 택할 것인가?

어느 날 저녁 아야즈라는 마을에서 만난 친구들이 그 동네에서 명망이 높은 노인을 한 분 소개해주었다. 노인은 청록색 윗옷에 섬세하게 짠 모직 조끼를 입었고, 초록색 머리쓰개에 반쯤 가려진 비쩍 마른 얼굴에 하얀 수염을 길게 길렀다. 이름은 야쿱 야샤르라고 했다. 야쿱 노인은 한 손에 쥐고 있던 지팡이를 놓고 내 손을 잡더니 자기 집으로 향했다.

"얼른 따라가요."

친구들이 눈짓으로 일러주는 걸 보니 그분이 식사에 초대해주는 건 대단한 영광인 모양이었다.

나는 소탈하지만 기품 있는 야쿱 노인에게 금세 친근감을 느꼈다. 나무로 지은 집은 친밀하고 따뜻한 분위기를 풍겼다. 벽에는 메카의 카바 신전을 수놓은 술 달린 낡은 양탄자가 걸려 있었다. 방 안쪽에는 빨간 법랑을 칠한 주철 난로 위에 무거운 구리 주전자가 다음 겨울을 기다리듯 놓여 있었다. 노인과 내가 레몬즙을 뿌려서 맛을 낸 뜨거운 초르바(수프)를 먹는 동안 안주인 할머니가 양고기로 만든 고기 완자인 '쾨프테'에 채소, 토마토를 푸짐하게 곁들인 접시 두 개를 가지고 왔다.

식사가 끝나자 야쿱 노인은 의식을 치르듯 경건하게 튤립 모양의 섬세한 잔에 호박빛이 영롱한 차를 따라주었다. 그리고 자식들이 다 집을 떠나서 옆집이 비어 있으니 하룻밤 자고 가라고 했다. 성공한 자식들은 노인의 큰 자랑거리였다. 몇몇은 이스탄불에 살고 독일에 사는 자식들도 있다고 했다. 독일에는 터키 인이 400백만 명가량 살고 두 나라는 밀접한 관계를 맺고 있는 듯했다. 터키의 정치인들처럼 야큽 노인도 유럽이 터키의 안녕을 보장해줄 거라고 생각했다. 손자들은 인터넷을 하고 록 음악을 들었으며, 손녀들은 청바지와 미니스커트를 입었다.

몇 주 전 정부의 이슬람화 정책에 반대하는 수십만 명의 젊은이들이 시위를 벌였는데 야큽 노인의 손주들도 참가했을까? 세속주의와 자유를 지키기 위해 자발적으로 거리에 쏟아져나온 군중들은 터키 역사상 손꼽히는 대규모 집회를 열었다. 감히 물어볼 수는 없었지만 부지런한 야큽 노인의 평온한 일상이 흔들릴 것 같다는 예감이 들었다.

해변에서 만난 젊은이들이 단호한 목소리로 말했다.

"우리는 세속주의를 지키기 위해 점점 더 치열하게 싸울 겁니다."

경사가 완만한 길을 걸으며 나는 세계의 길목에 살고 있는 민족들의 운명을 생각했다. 유럽을 갈망하지만 강력한 이웃 이란의 영향력을 피할 수 없는 터키 사람들, 나토와 미국의 힘을 빌려 거대한 러시아에 맞서보려는 조지아 사람들. 이 지역의 역사는 이리저리 움직여 다니는 정체성을 고스란히 보여준다.

터키 비자가 며칠 후면 만료되기 때문에 서둘러 조지아로 가는 국경지대에 도착했다. 며칠 전에 투르크메니스탄 독재 정부에게서 입국 허가를 내주지 않을 거라는 통보를 받았다. 여행을 계속할 유일한 방법은 이란을 통과하는 것이었다. 하지만 이란 정부는 비자를 감질나게 짧은 기간씩만 내주었다.

안개가 자욱하고 덥고 습한 아라클르를 떠났다. 계속 걷다가 조지아에 도착해서 쉴 생각이었다. 남쪽을 보니 눈 덮인 카츠카르 산봉우리가 있었다. 국경 근처에 있는 카츠카르 산은 해발 4000미터쯤 된다. 낮은 구릉 지대에서는 여자들이 찻잎을 수확하고 있었다. 찻잎을 따서 자루를 채우면 케이블을 이용해서 산에서 처리 공장으로 곧바로 보냈다. 바다에서 불어오는 바람의 방향이 바뀌니 찻잎이 마르면서 나는 나무 향 같은 냄새가 코끝을 스쳤다. 그 향을 맡으며 다음 차는 조지아에서 마셔야겠다는 생각을 했다.

일주일이 지나니 터키에서의 추억도 술 냄새 속으로 사라졌다. 조지아는 터키와 충격적으로 다른 곳이었다! 국경을 넘자마자 나는 역사에 또다시 뒤통수를 맞은 기분이 들었다. 이 구 동구권 국가의 군데군데 파헤쳐진 길에서, 미니스커트를 입은 여성들이 우아하게 바큇자국 위를 건너뛰고 술 취한 남자들을 피해갔다.

녹인 치즈 한 접시를 놓은 식탁에 끼여서 나는 사르피 시장의 끝없이 이어지는 건배 제의에 박자를 맞추고 있었다. 조지아와 캐나다의 우호를 위해! 평화를 위해 한 잔 죽 들이켜요! 우리는 일어서서 술잔을 부딪치고 마시고 또 잔을 채웠다. 보드카가 들어가니 목구멍과 배 속 깊숙한 곳까지 뜨거워졌다. 술자리가 새벽까지 계속될 것 같아서 무섭기까지 했다.

나를 이 술자리로 이끈 사람은 국경 근처 사르피 관광 안내소의 주랍이라는 청년이었다. 그날 저녁에 술을 어찌나 마셔댔던지 주랍은 턱뼈가 빠지기까지 했다. 그런 광경을 생전 처음 본 나는 깜짝 놀랐는데 그는 태연하게 빠진 뼈를 끼워넣고는 또다시 보드카를 입에 털어넣었다. 덜걱거리는 턱 때문에 얼굴은 한층 더 나사가 풀려보였지만 영어는 더 술술 말했다. 다음 날 그들은 또다시 "조지아에서 좋은 시간 보내요! 여행 잘해요!" 하고 큰 소리로 건배를 외쳤고, 나는 지독한 숙취에 시달리며 마을을 떠났다.

길가에 서 있는 십자가를 보니 정교 국가를 지나간다는 실감이 들었다. '정말 경건한 분위기인데.'라고 생각하는 순간 골동품같이 생긴 작은 트럭이 빵빵거리며 내 옆을 스쳐지나갔다. 너무 놀라서 심장이 멎는 줄 알았는데 가면 갈수록 길에 드러누운 소들 사이를 요리조리 빠져나가며 미친 듯이 질주하는 자동차들 때문에 공포에 떨어야 했다. 그러다 꼭 사람이 죽을 것만 같았다.

여름 휴가철이 시작된 지 얼마 안 되어 휴가객들이 별로 없었지만, 사람들이 드문드문 해변에 앉아 하얀 피부를 태우고 있었다.

흑해 연안에 있는 바투미에서 만난 베직이라는 남자가 하룻밤 재워주었다. 그는 구소련 시대에 세워진 흉물스러운 주택 단지에 아파트를 한 채 갖고 있었다. 아파트의 낡은 콘크리트 계단을 올라가는데 칙칙한 벽에 의심쩍은 얼룩이 점점이 찍혀 있었다. 베직의 집은 수수했지만 무척 아늑하고 따뜻했다. 식구들이 내게 인사하는 동안 안쪽에 놓인 텔레비전에서 조지아 말로 더빙된 80년대 미국 드라마 〈댈러스〉의 비극적인 에피소드가 방영되고 있었다.

우리는 식탁에 둘러앉아 각자 손에 소뿔로 만든 술잔을 들고 돌아가면서 온갖 소원을 이야기하며 건배를 했다. 갑자기 베직이 일어나더니 피아노를 치기 시작했고 그의 아들 레바르가 합세했다. 우리는 부자가 함께 연주하는 민속 음악에 맞춰 노래하고 춤을 췄다. 그러다가 술기운이 꽤 올라서 '바투미의 밤' 행사를 보러 나갔다. 웅장한 중세 성벽과 로마 시대 건물들의 아름다움을 돋보이게 하는 조명과 분수, 멋들어진 음악 공연을 구경하며 마법 같은 시간을 보내다보니 구소련의 유물인 황폐한 콘크리트 건물들은 잠시 잊을 수 있었다. 낡고 추한 주택 단지에서도 웃음과 노랫소리가 끊이지 않았다.

공원에서는 가벼운 옷을 입은 틀에 찍은 듯 예쁜 아가씨들이 밝은 눈빛의 젊은 남성들에게 대담한 눈길을 보냈다. 여름, 술, 언젠가 이루어질 사랑의 냄새가 났다. 소박한 조지아 국민들의 희망이 오랜 세월에 걸쳐 천천히 커지고 있는 것 같았다.

다음 날 흑해 연안을 따라 동쪽을 향해 걸으면서 나는 지금껏 마신 보드카와 포도주, 손님들, 아이들, 노인들, 사라진 사람들, 친구들, 이웃 나라들, 음식에 대해 다시 생각해보았다. 조지아 사람들은 기분이 좋을 땐 가족의 적을 위해서도 건배를 했다. 최근에는 개구리들을 위해 건배를 하며 재미있어서 웃음을 터뜨렸다. 냉전이 끝나면서부터 조지아에 몰려든 미국인들을 위해서도 건배를 했다.

미국인들은 카스피 해의 에너지 자원에 눈독을 들이며 러시아의 턱밑까지 진출했고 조지아 인들은 그런 상황을 즐거워했다. 영토 분쟁 때문에 러시아 물건 불매 운동이 벌어졌을 만큼 힘센 이웃 러시아에 대한 감정이 영 좋지 않고 부패한 권력층은 세계은행의 지원금으로 자기 배만

불린다. 나라 상황이 이렇게 혼란스러우니 미국의 보호가 축복이라고 하는 사람들도 있다. 조지아 인들이 자신들의 요람이라고 생각하는 유럽은 조지아에 관심이 없고 초창기 식민지 정도로 여기기 때문이다.

초록색이 가득한 아열대 풍경 속에 있으니 마음이 느긋해졌다. 나는 동구권에 속했다가 느리게 '서구화'되어가는 조지아 사람들과 많은 이야기를 나눴다. 치장하기 좋아하는 젊은 여성들이 사실은 수줍음을 무척 많이 타고 아직도 사회가 무척 보수적이고 종교적이라 혼전 성관계는 거의 불가능하다는 사실도 알게 되었다. 나는 코불레티의 예쁜 해변에서 아이들이 물놀이하는 모습을 물끄러미 지켜보았다. 도시의 폐허에서는 아직 지나간 불행의 흔적이 눈에 띄었지만 연안을 따라 공사가 한창이었고 화려한 호텔, 아름다운 저택, 고급 클리닉 같은 건물들이 하루가 다르게 생겨났다. 코카콜라 소유주가 곧 고급 휴양 단지의 문을 연다고 했다. 코불레티를 조지아 판 '리비에라'로 만들 계획인 듯한데, 물론 공산주의의 이상과는 거리가 멀다. 내륙 쪽으로 들어갈수록 공산주의가 남긴 폐허가 더 많이 눈에 띄었다. 세계에서 가장 오래된 도시 중 한 곳인 쿠타이시 외곽에는 버려진 초대형 공장이 수십 곳이나 되었고, 그 앞을 낡은 라다 자동차들이 검은 매연을 토해내며 지나가고 있었다.

코카서스 산맥의 가파른 도로를 고물 트럭들이 나를 아슬아슬하게 지나쳐서 지그재그로 올라갔다. 나중에 엔진 오일을 파는 작은 가게 앞에서 그 트럭들을 다시 만났다. 연기가 피어오르는 고물차를 고치는 운전사도 있었다.

때때로 경찰들이 나를 보호한다는 명목으로 같이 다녀주었다. 조지아에서 며칠을 지내고나니 체력이 확연히 약해지는 것 같았다. 권하는 술을 예의상 거절하지도 못하고 아침부터 마실 때가 많으니 그럴 수밖에 없었다. 이곳 사람들은 술 때문에 힘든 삶을 술로 위로하려는 것 같았다. 몇몇 여자들의 안색과 눈빛이 어두운 걸 보니 내가 자리를 뜨면 흥청거리던 분위기가 곧바로 폭력적으로 변하기도 하는 듯했다. 그래서 다음에 만날 땐 잔을 높게 들고 여자들과 사랑하는 사람들을 위해 건배를 제의했다.

트빌리시를 지나서 내가 들른 곳은 포도 농사에 적합한 건조한 지역이었다. 무성한 포도나무 사이에 작은 돌집 몇 채와 섬세하게 장식된 양철 지붕을 얹은 벽돌집 몇 채가 있었다. 사근사근한 성격의 쿠추와 마리안 노부부가 나를 집에 초대해주었다. 쿠추는 엔지니어, 마리안은 생물학자였으며 구소련 시대 우크라이나에서 일하다가 은퇴했다고 한다. 마리안이 욕실로 뜨거운 물을 담은 냄비를 갖다주었다. 욕실에 있는 수도꼭지에서는 하나같이 물이 나오지 않았다. 수도 시설이 곳곳에서 고장이 나서 우물이나 샘에서 물을 길어와서 가스풍로로 덥혀야 했다. 전기 공급망도 대충 수리를 해놔서 바람이 한 점도 없어야 겨우 작동을 한다고 했다. 그러니까 작동하는 날이 거의 없다는 얘기였다.

하지만 놀랍게도 쿠추와 마리안 부부는 전혀 불편함을 느끼지 않는 것 같았다. 두 사람은 내게 스크램블 에그, 치즈, 오이, 토마토를 대접해주었다. 갑자기 전화기가 울렸는데 아무도 받지 않았다.

"우리 전화가 아니라서요."

부부가 내게 설명해주었다. 마을 사람들이 같이 쓰는 공동 전화기인데

| 아제르바이잔 : 금니를 번쩍이며 웃던 아제르바이잔 여성.

각자 벨 소리가 다르다고 했다. 좀 더 신중을 기하려면 미리 약속을 잡고 정해진 시간에 전화를 하는 게 좋다고도 했다.

6월 29일에 아제르바이잔으로 가는 국경을 넘었다. 곧 이란으로 간다는 생각에 마음이 몹시 들떴다. 전혀 기대하지 않았는데 이란 정부는 한 달 비자를 주었고 테헤란으로 가면 다시 연장해 주겠다고 했다. 나는 코카서스 산맥을 따라 '황금 미소'의 나라 아제르바이잔으로 갔다. 석유가 풍부하고 88.73%의 경이로운 득표율로 당선된 알리에프 '대통령'의 거대 초상화가 곳곳에 걸려 있는 나라, 그곳이 아제르바이잔 '공화국'이다.

사람들은 가난하고, 외국인이 방문해서 무척 신이 나는지 끊임없이 나를 따라다니고, 내 유모차를 뒤지고, 내가 쓰는 걸 읽고, 눈이 마주치면 금니를 드러내며 헤벌쭉 웃었다.

그리고 나는 '악의 축' 이란에 도착했다.

• 2007년 7월 30일~10월 29일
이란

밤의 천한(1001) 가지 자유

2007년 8월 1일 이란 국경을 넘었고 나는 또다시 그때까지 갖고 있던 고정 관념이 뒤집히는 경험을 했다. 이란에 대해 내가 알고 있었던 건 치렁치렁한 검은 옷을 뒤집어쓴 여자들과 반유대주의를 공공연히 표방하고 히틀러를 숭배한다고 열광적으로 외쳐대던 마무드 아마디네자드[제6대 이란 대통령(재임 기간 2005~2013)] 대통령뿐이었다. 그래서 나는 이란이 막연히 유령 같은 여자들과 늘 기도 중인 이슬람교 율법 학자들이 가득한 무덤 같은 나라일 거라고 생각했다. 고백하자면 나는 지독한 무식쟁이였다.

카스피 해 연안에 있는 아열대 기후의 국경 지대 도시 아스타라에는 이란 인 여행객들이 무척 많았다. 길거리마다 사람들이 가득했고 시장의 좁은 골목길에는 각종 옷가지, 채소, 향신료 들이 넘쳐났다. 엘부르즈 산맥에 갇힌 습기가 연안 쪽에 무성한 숲과 바다까지 이어지는 광활한 논

| 이란 : 델리잔. 차도르를 쓰건 안 쓰건, 반짝이는 보석에 관심을 보이지 않는 사람이 있을까?

을 만들어놓았다. 아제르바이잔이 가깝고 바닷가에 감도는 나른한 분위기 때문인지 엄격한 이슬람 율법도 좀 관용적인 것 같았다. 느슨하게 맨 차도르 사이로 귀가 보이는 여자들을 여럿 보았다.

거리에 프랑스 자동차가 많은 것도 인상적이었다. 현지 공기업에서 조립하는데 푸조가 제일 많았고 르노와 시트로엥도 있었다. 어떤 운전자들은 군중 사이를 요리조리 통과하며 길을 찾아갔고, 차창에 팔꿈치를 걸치고 음악을 크게 틀어놓는 이들도 있었다. '악의 축' 이란이 아닌 딴 세상에 와 있는 기분이 들었다. 내가 갖고 있던 기준들을 빨리 바꾸어야 할 것 같았다.

기원전 6세기에 페르시아 제국을 세운 키루스 2세 시대부터 아랍에 정복당할 때까지, 이란은 침략자들이 가져온 것들에도 자신만의 독창성을 불어넣으며 독자적인 문화를 발전시켜왔다. 7세기에 이슬람 국가가 되었지만 아랍 문화에 융화되지 않고 선조들의 문화를 간직한 채 개종만 하였다. 이란에는 수피파(수피즘이라고도 하며 이란 시아파와 비슷한 신비주의 이슬람 종파이다. 인간은 저마다 내면에 신의 일부가 있다고 믿는다.)가 다수를 이루며 그들은 고대 조로아스터교의 여러 상징들을 이슬람화해서 되살려냈다. 예를 들어 조로아스터교에서 피를 상징하는 포도주는 신성하기 때문에 이란 인들은 이슬람교로 개종한 뒤에도 계속 마신다. 이란에서 지내는 동안 나는 이러한 음주 전통(다분히 쾌락적인!)이 얼마나 생생하게 남아 있는지 몸소 체험할 수 있었다. 지식인 가정에서 하룻밤 신세를 질 때 이란의 유명한 시인인 오마르 하이얌(페르시아의 시인·천문학자·수학자)의 시를 몰래 읊는 걸 자주 들었다.

> 포도주를 마시는 것, 환상에 따라 사랑하는 것
> 위선적인 독신자(篤信者)가 되는 것보다 낫다네.
> 술 취한 사람과 연인에게 지옥이 예정되어 있다면
> 아무도 천국을, 신의 양식을 바라지 않으리.
>
> (오마르 하이얌의 4행 연작시 '루바이야트'에서)

처음에 나는 이런 이중생활을 모르고 이란 사람들이 뼛속까지 독실한 이슬람교도인 줄로만 알았다. 그래서 수단에 있을 때처럼 공들여 수염을 길렀다. 이슬람 국가에서는 수염을 길러야 더 호감을 느낄 거라고 생각해서였는데 완전히 실수였다. 이란에 도착하고 며칠 후, 라슈트의 길가에 있는 한 식당에 들어갔을 때였다. 라슈트는 연안 지대와 엘부르즈 산맥의 경사면 사이에 위치한 큰 도시이다. 빛바랜 녹색 벽의 오래된 식당에 내가 들어서자 손님들 사이에 무거운 침묵이 흘렀고, 식당 주인은 차가운 목소리로 주문을 받더니 내 앞에 음식 접시를 던지듯이 놓았다. 식사를 마칠 때쯤 주인은 도저히 못 참겠다는 듯 나가라고 손짓을 하더니 손가락으로 내 수염을 가리키며 말했다.

"그거 깎아요!"

그날 저녁 노점에서 만난 어떤 남자가 현재 이란에서 수염을 기르는 건 정권을 지지한다는 표시라고 내게 설명해주었다. 그의 옆에 앉은 남자가 말없이 손으로 수염을 쓰다듬는 시늉을 한 다음, 터번을 표현하는 듯 손가락으로 머리 주위를 빙글빙글 돌렸다. 그러고나서 엄지손가락을 세우고 까딱까딱 움직이며 못마땅한 표정을 지었다. 나는 그게 무슨 뜻인지 단박에 알아차렸다.

다음 날 나는 깨끗이 면도를 하고 거리를 활보하며 사람들이 어떻게 살아가는지 찬찬히 살펴보았다. 검은 차도르를 쓴 부인들이 양팔을 휘저으며 걷고 있었는데, 하늘거리는 긴 옷자락이 바람을 품어 부푼 모습이 꼭 날아다니는 연 같았다.

수많은 공원과 정원에는 색색의 옷을 차려입은 사람들이 가득 모여 있었다. 그곳에서 사람들은 책을 읽고, 축구를 하고, 소풍을 즐겼다. 공원마다 캠핑장이 무척 잘 조성되어 있어서 놀랐다. 이동의 자유를 억압받고 세계로부터 고립된 이란 사람들이 탈출에 대한 갈망을 도심에서 캠핑을 하며 채우는 것 같았다. 저마다 다양한 색깔의 텐트를 치고 알록달록한 이불과 페르시아 양탄자를 보란 듯이 깔아놓았다.

나무 밑에 커다란 자리를 펴놓고 식사를 하는 가족들도 있었다. 청소년들은 벤치에 옹기종기 모여앉아 서로 휴대폰을 비교하고, 인기 스타의 사진을 교환하고, 금지곡을 들으며 키득거리고 있었다.

남부 내륙 쪽으로 걸어가면서 엘부르즈 산맥을 지나서 중앙 고원과 카즈빈에 도착했다. 거기서 조금만 더 가면 테헤란이었다.

숨이 막힐 정도로 더웠지만 도무지 사람이 살 것 같지 않은 사막 같은 곳에서도 반드시 현지인이 불쑥 나타나서 따뜻한 말투로 내게 도와주겠다고 했다. 재워줄 사람을 쉽게 찾을 수 있었고, 청하기도 전에 도와주겠다고 나서는 사람들도 많았다. 마을이 너무 멀리 떨어져 있어서 작은 둔덕 두 개 사이에 텐트를 펴고 잠을 청했다. 그렇게 어딘지 모를 곳에서 웅크리고 자고 아침에 일어나보니 유모차 바퀴에 구멍이 나 있었다. 투덜거리며 고치고 있자니 세상에 혼자 남겨진 기분이 들었다. 나는 사막 풍경 사진을 몇 장 찍고 쌍안경으로 지평선 쪽을 한 바퀴 둘러보았다. 그리고 다시 유모차를 밀고 길을 가려는데 등 뒤에서 고함치는 소리가 들렸다.

"여권, 여권 내놔!"

아무 소리를 듣지도 못했는데 어느새 와 있었던 작은 4륜 구동 트럭에서 남자 넷이 내려서 나를 에워쌌다. 덥고 목이 말라서 나는 무척 짜증이 났다. 그래서 특히 공격적으로 군 수염 난 남자에게 바짝 다가가서 화를 내며 말했다.

"아니, 여권 못 주겠어. 우선 '이란에 오신 걸 환영합니다.'라고 해야지. 그다음엔 '여권 좀 볼 수 있을까요, 선생님?'이라고 해."

그의 눈이 휘둥그레졌다. 초록색 제복을 입은 몸이 뻣뻣하게 굳고 얼굴이 일그러지는 걸 보니 충격을 단단히 받은 것 같았다. 하도 열을 내니 내 귀에서 연기라도 났는지 그들 중 한 남자가 한결 부드러워진 목소리로 물을 권했다. 나는 거절하고 내 홈페이지와 이메일 주소를 적은 종이 한 장을 내밀었다.

"여기 접속해봐요."

그런 다음 나는 뒤돌아서서 덜컹거리는 유모차를 밀고 길을 떠났다.

사막에서 또다시 하룻밤을 보내고 다음 날 델리잔 시내에 갔는데, 초록색 모터사이클 한 대가 내게 다가왔다. 모터사이클에는 사복 경관과 통역사가 타고 있었는데, 경관은 굉장히 정중하게 내게 여권을 달라고 했다.

"사진을 찍으셨군요."

통역사가 내게 말했다.

"네, 풍경이 너무 아름다워서요."

"경관이 이 멋진 사진들을 검사하고 싶다고 하는군요."

"그럼요. 여기 있어요."

마무드 경관은 무척 집중해서 사진을 재빨리 훑어보고 웃으면서 내 사진기를 넘겨주었다. 그가 호텔도 잡아주겠다고 했지만 나는 정중하게 거절했다. 체류 기간이 얼마 남지 않아서 반다르아바스에 일정에 맞춰 도착하고 싶었기 때문이다. 경관은 웃음을 띤 채 눈을 맞추면서 내 손을 아주 꽉 한 번 쥐었다가 놔주었다.

나중에 사귄 기자 친구가 그 경관은 이슬람혁명수비대에 소속된 사람이며, 그 기관은 정권에 반대하는 사람들을 체포해서 고문하는 일도 한다고 했다. 이어지는 여러 주 동안 나는 자주 미행당하는 느낌을 받았다. 대화는 민감한 부분에서 자꾸 끊겼고, 많은 이란 사람들이 자신들도 끊임없이 쫓기는 듯한 기분을 느낀다고 털어놓았다. 나를 재워준 집주인들 중 몇몇도 내가 다녀간 뒤에 경관이 찾아와서 몇 가지 질문을 했다고 했다. 하지만 이런 압력을 받으니 주눅이 들기는커녕 오히려 더 궁금해졌다. 나는 집주인들에게 부시, 핵무기, 유대 인들을 어떻게 생각하는지 주저 없이 물어보았다. 그들의 대답은 깜짝 놀랄 만큼 의외였다.

날이 갈수록 정권에 반대하는 사람들이 늘어나는 것 같았고, 사람들은 비판적인 의견을 공개적으로 드러내는 걸 주저하지 않았다. 정권 지지자도 몇 명 만났지만 나를 재워준 가족들 대부분이 입조심을 하면서도 이슬람 혁명 전에 누렸던 자유를 아쉬워하는 듯한 이야기를 조금씩 흘렸다. '예전'엔 포도밭을 가꾸었고, '예전'엔 석유를 배급받지 않았고, '예전'엔 여자들이 자유로웠다고 했다. 전쟁이 날까?

"전쟁이 날 리가 없어요. 우리는 미국을 사랑한다고요!"

어떤 이들은 농담을 하듯 말했다.

"미국인들이 테헤란에 폭탄 몇 개 떨어뜨리면 좋겠어요. 아프가니스탄으로 가려면 어쨌든 우리나라를 지나가야 하잖아요."

그들과 이야기를 나누는 동안 뒤에 틀어놓은 텔레비전에서는 수염 난 사람들이 끊임없이 혼자 떠드는 화면이 방영되고 있었다. 어느 채널을 틀어도 똑같이 고정된 화면이었다. 하지만 이렇게 극도로 억압적인 상황에서도 미세한 균열은 있었고, 사람들은 날마다 그 틈을 통해 숨통을 틔우고 있었다.

겉으로는 율법 학자들이 강제한 엄격한 종교법에 따라 모든 것을 꼭꼭 닫아두고 있었다. 하지만 나는 차도르 아래 눈썹을 정리한 여자를 보았다. 공원에서는 젊은이들이 금지된 욕망을 담은 뜨거운 눈길을 주고받았다. 라마단이 한창인데도 집 안에서 몰래 음식을 먹는 가족들이 많았다. 나는 이란에서 라마단 기간 중에 끼니를 놓친 적이 한 번도 없었다. 겉보기엔 문을 닫은 식당도 안으로 들어가보면 창문에 칠을 하거나 신문지를 붙여 가려놓고 식사를 하는 사람들로 가득했다.

이스파한에서 100킬로미터 쯤 떨어진 곳에서 나는 파르자드라는 공대생을 만났는데, 그는 외국인과 이야기를 무척 나누고 싶어 했다. 우리는 인터넷 카페에 있었고, 내가 인터넷이 너무 느리다고 불평하자 파르자드가 설명했다.

"뭐든 다 검열해서 그래요."

그러고나서 밑도 끝도 없이 불쑥 물었다.

"프렌치 키스라는 게 뭐예요?"

오랫동안 품고 있던 질문인 것 같았다. 내 설명을 듣더니 부끄러운 듯 얼굴을 붉혔지만, 그는 이내 새로운 문물에 적응했고 학구열을 불태우며 나를 놓아줄 생각이 전혀 없는 듯했다. 파르자드는 나를 데리고 햇볕이 이글거리는 길을 걸어 자기 집으로 갔다. 그의 부모님은 나를 무척 따뜻하게 맞아주었고 식사를 함께 하자고 했다. 그 집도 라마단을 그리 엄격히 지키지 않는 것 같았다.

식탁에 앉으니 파르자드의 여동생들이 왔는데 청바지에 몸에 붙는 민소매 옷을 입었고 긴 머리가 어깨에서 넘실거렸다. 텔레비전에서는 시엔

엔(CNN) 방송이 나오고 있었다. 파르자드의 아버지가 담요 밑에 감춰둔 술 단지를 꺼내며 지붕에 위성 안테나를 몰래 설치했다는 이야기를 했다.

“많이들 갖고 있어요. 가끔 경찰이 와서 다 압수해가요. 그러면 다시 달죠.”

우리는 오후 내내 물담배를 피우며 내 여행, 지나온 나라들과 그 나라 사람들의 생활 습관 등에 관한 이야기를 나누었다. 평범한 가족의 평범한 일상이었다. 그들은 무척 교양 있는 사람들이었고 정권에 대한 비판은 전혀 하지 않았다. 하지만 그런 생활 방식은 은밀하고 끈질긴 저항이었다. 그들은 원한이나 증오 없이, 모든 위험을 무릅쓰고 행복을 만들어가고 있었다.

폐쇄적인 이슬람법과 사람들의 실제 열망은 테헤란에서 더욱 강렬하게 대비되었다. 1400만 명이 사는 거대 도시인 테헤란은 사회적인 격변을 앞장서서 이끌었으며, 서양 언론을 통해 수많은 얼굴을 보여주고 있었다. 사람들은 하나같이 이슬람법이 놓치는 자유의 부스러기라도 맛보려고 안간힘을 썼다. 여자들은 곱게 화장을 하고 머리쓰개를 최대한 느슨하게 묶어서 애교머리를 몇 가닥 밖으로 냈고, 차도르 안에 몸에 붙는 청바지를 입었다.

하루는 쇼핑몰에서 두 소녀가 액세서리 가게 진열창 앞에 딱 붙어서 소곤소곤 이야기를 나누는 모습을 보았다. 꼭 맞는 검은 옷이 날씬한 몸매를 드러냈고 허리에는 가느다란 금빛 사슬 띠를 둘렀다. 향수 냄새가 은은하게 풍기는 소녀들 뒤를 잠시 따라가 보았는데, 갑자기 복장 단속반 경찰 트럭이 서더니 그녀들을 태웠다. 나는 막연히 불안한 마음으로 몇 미터 떨어진 곳에서 기다렸다. 잠시 후 고개를 푹 숙인 소녀들이 내렸는데 화장은 그대로였지만 금빛 허리띠가 없었다.

그날 나는 또 다른 현실에 발목을 붙잡혔다. 몇몇 지역에서 일어난 폭력 사태 때문에 여정을 바꾸어야 했던 것이다. 원래는 이란, 아프가니스탄, 파키스탄의 국경 지대에 걸쳐 있는 황량한 산악 지대인 발루치스탄의 동쪽 지역을 통과해서 파키스탄으로 가고 싶었다. 하지만 테헤란 주재 캐나다 영사관에서 말렸다.

시스탄-발루치스탄 주는 이란에서 가장 가난한 지역이며 이란 보안군과 각기 다른 지역 무장 단체들 사이에서 격렬한 무력 충돌이 벌어지고 있었기 때문이다. 정치적인 이유(발루치스탄에는 이란에서 가장 큰 수니파 공동체가 있는데, 그들은 시아파에게 압제당한다고 생각한다.)도 있었고 마약 문제도 있었다. 그 지역은 아프가니스탄에서 생산되는 헤로인이 운반되는 주요 거점이다.

남쪽으로 가서 반다르아바스 항구에서 아랍에미리트, 그리고 두바이 공항으로 가라는 충고를 들었다. 콜롬비아와 리비아에 이어 세 번째로 길을 돌아가야 했다. 폭력적인 분쟁 때문에 어쩔 수 없이 비행기를 타야 한다고 생각하니 마음이 몹시 안 좋았다.

얼마나 자유가 없으면 사람들이 도피책을 찾을까? 이란 중앙 산악 지대에 마약이 만연한 것을 나는 눈으로 확인했다. 이란은 헤로인과 아편 중독자가 300~400만 명으로 세계 1위를 달리고 있다. 가장 많이 소비되는 아편은 페르시아 전통 약이기도 해서 가끔 부산한 아이들을 얌전하게 만들기 위해 사용하기도 한다.

길가 휴게소, 가게, 여인숙 문 앞 할 것 없이 어디서나 사람들은 생아편인 '테리아크'를 피웠다. 아예 입에 달고 다니는 사람들도 있었고, 한 번씩 습관적으로 피우는 사람들도 있었다. 더러운 문기둥에 기대앉아 아편을 피우던 남자가 떠오른다. 그는 쇠로 만든 조그만 곰방대를 가스버너에 대고 벌겋게 달궈서 아편진에서 나는 연기를 들이마셨다. 멍한 얼굴은 피로에 절어 있었고 눈빛에 생기가 전혀 없었다. 이란 사람들이 지극히 친절하면서도 무기력한 이유 중 하나가 마약 때문은 아닐까 생각해보았다. 그들의 놀라운 운명은 여전히 내게 수수께끼로 남아 있다.

이란에서 마약 밀매상은 공식적으로는 교수형에 처해진다. 하지만 희한하게도 어디서나 온갖 종류의 마약을 구할 수 있었고 가격은 말도 안 되게 저렴했다. 이곳 사람들이 행동할 때마다 외치듯이 '위대한 알라' 덕분인 듯했다.

나는 사베로 가는 길로 접어들었고 이스파한을 향해 산악 지대의 풍경 속을 걸어갔다. 사막에서 며칠을 보낸 끝에 화려한 옛 건축물들을 품은 초록빛 보물 상자 같은 고대 페르시아의 수도 이스파한에 도착했다. 2년 전 에스파냐에서 만난 마드리드 출신 친구가 시내의 여러 명소, 섬세하게 빛나는 도자기가 가득 있는 이슬람 사원, 공원, 아이들이 물장난을 치는 나그셰 자한 광장의 분수를 구경시켜 주었다. 분위기가 무척 경쾌하고 평온했다. 무거운 그림자를 드리우며 돌아다니는 검은 차도르를 입은 여자들이 없으면 유럽에 있는 것 같았다.

도무지 이해할 수 없었다. 무슨 일이 벌어진 걸까? 어떻게 사람들이 이 지경까지 갔을까? 다른 세계를 전혀 모르는 젊은이들은 내 세계 여행 이

야기를 천진한 표정으로 넋을 잃고 들었다. 시라즈 시내 잔드 성 앞에서 기술 전공 대학생을 열 명 남짓 만나서 이야기를 나누었다.

"캐나다는 어때요?"

"거기선 뭘 먹어요?"

"캐나다의 민주주의는 어떤가요? 거기는 정당이 여러 개 있지요? 정당은 어떤 기능을 하나요?"

그들은 내 대답을 열심히 들었고 수많은 질문을 쏟아냈다. 사방에서 휴대 전화를 꺼내서 내 유모차 사진을 찍어댔다. 그들은 대부분 이란 밖으로 나갈 수 없을 것이며 그들도 그 사실을 잘 알고 있었다. 휴대 전화는 유일한 오락거리이다. 그들은 음악, 영상, 시 같은 것들을 휴대 전화로 교환했다. 휴대 전화라는 작은 창이 난 감옥에 갇힌 죄수들처럼 살고 있었다. 그 창을 통해 그리 대단한 걸 보는 건 아니지만 그래도 벽보단 나았다.

그리고 이 역설적인 상황에 대해서도 생각해보았다. 나를 좋아해주고, 신경 써주는 이 사람들이 내 나라 사람들을 위협하는 폭탄을 개발하고 싶어 한다는 사실을.

나는 내일 이란이 보통 사람들로 이루어진 군대의 침략을 받는 상상을 했다. 이란 사람들이 나를 대할 때처럼 따뜻하게 그들을 맞아주고, 모두 "전쟁은 그만!"이라고 외치는 상상을 했다. 우리가 소중하게 여기는 가치는 너무나 비슷했다. 그래서 나는 내 피붙이들과 헤어지는 듯한 아쉬움을 느꼈다.

혁명의 수호자들은 이런 국민을 다스릴 자격이 없다.

• 2007년 10월 30일~2008년 2월 11일

두바이, 인도

벼락을 맞은 듯한 충격

깜짝 놀라서 말문이 막혔다. 11월의 어느 건조한 아침, 꼭두새벽부터 공항 입구 앞에 수백, 수천 명이 몰려 있었다. 트렁크까지 쌓여 있어 도떼기시장처럼 번잡한 그곳에서 조그만 버너를 피워놓고 끼니를 때우는 사람들도 있었다. 나는 가까이 가기 싫었고 덜컥 겁이 났다. 발을 들여놓으면 인파에 깔려 죽을 것만 같았다.

서부 인도에서 가장 큰 공업 도시인 아마다바드에 막 도착한 참이었다. 거기서 기차를 타고 인도의 서쪽 끝 아라비아 해 연안에 있는 항구 도시 포르반다르까지 갈 계획이었다. 이왕이면 간디의 고향인 포르반다르에서 걷기 시작하고 싶었다. 그런데 밖으로 나가야 할 시간에 잔뜩 겁을 집어먹고 말았다. 나는 자신에게 휴식을 주고 싶어서 택시를 불렀다. 택시 안에서 마음을 다져보려고 애쓰고 있는데 바깥은 혼돈과 종말의 도가니였다. 작은 트럭을 개조한 택시가 경적을 끊임없이 울리며 어떻게든 앞

| 인도 : 어떤 나라건 모든 할아버지들은 손주들을 무척 귀여워한다.

으로 나가려고 애썼다. 길에는 수많은 자동차, 소, 인력거, 개, 지나가는 사람들, 군중 사이를 뛰어다니다 갑자기 튀어나오는 꼬질꼬질한 아이들, 아롱거리는 사리를 입은 여자들, 온갖 카스트의 남자들이 바글거리고 있었다.

나는 백 번도 넘게 심장이 멎는 줄 알았고 크게 숨을 들이쉬다가 엄청난 악취에 숨이 막혔다. 향과 향신료, 배기가스, 썩은 쓰레기가 혼합된 이상야릇한 냄새였다. 택시 기사가 어떤 조화를 부렸는지 모르겠지만 아무튼 사람을 치지 않고 우리는 기적적으로 역에 도착했다. 내가 정말로 불쌍해 보였던지 기사는 몹시 염려하며 내 유모차를 내려주고 역무원을 불러서 플랫폼까지 잘 데려다주라고 부탁까지 했다. 나는 역무원에게 껌처럼 딱 붙어서 기차를 기다리는 사람들로 가득 찬 역 안을 지나갔다. 차림새를 보니 역에 진을 치고 몇 날 며칠을 기다리는 사람들도 있는 듯했다. 사람들이 뒤얽힌 가운데 옷감, 가죽, 장신구 등 온갖 종류의 물건과 꾸러미들이 잔뜩 쌓여 있었다. 시내에 있는 수많은 노점으로 갈 물건들이었다. 요리하는 냄새, 땀 냄새, 음식물 쓰레기 냄새가 뒤섞여서 났다. 먹을 것이 많으니 플랫폼 근처에 쥐도 많이 살 것 같았다.

드디어 내가 탈 기차가 도착하자 역무원이 문 쪽으로 나를 힘껏 밀었고, 나는 사람들에 휩쓸려 낡은 6인용 칸막이 객실로 갔는데 이미 일가족이 앉아 있었다. 커다란 여행 가방과 나이 든 어머니 사이 의자 귀퉁이에 엉거주춤 자리를 잡았다. 어머니는 방긋 웃으며 짐 속에서 그릇을 꺼내서 가족들이 먹을 음식을 담고 내게도 음식을 권했다. 나는 가만히 앉아서 그들이 조용히 나누는 대화를 들었다.

일곱 시간을 달려간 끝에 마침내 포르반다르에 도착했다. 또다시 사람들에 떠밀려서 기차에서 내리니 짙은 안개 속에서 길을 잃은 느낌이 들었다. 앞으로도 계속 이렇게 지독한 인파에 휩쓸려야 하나? 나는 어떤 세상에 떨어진 걸까? 고요함은 도대체 어디로 사라진 걸까?

포르반다르의 인구는 100만 명가량으로 인도의 기준으로는 도시가 아니라 마을 정도의 규모다. 그런데 그 인구가 모조리 매연으로 시꺼먼 시내 중심가에 모여사는 것같이 길거리가 혼잡했다. 낡아빠진 건물들의 벽은 온통 간디의 벽화로 뒤덮여 있었고 그 앞에서 사람들이 구름 떼처럼 몰려다녔다.

포개질 듯 서 있는 건물들 사이로 사방에 전선이 늘어져 있었고 어울리지 않는 간판과 광고판 들이 중구난방으로 걸려 있었다. 물건이 가득 실린 커다란 짐을 끌고 가는 자전거꾼들, 수많은 인력거, 소들이 북적거리는 길에서 사람들이 팔꿈치를 부딪치며 오가는 가운데 길가에는 조그만 노점 수십 개가 늘어서 있었다.

구슬, 메달, 깃발로 장식된 현란한 색깔의 트럭들이 신경질적으로 경적을 울리며 "비켜, 내가 간다!" 하는 식으로 무작정 밀고 들어갔다. 어찌된 일인지 앞으로 갈수록 사람들이 미어터졌다.

나는 충격을 받아 멍한 채로 보도 끄트머리에 못 박힌 듯 서 있었다. 초현실적일 정도로 붐비는 주위를 둘러보니 눈앞에 수천 편의 압축된 인생 드라마가 펼쳐지는 듯한 기분이 들었다. 나는 고요함과 차분함을 원했다. 호텔을 찾고 싶었고 도움이 필요했다.

길을 물으러 주유소에 들어갔다. 아니, 절망에 차서 황급히 주유소로 몸을 던졌다고 하는 편이 더 맞겠다. 주유소 사무실에는 정유 회사의 티셔츠와 모자를 쓴 30대 젊은 남자가 있었다. 그는 컴퓨터로 검색을 해보더니 내게 호텔 한 곳을 알려주었다. 내가 나가려고 하자 그는 잠깐 이야기를 나누자고 했다. 비풀이라는 이름의 그 남자는 주유소 주인이었다. 정확히 말하자면 주유소는 삼촌과 함께 운영하는 가업이었다. 그들 가족은 그 지방에서 건물을 여러 채 가지고 있었다.

엔진 오일 깡통을 늘어세운 선반 앞에서 비풀은 내게 자기 집에서 저녁을 같이 먹자고 했다. 우리는 주유소 문을 닫을 때까지 조용히 이런저런 이야기를 나누었다. 밖으로 나왔을 때 또다시 밀려드는 혼잡함에 나는 절박하게 잠깐씩 멈출 곳을 찾아야 했다.

우리는 조용한 골목길에 있는 비풀의 수수한 집 앞에 도착했다. 그의 집은 누에고치처럼 아늑했다. 안쪽에 있는 정원으로 들어가니 신기하게도 바깥의 소란스러운 소리가 전혀 들리지 않았다. 안뜰 천장에 줄을 달아 그네처럼 흔들리게 만든 의자에 노부인이 앉아 느긋하게 휴식을 즐기고 있었다.

집 안으로 들어가서 비풀은 무지개색 사리를 입은 아내와 두 아이, 부모님을 내게 소개해주었다. 무척 세심하고 배려심이 깊은 비풀은 이내 나와 속내를 털어놓는 친구가 되었다. 인도에서 내 수호천사가 되어주었고 묵을 곳과 사람들을 소개해주었다. 자신과 언제든지 통화할 수 있도록 휴대 전화도 주었다.

다음 날 저녁, 비풀은 나를 데리고 시내에 나가서 디왈리 축제를 구경시켜 주었다. 그때가 11월 12일이었는데, 힌두교 달력으로 새해를 기리는 빛의 축제를 맞아 집집마다 화려한 장식을 해놓았다. 문간에 색색의 모래로 복잡한 '랑골리' 무늬를 그려놓았다. 이곳 사람들은 기하학적인 대칭과 곡선 모양의 정교한 랑골리 무늬를 땅에 그려 새해에 가족이 무탈하기를 기원한다.

밤이 되고 기름램프가 켜지자 더욱 다채롭고 신비로운 색색의 빛이 일렁였다. 사람들은 축제 복장을 하고 집 밖으로 나왔으며 도심 곳곳에서 폭죽놀이가 벌어졌다. 골목마다 폭죽의 불꽃이 반짝였고 곧 포르반다르 전체에 폭죽 소리가 퍼졌다. 거리마다 사람들이 모여 날이 밝을 때까지 춤을 추고 웃었다.

인도에서 첫 하루를 마치고 나는 기운이 다 빠져서 죽은 듯이 잤다. 아침부터 온갖 소음과 강렬하게 대비되는 색깔에 시달리고 감정이 소모되어서 그런 듯했다.

다음 날 비풀은 "나한테 고마워하지 마세요." 하고 여러 번 말했다.

"우리 애들을 위해서 한 거예요. 그게 내 의무니까요. 그리고 벨리보 씨의 사랑과 뤼스를 위해서요. 두 분의 이야기는 정말 순수해요!"

우리는 감격에 겨워서 얼싸안았다. 정말이지 믿을 수 없었다. 겨우 이틀밖에 지나지 않았는데 비풀과 나는 단단한 우정으로 맺어진 절친한 친구가 되었다. 그는 오로지 나에 대한 믿음 하나로 자기 나라의 문을 활짝 열어주었다.

인도는 지극한 우아함과 가장 어두운 빈곤이 바로 옆에 공존하는 나라다. 구자라트 주는 인도에서 가장 빈곤한 지역 중 하나인데 고립되고 건조한 땅에 농부, 목동, 소규모 상인 들이 어떻게든 살아보려고 애쓰고 있다.

포르반다르를 떠나고 며칠 후, 나는 길에서 놀라운 광경을 보았다. 여러 사람들이 손에 곡괭이를 쥐고 수십 킬로미터나 되는 긴 구덩이를 파고 있었는데 구덩이 속에 엄마, 아빠, 아이들이 모두 들어가서 일하고 있는 것이다. 아기들은 길가에 걸린 작은 해먹에 누워 일하는 식구들을 보고 있었다. 얼라이언스 전화회사의 케이블을 설치하는 공사이며, 하루에 1.75달러밖에 못 버는 농장일보다 일당이 훨씬 좋다고 했다. 1미터당 돈을 받는데 온 식구가 매달리면 100미터를 팔 수 있어서 함께 일하고 있었다.

밤이 되면 저지대에 나뭇가지로 대충 지은 조그만 오두막에서 잤다. 어설픈 양철 지붕을 얹고 문 대신 천을 달아놓았다. 울타리 안에서 염소 몇 마리가 풀을 우물거리고 있었고 아카시아 덤불 위에 말린 빨래가 놓여 있었다. 아직 어려서 일할 수 없는 아이들은 강가에 있는 쓰레기 더미를 뒤져서 쓸 만한 물건을 찾았고, 여자들은 물소 떼를 바로 옆에 두고 빨래를 했다.

나는 무척 상냥한 가족들과 아주 매운 음식을 맛있게 나눠먹었다. 여러 번 닦은 스테인리스 그릇에 담아주었지만, 음식물 쓰레기가 떠다니는 물에서 비누도 없이 씻은 식기를 이용해서 땅바닥에서 만든 음식이었다. 이틀이 지나자 배가 부어오르고 배 속이 타는 듯이 아팠다. 얼굴을 찡그리며 먼지 속을 걸어가는데 이러다 길가에서 배가 터져 죽는 게 아닌가 하는 생각이 들었다. 그래서 나는 유모차를 내팽개치고 미친 사람처럼 구덩이를 건너뛰어서 덤불 속으로 들어갔다. 겨우 주위를 둘러보니 아무도 내게 신경을 쓰지 않았다.

인도에서는 몸에 관한 금기가 전혀 없는 것 같았다. 하루는 덤불숲 사이에서 버스를 기다리는 사람처럼 담담하고 초연한 태도로 자위를 하는 남자를 보았다.

극명하게 대조적인 것이 또 하나 있었다. 인도의 집 안은 성전과도 같아서 들어갈 때 신을 벗어야 하고 더러운 것을 절대 들여서는 안 되는 깨끗한 곳이었다. 그런데 집 바깥은 베텔(구장잎, 담뱃잎, 빈랑, 생석회 등을 섞은 껌의 일종)을 씹어서 생긴 빨간 가래침을 뱉은 자국, 가축과 아이 들의 대변, 쓰레기가 굴러다녀서 구역질이 날 지경이었다. 때때로 누군가 몸을 굽혀서 플라스틱이나 종이 쪼가리를 주워모았다. 아무것도 허투루 버려지지 않으며 사소한 물건도 윤회를 거듭하듯 재활용되었다. 나는 조금씩 환경에 적응했고 세균들과 같은 리듬으로 살아가기로 마음을 고쳐먹었다. 인도 사람들처럼 오른손으로만 식사를 했고(왼손으로는 화장실 뒤처리를 한다.), 땀을 흘리고, 코를 훌쩍이고, 매운 음식을 먹은 속을 달래기 위해 입으로 숨을 들이마셨다. 피부색도 인도인과 비슷해졌다. 마음 같아선 서양인의 껍데기를 벗고 인도 사람들의 천부적인 면역력을 얻고 싶었다.

인도에는 중간이라는 것이 없었다.

어느 날 저녁 농촌 지역을 오랜 시간 걷고 있는데 땅콩밭 근처에 있던 어떤 농부 가족이 식사를 같이 하자고 불렀다. 부모, 조부모, 열 명쯤 되는 자녀들이 수수한 집에 모여 있었다. 누가 달걀 한 바구니를 가져다주었고 아이 여덟 명이 계단에 줄을 서서 내게 '삼촌'이라고 불렀다. 어둡고 좁은 방에 식구들이 떨어져서 앉아 있었다.

집주인이 새까만 손으로 밥을 조금 집어서 가장 먼저 내 입에 넣어주었는데 자기 집에 온 걸 환영한다는 의미였다. 식구들의 흐뭇한 눈길을 한 몸에 받으며 나는 먹기 시작했다. 식탁 중간에 놓인 접시에서 채소나 사모사(채소와 감자를 넣고 기름에 튀긴 인도식 만두)를 하나 집으면 큰아들이 다가와서 음식을 다시 보기 좋게 채워놓았다. 집에 온 손님은 곧 신이고 신은 극진히 모셔야 하며, 음식을 맨 먼저 바쳐야 한다. 나는 영광스럽기도 하고 마음이 불편하기도 했다.

여자들이 여러 시간 동안 머리에 흙짐을 이고 옮기면서 고되게 일한다고 했다. 최근 여러 해 동안 중부 지방에 심한 가뭄이 들어서 몬순 기간에 물을 저장할 수 있도록 여자들이 거대한 구덩이를 파야 했기 때문이다. 그들 가족은 땅 10헥타르에 농사를 지어서 먹고살았다. 인도인 85%가 카스트 제도의 두 하층 계급인 바이샤(상인 · 농민 · 지주)와 수드라(소작농 · 청소부 · 하인)에 속해 있었고 그들도 마찬가지였다.

출신 계급으로 차별을 하는 건 인도 헌법에 금지되어 있지만 카스트 제도는 아직도 사회 깊숙이 뿌리박혀 있으며 나아질 기미가 보이지 않았다. 하지만 불평하는 사람은 거의 없었다. 힌두교 신자들은 죽으면 다른 몸으로 환생한다고 믿기 때문이다.

하층 카스트에 속하거나 '불가촉천민'으로 사는 이유는 전생에 나쁜 짓을 많이 했기 때문이며 현생에 덕을 많이 쌓으면 나중에 최상위 계급인 브라만(사제 · 성직자)으로 환생할 수 있다. 현생은 이미 운명으로 정해진 것이기 때문에 저항하는 건 아무런 의미가 없다.

나는 그런 개념에 결코 동의할 수 없었지만 이 가난한 가족들은 슬퍼하는 기색이 전혀 없었다. 이 말도 안 되게 불평등한 '민주주의' 사회에서 종교는 모든 진보를 막는 동시에 평화를 유지하고 있었다.

인도에서 종교가 압도적인 비중을 차지하고 있어서 나는 매일 새롭게 놀랐다. 종교적인 축제가 날마다 열리는 것 같았고 성인, 구루, 예언자를 기리는 행렬을 끊임없이 마주쳤다. 각 종교의 사원마다 가정의 신, 어머니 여신, 갠지스 강의 여신, 전쟁의 여신 등 달력에 자신들이 가장 좋아하는 신들을 기리는 날짜를 계속 추가했다. 걷다보면 언제나 플래카드와 색색의 깃발을 흔들며 걷는 순례자 집단과 네 바퀴 손수레 위에 작은 제단을 실어서 밀고 가는 여자들 사이에 휘말렸다.

에로틱한 사원이 많기로 유명한 카주라호 북쪽에서 하루를 보낼 때였다. 길가에 앉아서 마을 사람들과 차를 마시고 있는데 벌거벗은 남자가 조그만 수레를 끌고 지나갔다. 나는 벌떡 일어나서 유모차를 밀고 그를 뒤따라가서 물었다.

"지금 뭐 하세요?"

그 남자는 자신은 '사두'라고 했다. '사두'란 세상을 등지고 방방곡곡을 돌아다니며 구걸을 하는 수행자를 말한다. 인도 전역에 400~500만 명 정도가 있다고 한다. 남자는 걸음 속도를 늦추고 자신을 따르는 열 명 남짓의 제자들에게 손짓을 했다. 그리고 자신이 22년 전부터 걷기 시작했으며, 일주일에 6일 동안 걷고 하루에 두 손에 담을 수 있는 정확한 양으로 한 번만 먹고 마신다고 했다. 필요한 것은 규칙적인 간격으로 사람들에게 구걸을 해서 얻었다. 옷은 완전히 벗고 가슴팍에 깃털 먼지떨이 같은 것만 둘렀다. 밤에는 갈대 돗자리를 깔고 쉰다고 했다. 그 남자야말로 내 정신적인 스승이라고 생각하며 나는 그를 웃으면서 보내주었다.

우타르 프라데시 주를 건너 인도 북부 지방을 계속 걸으면서 나는 인도인에게 깊이 각인된 여러 신앙의 의미가 무엇인지 생각해보았다. 개인적으로 순수하게 수행을 열심히 한다고 해서 사회적으로 썩 좋은 효과가 있는 건 아닌 것 같았다. 많은 사람들이 상위 카스트들에게는 순종하면서 하위 카스트들은 억압하고 함부로 대했다.

어느 날 아침, 시골 초등학교 앞을 지나는데 교사가 고함을 지르며 어린 소년을 회초리로 사정없이 두들겨 패고 있었다. 소년은 친구들이 다 보는 앞에서 다리가 휘휘 꺾일 정도로 심한 매를 맞았다. 나는 너무나 화가 나서 교사에게 달려들어 회초리를 빼앗고 무릎에 내리쳐서 네 동강을 냈다.

나는 교사의 눈빛에서 몰이해와 학생들 앞에서 모욕당했다고 분노하는 감정만 읽었다. 그에게 반응할 시간을 주지 않고 자리를 떠났다. 그리고 저녁에 아이들이 부모에게 학교에서 있었던 일을 말해주면 모두 나를 미친 사람 취급할 거란 생각을 했다.

수천 년 동안 이어진 관습에 젖어 있는 사회를 하루아침에 바꿀 수는 없다. 아니 50년이 지나도 어렵다. 인도의 카스트 제도나 종교는 폭력적이며, 그 폭력은 사적인 영역에서 가장 심하게 표출된다. 학대, 강간, 근친상간이 만연하고 집안에서 정해주는 중매결혼이 대다수인 엄격한 관습의 굴레에서 감정을 자유롭게 표현하는 것도 어렵다.

이런 상황 역시 무척 역설적이다. 인도 사람들은 타지마할을 만들 정도로 로맨틱하고, 공장식으로 찍어나오는 장밋빛 연애 영화를 무척 좋아하고, 비밀스러운 사랑을 꿈꾸며 일생을 보낸다. 그런데 왜 그렇게 살까? 정말 이해할 수 없었다.

연애결혼은 극히 드물다. 내 친구 비풀도 오랫동안 갈등을 느껴왔다는 걸 나중에 알게 되었다. 비풀은 내 세계 여행보다 나와 뤼스의 관계에 더 관심을 갖는 것 같았다. 그는 여러 달 동안 뤼스와 메일을 주고받으며 우리 사랑의 원천이 뭔지 물었고, 자신이 어떻게 살아가면 좋을지 조언을 구했다. 비풀은 상냥하고 매력적인 아내와 아이들에게 둘러싸여 행복하게 사는 것처럼 보였다. 하지만 그는 열정이 없다고 했다. 캐나다에서는 유부남에게 따로 애인이 있을 때 이혼이 허락되는지, 그럴 경우 아이들은 어떻게 양육해야 하는지 알고 싶어 했다. 가장 중요한 문제는 따로 있었다.

"뤼스, 개인적인 질문을 좀 드릴게요. 사랑은 맹세보다 더 강한가요?"

의무만으로 가득 찬 삶은 끔찍하다.

비풀을 생각하니 뤼스와 나의 '결혼식'이 떠오른다. 우리는 형식적으로 합쳐야 할 필요성을 전혀 느끼지 않았다. 하지만 함께 산 지 4년째가 되자 아이들이 슬슬 불안해하기 시작했다. 남들이 이러쿵저러쿵 판단하는 말과 사회 통념에 아직 흔들리는 나이였기 때문이다.

"왜 두 사람은 결혼하지 않는 거예요?"

생각해보니 굳이 결혼을 마다할 이유도 없었다. 그래서 1991년 어느 가을 아침, 우리는 결혼하기로 했다. 뤼스는 머리에 면사포 대신 양파 망 같은 빨간 나일론 망을 썼고, 나는 티셔츠에 넥타이 대신 종이로 만든 고리를 붙였다.

당시 11살이던 토마 에릭이 발밑까지 내려오는 내 실내 가운을 입고 주례를 맡았다. 턱을 높이 치켜들고 엄숙한 표정을 짓는 모습이 꽤 그럴듯했다. 가운에 붙은 모자로 얼굴을 반쯤 가리니 수도사처럼 보이기도 했다.

집에 성경이 없어서 거실 탁자 위에 사전을 펼쳐놓고, 토마 에릭은 정성스럽게 촛불을 켜는 엘리자 제인을 심각하게 바라보았다. 막 9살이 된 엘리자 제인은 촛불을 다 켜고 반지 두 개를 놓은 접시와 콜라 한 잔을 탁

| 인도

자에 내려놓았다. 웃음을 참느라 안간힘을 쓰는 모습이 무척 귀여웠다.

결혼식이 시작되었다. 거실에 멘델스존의 결혼 행진곡이 장엄하게 울려퍼지는 가운데, 우리는 엘리자의 뒤를 따라 천천히 걸어서 토마가 꼿꼿이 서서 우리를 기다리고 있는 즉석 결혼 제단 앞까지 갔다. 사전을 펼쳐서 결혼식과 거의 상관이 없는 속담 몇 가지를 찾아서 읽은 후 우리는 콜라를 단숨에 들이켰다. 그런 다음 토마가 단호한 목소리로 물었다.

"뤼스와 장, 두 사람은 서로 사랑하지 않을 때까지 사랑할 것을 약속합니까?"

"네, 약속합니다."

"그럼 반지를 끼워주고 키스하세요."

나는 가느다란 뤼스의 손가락에 금반지를 끼워주고 손을 꼭 잡았다.

변장한 아이들의 기쁨이 가득 담긴 눈길을 받으며 우리는 키스를 나누었다. 그 키스에서는 날갯짓처럼 가벼운 이슬, 그 이슬처럼 반짝이는 영원한 봄의 맛이 났다.

• 2008년 2월 12일~3월 31일
네팔, 인도

세계의 지붕 밑에서

손가락으로 접시를 깨끗이 닦고 감사의 표시로 요란하게 혀를 딱딱 차면서 식사를 마쳤다. 인도에서는 맛있게 먹었다는 표시로 혀를 차는 소리를 내는 풍습이 있다. 맛이 있을수록 더 요란한 소리를 내야 한다. 네팔에도 똑같은 풍습이 있다.

"살려주셔서 고맙습니다."

나를 따뜻하게 맞아준 마음씨 좋은 농부 가족에게 감사 인사를 했다. 밥과 채소로 한 상 푸짐하게 차려준 어머니에게 그 말이 통역이 되어 전해지자 어머니는 웃었다. 우리는 짚불 앞에 앉아서 한 번씩 짚 묶음을 던져 넣으며 이야기를 나누었다. 내 주위에는 스무 명쯤 되는 아이들이 둘러앉아 있었다.

가난해도 다정하고 예의 바른 가족의 모습이 감동적이었지만 밤에 좀처럼 잠을 이룰 수 없어서 애를 먹었다. 절친해진 가장과 푹 꺼진 침대에서 함께 잠이 들었는데, 이 사람이 무슨 꿈을 꾸는지 세상모르게 쿨쿨 자면서도 발길질을 심하게 해댔기 때문이다. 그 집 식구들은 누울 자리가 있으면 아무 데서나 누워 잤고 뒤섞여서 자는 게 아무렇지도 않은 것 같았다. 나는 매트리스를 내려서 편편한 땅에 깔고 침낭을 둘둘 감고 잤다.

다음 날 아침, 할머니가 커다란 솥 밑에 돌을 괴어놓고 불을 피워 쌀죽을 휘저으며 뭉근하게 끓이는 모습을 지켜보았다. 그리고 나는 세상에서 가장 가난하게 살면서 불의에 저항하는 힘을 낸 이 사람들의 용기를 생각했다.

봉건적인 군주제에 저항하는 시위가 잇따른 끝에 네팔은 변화의 기로에 서 있었다. 그전 날은 모든 것이 폐쇄되었다. 시위대는 선거를 요구하고 카트만두와 내륙으로 가는 교통을 끊기 위해 도로에 바리케이드를 만들고 돌벽을 쌓았다.

바리케이드를 밀고 앞으로 나가려는 차는 모두 불태워져서 경찰과 군대도 싸우기를 포기했다. 나는 보행자와 자전거 탄 사람 들이 한데 어우러져서 기뻐하는 군중 속을 걸어갔다. 그런데 어떤 검문소에서 결혼식을 알리는 휘장이 걸려 있고 사람들이 가득 탄 미니버스가 통행을 허가받았다.

스피커를 통해 경쾌한 음악이 울려퍼졌고 사람들의 웃음소리 속에 신혼부부가 차 지붕 위에서 춤을 추었다. 버스가 지나고 난 후에는 고요한 정적만 흘렀다. 나는 시간과 삶이 정지된 듯한 기묘한 분위기에 젖어 어쩐지 마음이 붕 뜨는 느낌이 들었다.

휴식 시간을 이용해 강가에서 버스를 세차하는 기사에게 인사를 건네고 입가에 웃음을 머금은 채 나는 시끌벅적한 나라양가르 시내로 들어갔다. 거리에는 맥주, 담배, 타타 트럭 등의 거대한 광고판 아래 수많은 사람과 인력거 들이 뒤엉켜 있었다. 그곳에서 나는 산으로 가기 전에 필요한 물건들을 몇 가지 샀다.

얼마 지나지 않아 나는 히말라야 평원을 떠나 장엄한 산봉우리로 둘러싸인 곳을 지나갔다. 길가에는 가파른 협곡이 우뚝우뚝 솟아 있었고 계곡에는 히말라야 산맥의 빙하가 녹아 흐르는 푸르른 물이 있었다. 경사면에 나무와 황토로 지은 수수한 집들이 매달리듯 서 있었는데 구름다리나 강철 케이블이 집들 사이를 연결했다. 도르래가 연결된 강철 케이블에 바구니를 매달아 그 사이를 오가는 것이다. 나도 그렇게 힘들이지 않고 계곡 사이를 오갈 수 있으면 좋겠다는 생각이 들었다.

계단식 밭 옆에 앉아서 산골 마을 사람들이 새참을 먹는 자리에 끼여 고무처럼 질긴 물소 고기를 나눠먹었다. 강가 길을 지그재그로 걸으며 학교에서 돌아오는 아이들의 즐거운 고함 소리가 들렸다. 가슴 언저리에 두 손을 가지런히 모으며 낯선 내게 "나마스테."라고 인사하는 사람들도 있었다. 외딴 마을에 사는 사람들이 무척 예의 바르고 따뜻했다. 나는 기시감과 그리움을 느끼며 감미로운 그 순간들을 천천히 음미했다.

어느 날 저녁 강가를 따라 험한 골짜기를 올라가다가 만난 농부와 함께 차를 마시는데 불교 승려가 걸어왔다. 그는 승복 위에 긴 고무 앞치마를 두르고, 커다란 바퀴 두 개가 달린 수레를 밀면서 걷고 있었다. 크기를 보니 안에 들어가서 자도 될 것 같았다. 수레에 걸린 회색 휘장에 영어로 "티베트에서 네팔을 거쳐 인도까지 세계 평화를 위해(From Tibet to India via Nepal for world peace)"라고 쓰여 있었다. 나는 잠시 승려의 행동을 지켜보았다. 그는 길가에 수레를 놔두고 손에 쥔 쇠몽둥이를 치면서 세 걸음 걷더니 아스팔트 도로 위에 사지를 쭉 펴고 엎드렸다. 그런 다음 일어나서 다시 똑같은 동작을 반복했다. 그렇게 30미터쯤 가다가 쇠몽둥이를 자리에 놓고 돌아가서 손수레를 가지고 앞으로 갔다. 왜 그런 행동을 하는지 무척 궁금해서 그를 불렀지만 대답하지 않았다. 집중해서 의식을 치르고 있었기 때문인 듯했다. 그 승려가 세계 평화를 염원하는 방식이 내게는 무척 낯설었다. 하지만 뭐 어떤가? 누구나 자신만의 방식으로 평화를 빌면 되는 것이다.

| 네팔 : 나라양가. 소박하고 정다운 네팔 사람들은 내게 진정한 부유함이 무엇인지 가르쳐 주었다.

장엄한 풍경이 눈앞에 펼쳐졌다. 카트만두로 가다보니 티베트도 가고 싶었다. 하지만 몹시 실망스럽게도 전 세계 여행객들이 선망하는 티베트는 아직 문이 굳게 닫혀 있었고 가이드가 없이 여행하는 것이 금지돼 있었다. 나는 가이드 비용을 낼 돈이 없었고 몹시 혼란스러웠다. 세계의 지붕에 자유가 존재하지 않는다면 어디에서 자유를 찾아야 할까?

나는 경로를 수정해 동쪽으로 계속 가기로 했다. 그리고 국경에 도착했을 때 인도의 아삼 주 쪽으로 계속 가기로 결심했다. 나는 푸른 하늘을 이고 있는 세계의 지붕 밑으로 묵묵하게 걸어 내려갔다. 풍경은 더할 나위 없이 아름다웠다. 군데군데 보이는 집들과 나무숲을 지나면 경사면에 계단식 논이 있었고, 알록달록한 깃발이 나부끼는 조그만 사원들을 만날 수 있었다. 한창 건축 중인 불교 사원들이 바로 옆에 있는 힌두교 사원들과 풍경에 조화롭게 어우러졌다.

저녁이 되자 어린 승려들이 앞다투어 내 유모차를 밀어보려고 했다. 모퉁이를 돌아가니 높은 산을 배경으로 사원 하나가 나타났다. 아래쪽에서 더 어린 승려들이 자줏빛 승복을 펄럭이며 축구를 하고 있었다. 주지 스님이 저녁 기도 시간에 나를 절에 초대했다. 6살에서 16살 사이의 어린 아이들이 바닥에 앉아서 기도를 열심히 암송하고 있었다. 출가해서 그렇게 집중적인 영적 수련을 하기에는 나이가 너무 어린 것 같았다. 주지 스님은 동자승들은 언제든지 떠날 수 있지만, 절에 있으면 보호를 받으며 공부할 수 있다고 했다. 부처님이 제자들을 보살펴 준다고도 했다.

인도의 시킴 주와 부탄을 지나쳐서 장중하게 흐르는 브라마푸트라 강

남쪽을 따라 아삼 주로 갔다.

드넓은 차밭은 무척 아름다웠지만, 나는 인도인들의 부드럽고 섬세한 천성과 너무나 대조적인 잠재한 폭력성에 놀랐다. 인도인들은 만난 지 얼마 되지 않아도 금세 절친한 친구처럼 대해서 전화번호를 알려줄 수가 없었다. 새 친구들이 끊임없이 전화를 해서 발걸음을 붙잡았기 때문이다.

그런데 아삼에서 나는 실수를 저질러 사람들과 완전히 단절되고 말았다. 그곳에서는 수십 년 전부터 정부군과 분리주의 반군 단체가 대치하고 있었는데, 내가 수배 중인 반군 테러리스트의 어머니와 잠깐 만나는 바람에 경찰과 주민 들이 크게 동요한 것이다. 아삼통일해방전선의 지도자는 20년 가까이 도피 생활 중이었고 게릴라들은 1970년대부터 휴전 없이 투쟁을 계속해서 1만 8000명이 넘는 희생자를 냈다.

나는 그런 사실을 전혀 몰랐다. 그래서 길을 가다 만난 인상 좋은 남자가 아삼통일해방전선의 지도자인 파레시 바루아의 노모를 만나보겠느냐고 했을 때 흔쾌히 응했다. 내가 퀘벡 사람이라서 그런지 멕시코의 치아파스나 북아프리카의 베르베르 족, 인도의 시골에 이르기까지 민족적인 정체성을 지키려는 격렬한 투쟁이 마음에 와닿았기 때문이다.

그날 기자 몇 명이 동행 취재를 했고, 다음 날 여러 신문에 "캐나다 도보 여행가가 아삼의 독립을 지지한다!"라는 제목과 함께 우리가 만나는 사진이 대문짝만하게 실렸다. 그리고 마을로 돌아오니 며칠 전만 해도 나를 열렬하게 맞아주던 사람들이 눈앞에서 싸늘하게 문을 닫았다. 아무도 나를 보고 웃지 않았고 창문까지 꼭꼭 닫았다.

나를 재워준 사람들은 정보기관원들의 방문을 받았으며, 그 기관원들은 나를 중앙 경찰서까지 데려가서 그동안 찍은 사진을 내놓으라고 압박했다. 나는 통행의 자유를 침해당하고 바보처럼 이용당했다는 생각에 분통이 터졌다. 아삼에서 일어나는 분쟁에 대해서 나는 누구의 편도 아니었다. 그저 사람들은 마음이 아니라 폭력으로 국경선을 정하려고 한다는 생각만 했다. 나는 알고 싶었고, 이해하고 싶었다.

늙은 어머니를 만나니 모두 그녀를 외면한다는 걸 한눈에 알 수 있었다. 수수한 사리를 입고 등이 고부라진 그녀는 길고 주름진 손가락으로 누렇게 바랜 사진을 어루만지며 말했다. 검은 두 눈에 눈물이 가득 고여 있었다.

"난 아들을 20년 넘게 못 봤어요. 그 애를 다시 보고 싶어요."

• 2008년 5월 16일~8월 8일
중국

푸른 강을 다섯 번 건너다

그때 나는 티베트 고원 근처 카트만두에 있었다. 내가 가던 길의 동쪽에서 인도 판이 갑자기 5미터 넘게 이동해서 유라시아 판과 포개졌고, 쓰촨 분지에 엄청난 에너지가 분출되어 빛의 속도로 수백 킬로미터까지 퍼져갔다.

2008년 5월 12일 오후 2시 28분, 끔찍한 지진이 쓰촨 성을 덮쳐서 수천 채의 집, 학교, 건물 들이 무너졌다. 지진이 휩쓸고 간 반경 내에 있는 마을들이 지도에서 아예 사라져버렸고, 악몽 같은 잔해 더미에 깔려 수많은 사람들이 죽고 다쳤다. 네팔에서 중국 청두로 가는 비행기를 기다리는데, 중국 인민군 10만 명이 잔해 더미를 뒤져서 생존자를 구조하고 있으며 여진이 150차례 넘게 일어나서 또 다른 피해가 있을 수도 있다는 소식이 들려왔다. 청두는 진앙에서 70킬로미터 떨어진 곳이다.

닷새 후 중국에 도착했을 때 나는 공포에 질린 얼굴로 스피커에서 들리는 끔찍한 사고 현황에 귀를 기울이는 사람들을 보았다. 1만 8000명이 실종되고, 37만 명 이상이 다치고, 7만 명이 죽었다.

지진이 나고 닷새밖에 지나지 않아서인지 청두 공항은 전쟁터 같았다. 간호사, 군인, 비정부 기구 직원 들이 바삐 뛰어다녔고 높이 쌓인 텐트, 담요, 식량 꾸러미가 재난 지역으로 가는 트럭을 기다리고 있었다. 나는 시안을 거쳐 베이징으로 갈 생각이었지만 경찰들이 말렸다. 도로가 모두 파괴되었고 주민들은 물과 식량이 없어서 내가 가면 부담스러울 것이라고 했다. 그래서 결국 동쪽으로 방향을 잡아서 상하이까지 2500킬로미터를 직진하기로 했다. 시내 쪽으로 걸어가는데 초현대적인 건물들과 대규모 공사장이 있었고 그 앞에서 자원봉사자들이 삼삼오오 모여서 플래

중국 : 다주에서 바오즈(만두)를 먹는 모습. 나는 늘 중국 시골 식당에서 풍기는 맛있는 냄새에 발길이 멈췄다. 맛있고, 다양하고, 푸짐한 중국 요리는 내가 가장 좋아하는 것 중 하나였다.

카드와 입간판을 흔들며 지진 난민들을 돕기 위한 모금을 하고 있었다. 석 달 후면 베이징 올림픽이 개막될 예정이라 마치 결혼 준비가 한창인 가족에게 비극이 닥친 것처럼 애도와 들뜬 분위기가 뒤섞여 있었다. 오륜기 네온사인이 조기로 게양한 오성홍기에(중국 국기) 빛을 드리웠다.

나는 사람들이 놀랄 만큼 침착하게 재난 지역을 복구하기 위해 힘을 모으는 것을 보고 깊은 인상을 받았다. 텐트와 온갖 종류의 물탱크가 가득 찬 공원들에 여진이 발생할 때마다 새로 생기는 난민들이 몰려들었다. 남자들은 작은 탁자에 둘러앉아 마작을 했는데, 마작 패 밑에 판돈을 놓는 모습이 무척 활기차보였다.

밤에 내가 묵던 호텔에 대피하라는 당국의 명령이 내려왔다. 나는 거리에서 수천 명의 중국인들과 함께 조용히 서 있다가 좁은 자리를 비집고 누워 잠을 청했다. 그들은 혼돈스러운 가운데에서도 완벽하게 질서를 지켰고 사소한 사고도 일어나지 않았다. 중국인들은 규칙을 아주 잘 지켰다.

다음 날 아침 다시 길을 나서는데 별안간 시끄러운 소리가 들렸다. 지진 희생자들을 추모하는 의미로 청두 시내의 모든 자동차가 경적을 동시에 울린 것이다. 지나가는 사람들은 발걸음을 멈추고 모자를 벗었다.

쓰촨 성의 산간 지역으로 들어갈수록 비극의 흔적은 희미해졌다. 막 떠나온 거대 도시와는 너무도 다른 풍경에 나는 몹시 어리둥절했다. 논에서 물소가 쟁기를 끄는 광경을 눈으로 보면서도 믿어지지 않았다. 산골 마을과 도시에 사는 이들이 같은 세상, 같은 나라 사람들인가 싶었다.

조금 더 가니 농부들이 도리깨질을 하고 있었고, 길 아래쪽 움푹 들어간 곳에서 돼지 치는 사람들이 돼지 먹이 섞은 것을 도르래로 올리고 있어서 인사를 건넸다. 논에서는 부녀자들이 바지를 무릎까지 걷어올리고 손발은 물에 담근 채 모내기를 하고 있었다. 모든 동작이 정확하고 질서 정연했다. 만족스러운 눈빛을 보니 잘 가꾼 논밭이 무척 자랑스러운 듯했다.

나는 "니하오!"라고 외치고 사람들이 웃는 모습을 흐뭇하게 바라보았다. 하지만 의사소통하는 데는 상당히 애를 먹었다. 아는 중국말을 다 동원해도 전혀 뜻이 통하지 않았고, 손짓 발짓을 해봐도 다른 문화권과는 다르게 아무 소용이 없었다.

마을 사람들이 모여서 도미노, 카드 등 여러 가지 놀이를 즐기는 장소에 가면 웃으면서 하룻밤 지낼 자리를 내주고 아무도 나를 방해하지 않았다. 하지만 이렇게 존중하며 거리를 두니 더욱 고립감이 느껴졌다. 그래서 나는 아이들과 놀면서 사람들과 가까워지려고 노력했다.

아이들은 무척 활발하고, 사랑을 많이 받고 밝았다. 사람들의 얼굴에 중국의 근대사가 고스란히 담겨 있었다. 할아버지들의 얼굴에는 가난의 흔적이 있었고, 아들들에게는 아버지보다 잘 먹고 잘 산 티가 났고, 손자들의 얼굴은 환하고 거침없었다. 1가구 1자녀 정책 때문에 형제자매도, 삼촌도, 사촌도 없었다. 그래서 시골에서는 친구 하나를 골라 형제처럼 지내고 평생 우애 있게 지내는 사람들이 많았다. 젊은이들이 특히 이런 관습을 무척 좋아했다. 또 그들이 이야기하는 걸 듣다보니 자신들이 모델로 삼는 서구식 이름을 하나 더 갖고 있는 걸 알게 되었다. 나는 뭐라 말할 수 없이 복잡한 감정이 들었다.

내가 만난 아이들은 앞 세대보다 훨씬 더 생활 수준이 높아질 것이다.

더 많이 소비하고 싶어 할 테고, 그런 경향이 전 세계 인구의 20%에 달하는 15억 중국인 모두에게 확산될 것이다. 그들은 유행하는 물건을 먼저 차지하려고 달려들고 홈시어터를 갖추길 꿈꿀 것이다. 그때가 되면 내가 지나온 시골 마을들은 어떻게 될까?

쓰촨 성의 완만한 산등성이를 지나가면서 나는 수 세기에 걸친 시간 여행을 하는 기분이 들었다. 초록색의 논과 계단식 밭 사이에 세월이 켜켜이 앉은 도자기 가마와 기와집 들이 있었다.

나는 시장에서 살아 있는 오리를 고르는 법을 배웠다. 고른 오리는 곧바로 털을 뽑고 눈앞에서 요리를 해주었다. 길거리에서 짭짤한 오리알을 사먹는 재미도 알게 되었다. 조그만 국수 공장이 많았는데, 먹음직스러운 기다란 국수를 들것같이 생긴 봉에 걸어서 햇볕에 말리고 있었다.

여행 내내 중국 요리를 무척 많이 맛보았는데 다양하고 섬세한 맛과 향이 감탄스러웠다. 중국 요리에는 맛뿐만 아니라 약효와 철학까지 담겨 있다. 차가움과 뜨거움, 짠맛, 쓴맛, 매운맛, 단단함과 부드러움 사이에서 완벽한 균형과 조화를 끊임없이 추구하며 음식 하나하나의 형태와 색깔이 눈을 만족시켜야 한다.

나는 뜨거운 수프와 차, 한여름에도 몇 겹이나 덮는 담요와 열탕에 익숙해졌다. 솜이불을 건네주며 사람들이 말했다.

"몸을 따뜻하게 하는 게 중요해요. 위에 좋거든요."

미리 자른 음식을 젓가락으로 집어먹는 방식도 내겐 무척 섬세하고 우아해보였다. 서양 사람들은 식사할 때 온갖 도구가 필요한데 말이다.

후베이 성으로 가는 길에서 말을 타고 산책하다가 돌아가는 가족을 만났다. 제프와 샬린 부부는 영어를 무척 잘했고 친구가 운영하는 작은 호텔을 내게 소개해주며 며칠 쉬었다 가라고 했다. 나는 마침내 언어의 장벽을 넘을 수 있겠다는 생각에 기뻐하며 그러마고 했다.

식탁에 둘러앉아 가벼운 대화를 나누던 중에 샬린은 자랑스러운 얼굴로 남동생이 잡아온 뱀 요리를 먹자고 했다. 동생이 얼른 2미터쯤 되는 긴 뱀을 손으로 붙잡고 찍은 사진을 내게 보여주었다. 뱀을 스튜처럼 끓여서 먹으면 맛이 좋을 것 같았다. 하지만 그 집 아버지는 여러 가지 약초 잎, 나뭇가지, 덩이줄기 등과 뱀을 통째로 넣은 커다란 단지를 가져오더니 호박색 액체 한 국자를 사발에 퍼서 몸에 아주 좋은 거라며 내밀었다. 나는 무심결에 흠칫 뒤로 물러섰다. 그걸 마시면 죽은 뱀이 배 속에서 나를 집어삼킬 것만 같아서 정중히 사양했다.

샬린은 웃으면서 중국인들은 옛날부터 굶주림에 시달린 적이 많아서 조류의 머리와 발톱, 개, 쥐, 원숭이, 거북이 등 가리지 않고 뭐든 다 먹는 식습관이 생겼다고 했다. 나는 길을 가면서 개와 가금류를 넣은 고리 바구니를 모터사이클에 매고 가는 사람들을 자주 마주쳤다.

여러 날 동안 제프가 곁에서 자질구레한 것들을 챙겨주었다. 나는 제프와 샬린이 매우 평등한 부부 관계를 유지한다는 사실에 놀랐는데, 공산주의와 관련이 있는 것 같았다. 중국인들은 자부심이 넘치고 체면과 명예를 중요하게 생각했으며 성별과 종교에 따른 금기가 없었다.

마지막 날 저녁에 거한 식사를 마친 후에 우리는 "간베이!"라고 외치며 질그릇 사발을 부딪쳤다. 그리고 영원한 우정을 빌며 사발을 땅바닥에 힘껏 던져서 깨뜨렸다.

다음 날 아침 떠날 시간이 되자 제프는 내게 서양인을 한 번도 본 적이 없는 시골 사람들에게 쉽게 다가갈 수 있는 중국 인사말을 여러 가지 쓴 종이 한 장을 주었다. 점점 더 험해지는 산길에서 나는 규칙적인 간격으로 상하이와 청두를 잇는 대규모 고속 도로 공사 현장을 마주쳤다. 산을 뚫고 계곡을 가로지르며 뽐내듯이 서 있는 거대한 철탑들을 보고 나는 다시 한 번 충격을 받았다.

피곤에 절은 채로 마을에 도착했다. 땀이 들어가서 눈이 따끔거렸지만 석쇠에 굽는 오리고기와 여러 가지 양념 냄새를 맡으니 마음이 편해졌다. 마을에 들어서면 폭죽이 따닥따닥 터지는 소리를 자주 들을 수 있었다. 어느 집에서 잔치를 하거나 장이 섰다는 등의 표시였다. 저녁이면 대나무 침상에 누워 잠을 청했다. 대나무로 종이, 옷, 건물 등 못 만드는 게 없다. 꿈속에서도 이 '세계 민족'의 운명이 어떻게 될지 궁금했다.

내가 초등학교에 다닐 때만 해도 중국 어린이들을 돕기 위해 25센트짜리 카드를 사자는 캠페인이 있었다. 그로부터 몇 년 후 나는 내 아이들에게 '메이드 인 차이나' 연필과 장난감, 신발, 가구를 사주었고, 나 자신도 중국제 물건들에 의존하게 되었다. 중국인들의 호기심과 행동력은 끝이 없는 것 같았다. 내 유모차의 볼트 하나하나를 유심히 관찰하고, 만지고, 돌려보고, 모양을 속속들이 기억하려는 듯 손으로 안쪽까지 샅샅이 더듬었다. 그 에너지에 나도 빨려 들어가는 느낌이 들어서 생각했다.

'그래, 이 사람들은 세계를 빨아들일 수 있겠구나. 곧 세계를 삼켜버릴 거야.'

산맥을 가르는 깊숙한 협곡을 보니 현기증이 났지만 사람들의 웃음소리가 나를 땅으로 데리고 왔다. 웃음소리. 중국에서 여러 달을 보내니 웃음소리를 구분할 수 있게 되었다. 즐거운 웃음소리, 반가운 웃음소리, 슬픈 웃음소리, 패배감에 젖은 웃음소리.

어느 날 인터넷 카페의 여자 관리인에게 내가 인터넷 선이 끊겼다고 말하자 갑자기 웃음을 터뜨렸다. 검열이 심한 중국에서 인터넷 카페를 운영하는 건 매우 힘든 일이다. 사람 놀리나 싶어서 화가 났지만, 알고보니 그녀는 어찌할 바를 몰라서 웃은 것이었다. 중국 문화에서는 남들 앞에서 체면이 깎이는 행동은 결코 하지 말아야 한다. 그래서 가끔 서양인들을 어리둥절하게 만드는 반응을 보이는 것이다.

마을 사람들과 나는 아무 말도 나누지 않고 서로를 알려고 하지도 않으며 저녁 시간을 보냈다. 그럴 때 내가 윗옷 소매를 걷어올리면 눈이 휘둥그레져서 바라보는 사람들이 많았다.

중국인들은 몸에 털이 별로 없어서 털이 북슬북슬한 내 팔을 보면 여자들이 무척 신기해했다. 어떤 여자들은 얼굴을 붉히며 내게 가슴에도 털이 있느냐고 물었고, 내가 윗옷을 걷어올리면 팔을 흔들고 웃으면서 비명을 질렀다. 내 친구 제프가 털에는 강한 성적 함의가 있다고 말해준 적이 있었다. 나는 내 몸을 건드리는 손길에도 모른 척했다. 어떤 할머니가 고양이를 대하듯 내 팔을 쓰다듬은 적도 있었다.

식사를 하고 우리는 밖으로 나가서 모여 있는 마을 사람들에게 갔다. 탁자에는 늘 돈이 놓여 있었다. 어른들 옆에서 아이들이 모여앉아 자못 심각하게 모노폴리 게임을 하고 있었다. 나는 중국 공산주의자보다 더 자본주의적인 사람이 없다는 생각을 하며 혼자 웃었다.

가끔 그런 생각도 했다. 경제 발전을 향해 미친 듯이 질주하는 이 나라에서 반체제 인사들은 감옥에 갇혔고 비판자들의 입은 틀어막혔다. 여행자들의 눈에 중국은 조용해 보이지만 나는 일당 독재가 국민들에게 가하는 압력이 느껴졌다. 공산당은 표현, 종교, 언론의 자유를 가로막고 인권운동가들을 억압한다.

내가 만난 중국인들의 진짜 속내를 알기는 무척 어려웠고 대부분 권력에 순응하는 것 같았다. 올림픽이 다가오면서 전 세계의 눈이 중국을 향했고 사람들은 정부가 일을 잘하고 있다며 자부심을 숨김없이 드러냈다. 그들은 거대한 가족이며, 군대와 나라가 자랑스럽다고 했다. 물론 그 말도 맞다. 나는 영원하고 깊은 가치를 실현하는 중국인들의 힘과 조직력에 엄청난 감동을 느꼈다. 하지만 일당 독재가 종교와 마찬가지로 '인민의 아편'이라는 것도 안다. 스스로 만들어낸 것에 의존하면 인간의 본질이 소멸된다. 주인이나 독재자의 목소리, 향정신성 의약품에서 마음의 안정을 찾을 때도 마찬가지다. 진정으로 자유로우려면 용기가 있어야 하는데 그 용기를 가진 사람들은 드물다.

어쨌든 나는 모든 용기를 그러모아 상하이까지 남은 700킬로미터를 걸어가야 했다. 산간 지역에서 더위에 허덕이며 여행 중 가장 힘든 순간을 맞기도 했고 걷다가 기절하기 일보 직전까지 간 적도 간혹 있었다. 심장이 터질 것같이 뛰는 소리를 들으며 끝나지 않을 것 같은 오르막길을 올라갔다. 지나가는 사람들이 내게 조심하라고 했다. 그런 더위 속에서 걷는 걸 다들 의아해했지만, 비자 만료 기간이 얼마 남지 않아 선택의 여지가 없었다.

햇빛을 조금이라도 피해보려고 유모차에 우산을 고정해놓고 걷다가 가끔씩 걸음을 멈추고 길가에서 쉬었다. 몇 분 있다가 머리를 비우고 다시 그늘에서 그늘로 옮겨다니며 걷기 시작했다. 발가락에 물집이 생겼는데 왼쪽 발이 특히 아팠다. 이란에서부터 증상이 시작됐는데 중국을 다니며 더 심해졌다. 피하 지방층에 물혹 같은 것들이 생겨 발 앞쪽으로 불거져나왔고, 발가락 두 개가 벌어지기 시작했다. 아파서 계속 신경이 쓰였고 발을 절단하게 될까 무섭기까지 했다. 그래도 나는 걷고, 또 걸었다. 발걸음을 뗄 때마다 상처를 채찍으로 때리는 것 같았다. 샌들로 갈아신었지만 물집은 계속 생겼다. 절뚝거리며 걷다보니 양쪽 허벅지가 쓸려서 다리를 벌리고 어정거리며 걸어갔다.

중국 여행의 마지막 2주는 엄청나게 힘든 고행 길이었다. 한국에 가서 전문의를 찾아가볼 생각이었다. 나는 마침내 양쯔 강을 다섯 번째이자 마지막으로 건넜다. 그리고 8월 8일 저녁, 상하이의 작은 호텔에 도착했다. 직원들과 투숙객 몇 명이 로비에 모여서 텔레비전으로 베이징 올림픽 개막식을 보았다. 개막식은 규모가 크고 장엄했다. 사람들은 자부심에 가득 차서 웃고 노래 불렀고, 나는 또다시 그들에게 말로 다 할 수 없는 존경심을 느꼈다.

다음 날 나는 한국행 비행기를 탈 예정이었다.

• 2008년 8월 9일~2009년 1월 28일
한국, 일본, 대만

안녕,
테크노!

"오하이오! 곤니치와!"

세계에서 가장 많은 사람들이 모여사는 거대 도시 도쿄에서 나는 사막 한가운데를 가는 것처럼 걷고 있었다. "안녕하세요!" 하는 내 인사에 아무도 대답해주지 않았다. 좀 더 정확히 말하자면 서른 명 중 한 명쯤은 애매한 동작으로 인사에 응해주었다. 외로움을 잊기 위해 나 혼자 내본 통계에 따르면 그렇다. 하늘을 찌를 듯이 서 있는 초고층 빌딩들과 수많은 행인들로 북적거리는 도심에서 나는 로봇들의 세계에서 보이지도 않고 존재하지도 않는 사람처럼 느껴졌다. 갑자기 누비아 사막 한복판에 있었을 때보다 더 진한 외로움이 밀려왔다.

사람들은 주위를 둘러보지 않았다. 코앞에 있는 땅바닥에 시선을 고정하고 봐야 할 것만 봤다. 마치 스스로 감옥에 갇혀 있는 것 같았다.

나는 근엄한 얼굴에 양복을 입은 군중 사이에 있었다. 무표정한 눈, 투명한 눈빛. 대부분 귀에 이어폰을 꽂고 있었다. 이어폰으로 움직이는 데 필요한 연료를 공급받고 있는 것처럼 보였다. 뒤따라가서 이어폰을 빼면 그들이 쓰러지는 상상을 잠깐 해보았다. 이어폰을 잃어버리면 살 수 있을까? 잘 모르겠다. 음악과 팟캐스트를 담은 MP3 플레이어는 시계처럼 정확하고 효율적으로 거리를 오가는 인간 기계들에게 아주 중요한 물건이다. 부품 하나가 망가지면 고쳐 넣는다. 고칠 수 없으면 폐기 처분한다.

일본은 달리고, 일하고, 미래를 산다. 나는 혼자 현재에 있고, 우리 사이에 놓인 시간의 심연 때문에 아무도 나를 보지 못하는 것 같다. 아니면 내가 더는 존재하지 않는 걸까? 숨이 막혀왔다. 이번에는 문화적 격차가 너무 커서 극복할 수 없을 것 같았다.

몇 주 전 한국을 지나올 때는 시종일관 축제 분위기였다. 금융가나 투자자들만 맞는 게 피곤했던 사람들은 나를 마치 영웅처럼 대해주었다.

| 대한민국 : 서울. 다음 날에 있을 경복궁 금군교대식을 연습하는 모습.

인삼밭에서 만난 친구들이 내게 웃으며 여러 번 말했다.

"일본이 참 좋을 거예요. 한국하고 똑같은데 경치가 더 좋거든요."

9월에 일본 쓰가루 해협에 있는 타피 곶에서부터 북쪽 연안을 따라 걷기 시작했다. 풍요로운 경작지와 숲 들, 어부들의 평온한 삶을 들여다보며 길을 걷다보니 한국 친구들의 말이 옳았다는 생각이 들었다. 풍경도 아름다웠지만 마음이 따뜻한 주민들이 잘 정돈된 집에 나를 초대해주어서 더 좋았다.

그들은 정확한 동작으로 다도를 하며 내게 차를 대접해주었다. 절제되고 우아한 예의범절과 극도로 세심하게 꾸민 집, 정원, 물건 들이 무척 인상적이었다. 완벽함을 추구하는 일본 문화가 환경에서도 오차를 전혀 허용하지 않는 것 같았다. 인사도 지나치게 공손해서, 몸에 팔을 딱 붙이고 몇 번이고 굽실거렸다. 이런 존중과 예의의 표시가 무척 마음에 들었다. 하지만 대도시로 다가갈수록 존중은 상투적인 것이 되고 예의는 무관심으로 변했다. 미소는 사라지고 나는 투명 인간이 되었다.

어느 날 아침 후지 산으로 가는 길에 강가에서 야영을 하고 다시 길을 나섰는데, 어떤 자동차 영업소 앞에서 양복을 입은 직원들이 모여 희한한 의식을 치르고 있었다. 긴장된 표정으로 집중해서 동기 부여 시간을 갖고 하루를 잘 시작하기 위해 사기를 충전하는 것이었다. 그들은 소장으로 보이는 사람의 선창을 따라 규칙적인 간격으로 또박또박 구호를 외쳤다. 무슨 말을 하는지 전혀 알아들을 수 없었지만, 전쟁터에라도 나가는 듯 비장한 태도로 보아 의미는 알 것 같았다.

"오늘 우리는 무엇을 해야 하나?"

"자동차를 팔아야 합니다!"

"목표는?"

"10% 더 파는 겁니다!"

나도 예전에 똑같이 살았기 때문에 그런 압박감을 잘 알고 있다. 그때가 2008년 10월이었고, 바로 전달에 전 세계 주식 시장이 폭락했다. 끔찍한 불황이 닥칠 걸 두려워하며 다들 얼굴에 그늘이 져 있었다. 일은 그들이 소중하게 지켜온 유일한 가치였고, 사회적 상승의 지렛대이자 소득원이었다. 그들이 자신들을 절벽 끝으로 밀고 간 원인이 무엇인지 따져볼 겨를도 없이 일자리를 잃지 않기 위해 더 열심히 일해야 할 거란 생각을 하니 서글펐다. 갑자기 나는 이 세계에 거리감이 느껴졌다. 그래서 작은 공원으로 피신을 했다.

이 거대 도시에는 잠깐 숨을 돌릴 수 있는 항구 같은 작은 공원이 수백 개나 있었다. 그 공원은 마치 세상의 돈벌이에 물들지 않고 아직 남아 있는 시(詩)와 아름다움이 꽃필 수 있도록 보살피려고 그것들을 가둬놓은 것 같았다. 연못 중간에 박혀 있는 말뚝에 물총새 한 마리가 앉아 있었고 아마추어 사진가들이 복잡한 앵글을 찾으며 사진을 찍어댔다. 물총새는 '나 자신'이라는 제목이 붙은 벌거벗은 소녀상처럼 꿈쩍도 안 하고 앉아 있었다. 연꽃 아래를 조용히 미끄러지듯 오가는 붉은색, 하얀색, 노란색 비단잉어들에게 빵 조각을 던져주는 사람들도 있었다. 나는 일기에 이렇게 썼다.

"인간. 괴로울 때 너는 그것을 표현한다. 행복할 때도 너는 그것을 표현한다. 사랑과 행복, 미움과 고통을 네 얼굴, 동작, 목소리로 표현한다. 물질을 만지고 마음이 움직이도록 내버려둔다. 사랑과 고통이 너무 커서 차마 표현할 수 없을 때 너는 마음을 단련한다."

몇 시간 후 나는 마스크를 쓰고 휴대 전화 자판을 두드리며 걷는 여대생과 마주쳤다. 귀가하는 남학생들도 보았다. 교복을 입고 똑같은 머리 모양을 하고, 시리즈로 생산된 회색 자전거의 페달을 밟으며 가고 있었다. 나는 그들에게 "오하이오!"라고 소리쳤고 마침내 주의를 끄는 데 성공했다. 빨간 신호등 앞에 멈춰선 남학생들은 무척 즐거워보였고, 나도 너무 웃어서 눈물이 날 지경이었다.

"오오오! 아아아?"

남학생들은 감탄사를 연발하며 내 유모차에 붙은 작은 게시판을 해독하려 애썼다. 뭔가를 묻고 싶어 했지만 어떻게 말을 해야 할지 몰라 영문 모를 감탄사만 내뱉는 것 같았다. 하지만 무슨 상관인가? 여러 날이 지나도록 사람들과 감정을 나누지 못한 터라 반갑기만 했다.

도시 촌으로 올라가는 계곡에서 나는 평화와 휴머니즘을 다시 느낄 수 있었다. 그곳 휴게소에서 야영할 준비를 하고 있는데, 카페에서 일하는 가즈키라는 청년이 자기 집에서 하루 묵어가라고 초대해주었다. 저녁 식사를 마치고 그는 내 그릇을 보더니 밥알 하나하나에 일곱 신이 깃들어 있다고 했다.

"아, 가르쳐줘서 고마워요."

나는 이제껏 음식의 소중함을 몰랐던 것을 깨닫고 밥알을 남김없이 다 먹었다. 그러고나서 볼펜으로 나와 그 집 아이들의 손가락 끝에 얼굴을 그리고 인형 놀이를 하며 놀았다. 나는 그렇게 가즈키네 가족이 선물해준 누에고치 속처럼 꾸밈없이 아늑하고 친밀한 시간을 음미했다.

선명한 가을빛으로 물든 장엄한 후지 산을 향해 걸어갔다. 길가의 급경사면을 지탱하는 콘크리트 벽에 두꺼운 초록 이끼가 덮여 있었다. 그 장벽에는 경사면에 쌓인 눈을 녹일 수 있도록 태양열 집적판이 장착되어 있었다. 사방이 조용하고 평화로웠다. 후지 산이 구름에 가려 있어서 그 신성한 모습을 제대로 감상할 수 없었다. 나보다는 그곳 주민들이 실망하고 안타까워했다. 후지 산 북쪽을 둘러싸고 있는 다섯 개의 호수 중 하나인 야마나카 호숫가 공원에 가보았다. 마침 프리스비 던지기 대회가 열리는 날이라 개들이 열심히 달리고 있었다.

다음 날 아침 해 뜰 녘에 마침내 눈 덮인 산봉우리가 나타났다. 후지 산은 주위에 있는 차밭과 전통 가옥 들을 조용하지만 위엄 있게 내려다보는 것 같았다.

태평양 연안의 작은 항구에서 야영을 했다. 새벽이 되자 고기잡이를 마치고 돌아온 배들이 잠을 깨웠고, 나는 커다란 분류대 위로 선창(船倉)에 담긴 물고기를 쏟아내는 크레인을 유심히 바라보았다. 남자들이 바삐 움직이는 동안 분홍색 모자를 쓴 부녀자들이 앞치마 끈을 천천히 묶으며 몇 분 동안 첫 아침 햇빛을 받았다. 끔찍하게 고독한 대도시를 피해 낯선 이도 친절하게 맞아주는 어촌에 계속 머물고 싶었다. 일본에서 세 번째로 큰 도시인 나고야를 향해 걸으면서 여러 번 공사 현장을 마주쳐서 돌아가야 했다. 담당자들은 무척 공손하지만 단호하게 보행자들을 인도했다. 모든 행동을 미리 생각하고 해야 한다. 일본 사회는 실수를 하거나 개별적인 행동을 할 권리를 허용하지 않는다. 모든 것을 집단적으로 생각하기 때문에 실패할 경우에 누구도 비난받을 수 없다.

또다시 사람들이 너무나 바빠보였고 나는 고립감을 느꼈다. 나는 다른 세상에서 왔다. 이렇게 태어나서 죽을 때까지 획일적인 환경에서는 늘 동떨어진 주변인이 될 수밖에 없을 것 같다는 기분이 들었다.

아무것도 없는 아프리카에서는 부족한 게 없었는데 일본에서는 이상하게도 모든 것이 부족한 것 같았다. 모잠비크에서는 매일 씻었던 기억이 났다. 그곳에서 나를 재워주었던 집주인들이 가장 먼저 신경 써주었던 것이 씻는 일이었다. 그런데 일본에서는 사회의 열외자로 쌀쌀한 늦가을에 공원이나 숲에서 자다보니 7~10일 만에 한 번씩 겨우 샤워를 했다.

도요하시에서 브라질 인 부부와 알게 되었다. 다른 남아메리카 친구들과 축구장에 소풍을 나왔는데, 그들 모두 자동차 공장에서 낮은 임금을 받고 일하고 있었다. 남편이 일본 말을 할 줄 몰라서 겨우 일자리를 찾았고 미래가 없는 게 가장 큰 고민이라고 했다. 그들은 내게 일본 사람들은 외국인들을 견뎌내질 못한다고 했다. 국적을 취득하려면 반드시 일본인의 피가 흘러야 해서 외국인 노동자들에게는 전망이 전혀 없다고도 했다. 며칠 후에 길에서 우연히 만난 페루 인 빅토르가 말했다.

"우리는 할 수 있는 게 거의 없어요."

사회적인 혜택이나 연금도 없고, 시작할 수 있는 기회가 없고, 시민권을 따는 것도 불가능하다.

"그리고 언제든지, 아무런 사전 통보도 없이 본국으로 추방당할 수도 있죠."

빅토르의 팔에는 붕대가 감겨 있었다. 일하면서 똑같은 동작을 계속 반복하다보니 고질적인 건초염이 생겨서 감아놓은 것이라고 했다. 나는 그에게 가족이 지긋지긋하냐고 물어보았다.

"당연하죠."

잠깐 침묵이 흐른 뒤 그가 말을 이었다.

"페루에 있는 가족들은 여기선 돈을 많이 번다고 생각해요. 그래서 항상 돈을 보내라고 난리죠. 하지만 실상을 알면……."

완벽한 사회는 존재하지 않고, 존재할 수도 없다.

그래도 축복 같은 순간들은 있었다. 거대한 도쿄의 아스팔트 틈새에서 사람들의 발에 밟히면서도 빠끔히 고개를 내민 작지만 강단 있는 꽃처럼 말이다.

나고야에서 만난 할머니도 그랬다. 몸집이 자그마하고 베이지색 바지, 빛바랜 분홍색 스웨터, 금단추가 달린 연한 초록색 조끼를 입어서 전체적으로 부드러운 파스텔 톤의 분위기가 감돌았다. 할머니가 길에서 내게 다가와서 말을 걸었지만 나는 전혀 이해할 수 없었다. 그래도 할머니는 계속 말을 걸었다. 별안간 나는 알 수 없는 충동에 이끌려 할머니의 어깨를 붙잡고 어리광을 부리듯 꼭 끌어안았다. 그 순간이 영원처럼 길게 느껴졌다. 한참 안고 있다가 놓아주자, 할머니는 두 눈에 눈물을 가득 담고 "아리가또, 아리가또(고마워요, 고마워요.)."라고 연신 말했다

할머니는 내게 너무나 큰 기쁨과 평화를 선물해주었다. 나는 그 일본의 꽃을 가지고 오고 싶었다.

• 2009년 1월 30일~5월 17일
필리핀

잃어버린 천국

여행을 떠날 때 지구에 60억 명이 살고 있었다.

집에 돌아갈 때는 10억 명이 늘어 있었다.

이 세상에 무슨 일이 일어난 걸까?

사람들이 넘쳐나고 내전으로 찢긴 동남아시아에 가보기 전까지, 나는 과잉 인구, 오염, 가난에 대해서 안다고 생각했다. 그런데 직접 경험해보니 그건 전혀 다른 것이었다.

2009년 2월 마닐라에 도착했다. 마닐라는 2000만 명 이상이 사는 괴물 같은 거대 도시, 세계에서 인구 밀도가 가장 높은 지역이다. 당나귀, 트럭, 물건을 잔뜩 실은 모터사이클 들이 뒤엉켜 오가는 거리에서 버려진 아이 수천 명이 구걸을 하거나 쓰레기 더미를 뒤져서 팔거나 재활용할 수 있는 물건을 찾고 있었다.

왼쪽으로 마닐라 만이 나타났다. 쓰레기가 잔뜩 떠 있는 끈적끈적한 검은 물이 끝없이 펼쳐져 있었다. 너무 끔찍했고 구역질이 날 것 같았다.

그날 저녁 나를 재워준 프랑스 친구 도미니크 르메가 마닐라는 공기, 물, 쓰레기, 하수도 등 모든 것이 완전히 오염되어 있어서 해결해야 할 문제가 아주 많다고 했다. 하수도 시설은 시민 중 10%만 이용할 수 있어서 생활 폐수가 대부분 바다로 흘러 들어간다고 했다. 주민의 3분의 1이 빈민가에 산다고 도미니크가 안타까운 얼굴로 말했다. 그가 만든 재단인 '벌라니(Virlanie)'는 현재 마닐라 거리의 아이들을 돌보는 가장 중요한 비정부 기구이다. 그룹 홈에 아이들을 받아들여 미래를 꿈꿀 수 있도록 도와주고 소규모 순회 학교도 여는데 아이들이 구름처럼 몰려들었다가 수업이 끝나고 먹을 것을 받으면 어디론가 뿔뿔이 사라진다고 했다. 꼬질꼬질하지만 눈빛이 반짝거리는 대여섯 살 먹은 남자아이 하나는 학교에 자주 와서 전용 칫솔도 있었다. 그런데 그룹 홈에는 결코 머무르지 않았다. 그 아이는 어디에서 잘까? 어느 빈민가의 쓰레기 산에서 사는 걸까?

7개월 동안 필리핀에서 인도네시아 끄트머리까지 가는 동안 나는 극심한 빈부 격차와 과잉 인구, 기록적인 오염, 수많은 분쟁을 목격했다.

필리핀 열도는 크게 세 지역으로 나뉜다. 메트로 마닐라가 있는 북쪽 루손 섬, 작은 섬이 많은 비사야 제도, 남쪽 민다나오 섬이다. 민다나오 섬은 강한 무슬림 반군 세력이 정부와 끊임없이 무력 충돌을 벌여서 위험하기로 악명이 높다.

사람들이 북적거리는 루손 섬을 떠나 비사야 제도의 사마르 섬과 레이테 섬을 지나갔다. 그 섬들은 필리핀에서 손꼽히게 가난한 지역이라고 해서 나는 은근히 걱정을 했다. 과연 호텔도 거의 없고, 전기도 없었다.

필리핀 : 칼바요그. 귀여운 아기를 보며 웃는 아빠.

하지만 나는 야자나무가 무성한 화산의 땅을 즐거운 마음으로 걸어갔다. 섬사람들이 뭍에 내다팔려고 전통 배인 '방카'에 생선과 코프라(코코넛 과육을 말린 것)를 가득 싣고 털털거리면서 바다 위를 가는 광경도 구경했다. 엔진이 장착된 방카는 길이가 약 3미터 정도로 양옆에 균형을 잡아 주는 기다란 날개가 달려 있어서 매우 안정적이고 빠르게 섬 사이를 오갈 수 있다.

나는 여러 국제기구의 통계치가 현실의 삶을 제대로 반영하지 못한다는 생각을 다시금 했다. 섬사람들은 무척 가난했지만 곳곳에서 웃음소리가 끊이지 않았다. 어부들의 웃음소리, 야자나무 아래에서 수다를 떠는 여인들의 웃음소리, 투명한 옥색 바다에 물장구치는 아이들의 웃음소리. 단순한 일상 가운데 즐거움이 넘쳐났다.

하얗고 고운 모래 해변 옆으로 난 길로 내려가고 있는데 모터사이클을 탄 남자가 옆으로 와서 멈췄다. 네덜란드계 미국인이지만 거의 필리핀 사람이나 마찬가지라고 자신을 소개하며 '피노이(Pinoy : 필리핀 사람을 일컫는 말)' 여자 친구와 함께 그곳 섬에 살고 있다고 했다.

"민다나오를 통과해서 보르네오로 가지 그래요? 어려울 거 하나 없어요. 내가 모터사이클을 몰고 벌써 가봤거든요."

2009년 4월 21일, 나는 해가 뜨기 전에 잠에서 깼다. 전날 나는 경찰서 사무실에서 하룻밤 신세를 졌고 아침 일찍 경찰서에서 아주 가까운 부두에서 민다나오로 가는 나무 삼동선(선체가 셋으로 되어 있는 배)을 타기로 했다. 벨기에 면적의 3배쯤 되는 민다나오 섬은 필리핀에서 가장 낙후된 지역이다.

거친 파도가 바위에 부딪쳐서 흩어지는 가운데 사람들이 내 유모차를 위로 치켜든 채 좁다란 뱃전 사다리를 건너서 내려주었다. 어느덧 지는 해가 구름을 붉은색으로 물들이고 배는 천천히 해안을 떠났다. 흔들리는 다리 위에서 나는 어떤 위험이 닥칠지 상상하지 않으려고 애쓰며 파도 거품 속을 떠다니는 부표를 바라보았다.

내가 민다나오 섬을 걷겠다고 하자 수많은 사람들이 걱정하며 말렸다.

"민다나오, 민다나오 섬을 걷는다고요? 민다나오독립운동, 모로국민해방전선, 모로이슬람해방전선이 무섭지도 않나요? 아부 사야프를 마주치면 어쩌려고요?"

민다나오 섬에서는 필리핀에서 가장 위험한 이슬람 무장 단체가 수많은 폭탄 테러, 암살, 납치를 저지르고 있었다. 그들의 최종 목표는 말레이 반도에 강대한 이슬람 국가를 세우는 것이다. 무척 힘든 일이고 돈이 이만저만 많이 드는 게 아니라서 무장 단체는 자신들의 구역에서 얼씬거리는 운 나쁜 사람들은 누구라도 납치했다. 현지 사람들의 경고는 약간 섬뜩했지만 나는 운을 시험해보기로 했다. 4월 24일 아침, 나는 서쪽으로 700킬로미터 떨어진 삼보앙가로 가는 길에 접어들었다. 녹슨 양철 지붕들이 뒤엉켜 있는 부투안 시내에 갑자기 바나나 숲이 나타났다. 지프니(필리핀의 대표적인 대중교통 수단으로 지프를 개조하여 만든 것이다. 지프 차량의 뒷부분에 좌석을 늘리고 외부를 화려한 색으로 치장하였다.)와 삼륜 택시 들이 북적거리는 도심에 초록색 위장복을 입고 무장한 군인들이 배치되어 있어서 불안한 분위기가 감돌았다. 무슨 일이 일어나는지는 모르겠지만 아무도 신경 쓰지 않는 것 같았다.

사실 군대의 70%가 민다나오 섬에 집중 배치되어 필리핀 부의 근간인 광물 자원과 드넓은 경작지를 지키고 있었다. 부가 아주 불공평하게 분배되고 있다는 건 나도 금세 눈치챘다. 민다나오 지역은 국부의 60%를 차지하고 있지만 예산의 20%밖에 지원받지 못한다. 여러 개로 쪼개진 지역 공동체는 극심한 빈곤에 시달린다. 1300만 명은 에스파냐 식민 지배자의 후손인 기독교인들이고, 가까운 인도네시아에서 건너온 무슬림이 400만 명 정도이고, 숲에서 반 유목 생활을 하는 원주민 루마드 족이 200만 명 있다. 루마드 족은 땅을 빼앗기고 '야만인' 취급을 받는다. 이렇게 다양한 주민들이 착취당하고, 억압당하고, 가장 기본적인 자유를 구속당한다고 생각해 서로에게 불만을 터뜨린다. 그런 가운데 지배층들의 부정과 부패, 권력 남용이 들끓고 있다. 민다나오 섬은 자원이 풍부하지만 위험한 화약고가 되었다.

민다나오 섬에 도착한지 얼마 안 돼 카가얀데오로로 가는 길에 나는 마을 몇 곳을 지나갔는데 그곳 사람들은 평화롭게 사는 것 같았다. 어떤 남자가 '다오'라는 음료를 팔기에 마셔보니 따뜻한 요구르트에 개구리알이라고 부르는 맛있고 달콤한 젤리를 섞은 것이었다. 좀 더 가니 모터사이클에 걸터앉아 낮잠을 자는 남자가 있었다. 그가 핸들에 기대 태평하게 낮잠을 자는 동안 아내가 뒤에서 남편이 깨길 참을성 있게 기다렸다.

사람들이 모여서 저울에 사지를 꽁꽁 묶은 돼지를 눕히고 분주하게 무게를 쟀다. 그 앞의 야자나무 숲에서는 코코넛 따는 사람들이 수확물을 산더미처럼 쌓아놓고 즐거운 얼굴로 코프라(야자씨의 배젖을 말린 것. 과자의 재료, 마가린, 야자유 등의 재료로 쓰인다.) 상인들과 흥정을 하고 있었다. 널빤지와 대나무로 짓고 야자잎으로 지붕을 얹은 집 앞에서 가족이 앉아서 바람을 쐬고 있었다. 파인애플 상인 옆에 있는 노래방에서 주저하는 듯한 여자 목소리가 크게 들려왔다.

오종한에서 나는 식구끼리 하는 작은 가게에서 달콤한 아보카도 몇 개를 사먹었다. 그곳 바랑가이(필리핀에서 촌락을 지칭하는 단위) 장이 하룻밤을 재워주었다. 나는 삶이 가끔은 석호처럼 잔잔하다고 생각하며 잠이 들었다.

며칠 후 구름에 가린 카미긴 섬을 멀리 바라보며 간판에 '할랄(이슬람교도인 무슬림이 먹고 쓸 수 있는 제품의 총칭)'이라고 적힌 식당에 들어갔다. 이슬람 사원 바로 옆에 있는 그 식당에 내가 들어서자 어색한 분위기가 감돌았다. 하지만 내가 아랍 어로 인사말을 몇 마디 건네자 사람들이 이내 밝은 얼굴로 물었다.

"무슬림이에요?"

"아뇨. 하지만 이슬람 국가를 많이 걸어다녔어요. 어디서나 친절하게 맞아주더군요."

곧바로 밥과 생선을 넘치도록 담은 접시가 내 앞에 놓였다. 식당을 나서는데 젊은 여종업원이 살그머니 말했다.

"삼보앙가에선 조심하세요."

사람들이 납치와 테러 이야기를 하도 많이 해서 머릿속에서 떠나지 않았다. 일리간을 지나고 나서부터는 분위기가 갑자기 바뀌었다. 강가에서 군인들이 임시 다리 쪽으로 차들을 유도하고 있었다. 2주 전에 폭탄이 터져서 다리 상판이 날아갔다고 했다. 사람들이 하룻밤 지내라고 데려다

준 경찰서에서 나는 철통같은 경호를 받았다.

다음 날, 평화 활동가인 준 엔리케스와 여자 친구 제이슈리가 나와 함께 걸으며 그곳에 어떤 일이 있었는지 설명해주었다. 준은 산에서 내려온 모로이슬람해방전선('모로'는 필리핀 남부 지역의 무슬림 원주민들을 말한다.) 반군들이 파괴한 협동조합 은행의 폐허, 아직 포탄 흔적이 남아 있는 폭파당한 집들을 보여주었다. 여덟 달 전에 벌어진 일이었고, 생존자들은 바닷가 쪽으로 피신했다. 준은 감정이 북받쳐올라 떨리는 목소리로 자신의 어머니가 살던 집을 보여주었다. 코프라 기름을 짜는 가내 공장 근처였다.

이제 길에는 3~5킬로미터마다 검문소가 있었다. 나는 이미 경찰 호위를 받은 경험이 있지만, 이번에는 정보기관과 군대의 호위까지 받게 되었다. 평화를 기원하는 도보 여행자를 무장한 채 에워싼 군인들이라니 얼마나 역설적인 상황인지.

콜람부간에 갔을 때 군인들 중 하나가 자신이 들고 있는 무기에 총알이 400백 발 넘게 들어 있다고 내게 설명했다. 그의 동료는 포탄과 바주카포 같은 무기를 들고 있었다. 나는 무기에 관해서는 젬병이라 뭐가 뭔지 알 수 없었다.

한동안 나는 서른 명의 군인과 함께 길을 걸었다. 옆으로 펼쳐진 산속에서 반군들이 내가 어디로 가는지를 탐색하고 있었다. 군인들이 내게 말했다.

"안심하세요. 반군들은 근거지에 틀어박혀 꼼짝도 안 할 거니까요."

마치 내가 양쪽 진영에서 누가 줄을 조작할지를 놓고 싸우는 꼭두각시

인형이 된 것 같아서 기분이 무척 나빴다. 삼보앙가까지 가는 400킬로미터의 행군은 무척 빠르고 기계적으로 진행되었다. 군의 임무는 나를 말레이시아로 가는 배까지 아무 문제 없이 데려다주는 것이었다. 나는 군인들과 함께 걷고, 먹고, 자는 데 차차 익숙해졌다. 그들은 상냥했고 세세한 부분까지 나를 배려해주었다. 나를 돌봐주면서 습관적인 일상에서 그나마 기쁨을 찾는 것 같았다.

하루는 호기심 많은 어린이들이 우리 옆으로 와서 함께 걷기 시작했는데, 그 모습이 몹시 우스꽝스러웠다. 그래서 내가 재미 삼아 "우리는 평화를 바란다! 우리는 평화를 바란다!"라고 외치고 아이들에게 따라하게 했다. 우리가 구호를 또박또박 외치는 동안 몇몇 신병들도 무심코 따라하는 걸 보았다.

파가디안으로 들어가는 길에 갑자기 4륜 구동차 한 대와 호위대가 와서 섰다. 차에서 시장이 선글라스를 낀 경호원과 함께 내렸다. 허리춤에 권총을 차고 아놀드 슈워제네거처럼 생긴 경호원이 주위를 샅샅이 둘러보기 시작했다. 시장이 내게 말했다.

"여긴 아주 위험한 지역이에요. 강으로 반군들이 자주 침투해서 공격을 해오죠. 여길 걷는 건 미친 짓이에요."

그에게 무장 군인들이 지켜주기 때문에 괜찮다고 대답하려다가 문득 둘러보니 내 주위에 아무도 없었다. 그 지역은 관할이 아니었기 때문에 다들 철수한 것이다. 시장은 슈워제네거 경호원과 함께 차에 다시 탔고 먼지구름을 일으키며 가버렸다. 내 옆에는 조그만 모터사이클을 탄 배나온 경관 하나만 남았다. 그는 빨리 가라고 나를 채근했다.

"빨리요, 장, 빨리 가요! 장, 좀 더 빨리 걸으라고요!"

나는 웃지 않으려고 입술을 깨물며 참았다.

며칠 후 나는 날 감시하라고 배치된 사복 정보 요원 중 한 명과 친해져서 이런저런 이야기를 들었다. 70년대에 그 지역은 정말로 위험해서 군대가 반군의 바로 옆까지 들어가서 대치했지만 지금은 그때보단 잠잠해졌다고 했다. 그래도 10~15% 정도는 여전히 위험했다. 쌀, 코프라, 라텍스가 많이 생산되고, 광물 자원도 풍부했지만 반군이 환경을 파괴해서 주민들에게 돌아가는 것이 별로 없었다.

납치가 더 수지맞고 확실한 사업이었다. 멀지 않은 곳에서 어떤 반군단체가 필리핀 교수 세 명을 인질로 삼고 수백 만 페소를 요구하고 있었다. 인질들은 부자도 아니고 그저 평범하게 사는 사람들이었다. 이렇게 험한 분위기 때문에 죽음을 초연하게 보게 된 걸까? 어떤 장의사에 '운좋은 장의사'라는 간판이 붙은 걸 보니 당황스러웠다. 그 지역에서는 돈내기 놀이가 금지되었지만 가족의 장례 기간에는 예외적으로 허용이 된다고 했다. 죽음이 돈내기를 할 수 있는 기회인 셈이다. 포르말린 처리를 하여 보존하는 시신들도 있다. 어떤 이들은 그런 시신을 빌려서 불법 도박장에 가져다놓고 여러 주 동안 영업을 한다.

가장 위험한 지역이라는 삼보앙가가 가까워지자 내 유모차 주위로 경계가 더욱 강화되었다. 경관 스무 명, 경찰차 두 대, 정보 요원 다섯 명이 추가되었고 경찰서장과 계속 연락을 취했다.

"걱정하지 마세요!"

서장은 이렇게 말했지만 그런 대부대를 달고 가려니 걱정스러워서 미칠 지경이었다.

보르네오로 가는 배 안에서 나는 가느다란 띠처럼 보이는 땅의 풍경에 녹아드는 삼보앙가를 물끄러미 바라보았다. 그리고 군대, 반군, 잊힌 원주민, 에스파냐 침략자 들에게 마지막 인사를 건넸다. 향신료 몇 가지, 땅, 신들에게도.

당신들은 이 섬에 무슨 짓을 한 것인가?

• 2009년 5월 19일~6월 6일
말레이시아(보르네오 섬)

바람 부는 땅

중국인이 운영하는 노점에서 삭힌 오리알을 몇 개 샀다. 나는 보르네오 섬 북쪽의 사라왁 주를 나흘째 걷고 있었다. 금세라도 폭우가 쏟아질 것 같았다. 하지만 나는 먹을 것도, 마실 것도 거의 없이 끝없이 펼쳐진 기름야자 농장을 걷고 또 걸었다. 내가 기대한 건 이런 풍경이 아니었다.

보르네오 섬의 원시림, 희귀 동물들의 보금자리인 생물 다양성의 보고를 파괴하는 건 화재만이 아니다. 기름야자 농장이 다양한 나무와 풀, 생물 들을 파괴하며 급속도로 퍼져나가고 있다. 오직 기름야자나무 한 종류만 멀리 지평선까지 수백 킬로미터에 걸쳐 서 있다. 산을 배경으로 일렬로 늘어서 있는 기름야자나무들만 며칠째 보고 있자니 몹시 걱정스러웠고 눈물이 날 것 같았다. 섬을 덮친 흑사병 같았다.

보르네오 섬이 워낙 무더워서 유모차가 더 무겁게 느껴졌고 비가 오기 전에 피할 곳을 찾고 싶었다. 기름야자 농장 주변에 있는 경비원의 오두막에 들어가자마자 폭우가 쏟아졌다. 내가 가져온 생선 통조림과 경비원의 아내가 준비한 밥을 탁자에 차려놓고 타닥타닥 무겁게 떨어지는 빗소리를 들으며 우리는 함께 식사를 했다.

가도 가도 끝없이 이어지는 기름야자 농장에 나는 경악했다. 이토록 많은 기름을 다 소비하는 게 가능하긴 한가? 누가 이걸 다 먹을까?

목재를 실은 커다란 트럭들이 먼지를 일으키며 줄줄이 스쳐 지나갔고, 그제야 나는 멀리서 굴삭기 여러 대가 쉴 새 없이 땅을 파는 것을 보았다.

1년 후면 개간된 땅에 기름야자나무가 줄지어 서 있을 것이다. 100년 후면 땅이 척박해져서 아무것도 자랄 수 없을 것이다.

산간 지역의 중심지인 라나우가 가까워지자 마침내 농장이 사라지고 마을이 나타났다. 말뚝을 박아 바닥을 높이 띄운 고상 가옥들이 있었고, 아롱거리는 꽃을 꽂은 지붕 밑에 빨래가 말라가고 있었다. 가끔 길가에 개울이나 샘, 물웅덩이가 있었는데 그 바로 옆에 수건과 세숫대야, 비누가 있었고 말뚝에 칫솔도 여러 개 걸려 있었다. 마을 사람들의 공동욕실인 셈이다.

해가 져서 어스름해질 무렵, 아이들이 웃으면서 잔디밭 위를 뛰어다녔고 풀을 엮어서 만든 공으로 화려한 발재간을 자랑하며 축구를 했다. 아버지들은 아이들을 바라보며 타피오카(열대 지방에서 나는 카사바의 뿌리로 만든 녹말의 일종) 술을 빨대로 조금씩 빨아마셨다. 술이 너무 맛있어서 밤새도록 마실 수 있을 것 같았다. 우리는 친근하게 이야기를 나누었지만 서로 무슨 말을 하는지 확실히 이해하진 못했다.

해발 약 4000미터에 달하는 키나발루 산은 말레이시아에서 가장 높은 산이다. 키나발루 산에 올라가서 장엄한 경치를 감상하다가 둘러보니 곳곳에 굴삭기가 땅을 파고 있었고, 기름야자나무 묘목이 군데군데 심어져 있었다. 숲이 마치 좀먹은 담요처럼 보여서 목이 메어왔다. 내게 말을 걸어오는 젊은 남자에게 지구 온난화, 산림 파괴, 토양 침식에 대한 이야기를 했다. 그는 내가 무슨 말을 하는지 하나도 이해하지 못했다. 농업 개발을 돈을 벌고 지역을 발전시킬 수 있는 엄청난 기회라고 여기고 있었다. 하기야 내가 누구라고 그에게 이래라저래라 할 수 있겠는가? 우리 서구인들은 그들보다 먼저 땅을 벌거숭이로 만들었다. 게다가 한 술 더 떠 그들의 땅을 침범하고, 그들의 가치를 바꿔놓았다.

내가 처음 도보 여행을 시작했을 때는 '지속 가능한 개발'이라는 말이 없었다. 그런 말도 안 되는 믿음은 어느 날 갑자기 나타났다. 개발에 '관련된' 서구인의 머릿속에서 그 말이 떠올랐기 때문에 새로운 현실이 생겨난 것이다. 하지만 지속 가능한 개발이란 건 존재하지 않는다. 개발하거나, 하지 않을 뿐이다. 물건들을 생산하거나, 생산하지 않을 뿐이다. 행복을 물건이나 시리즈로 계속 나오는 장난감에서 찾을 수도 있겠지만 다른 선택을 할 수도 있다. 그리고 그 선택에는 결과가 따른다. 행복을 돈으로 살 때마다, 에너지를 소비할 때마다 생명을 죽이는 열기가 조금씩 더 퍼진다. 쓰레기가 쌓여가고 물은 검게 오염되고, 공기 중에는 보이지 않는 더러운 물질들이 떠다닌다.

서구인들이 이런 '행복'을 그들에게 가르쳤고, 그들은 너무 잘 배워서 전속력으로 과잉 생산을 향해 달려간다. 그들에게 멈추라고, 서구인들이

틀렸다고, 이제는 이미 가진 걸로 만족해야 한다고 어떻게 말할까? 이곳 아이들의 미래를 생각하면 슬프고 절망스러웠다. 아이들의 천국은 지금 사라지고 있고, 언젠가는 영영 없어질 터였다.

하지만 이 땅에 사는 사람들은 심각성을 거의 모르는 것 같았다. 한편으론 여전히 야생의 자연 속에서 완벽하게 조화를 이루며 사는 이들도 있었다. 보르네오 섬의 원시림은 덥고 습기가 많아서 햇볕을 피해서 자란 키 작은 나무 숲에는 희귀한 동물들과 식물들이 많이 살고 있었다. 길가에는 노란색, 하얀색, 보라색의 묵직한 꽃들이 피어 있었고 나비 수천 마리가 둘씩 짝지어 반짝이는 햇빛 속을 빙글빙글 날아올라갔다. 난초과 식물들과 커다란 꽃들 사이로 커다란 도마뱀들이 미끄러지듯 기어다녔다. 육식 식물, 용과, 맛있는 붉은 버섯을 비롯해 다양한 열매와 나물 들이 지천에 널려 있어 여자들이 들판과 숲으로 주우러 다녔다.

브루나이 술탄국의 국경과 가까운 사라왁 주에서 나는 이반 족이라는 놀라운 부족을 만났다. 옛날에는 아주 호전적인 부족이었지만 지금은 정착해서 파라고무나무 농장에서 일하며 산다. 기독교를 받아들였지만 자신들만의 관습과 대대로 내려오는 믿음은 간직하고 있다. 저녁에 이반 족 추장의 초대를 받아 '롱하우스'에 가자마자 나는 그들의 공동생활 방식에 흠뻑 빠져들었다.

노란색으로 칠한 길쭉한 롱하우스는 기둥 위에 세워진 고상 가옥이며, 한 지붕 아래 공동으로 사용하는 기다란 복도를 따라 20가구 정도가 사는 개별적인 공간이 있다. 어깨에 부족을 상징하는 문신을 새긴 추장은 몰려드는 아이들을 쫓아내며 나를 자기 거처로 데리고 갔다. 곳곳에 레이스가 달려 있는 알록달록한 방에 자질구레한 수공예품이 잔뜩 있었다. 의식용 가슴받이와 기다란 깃털이 달린 투구, 섬세하게 짠 팔찌가 안쪽에 놓여 있었다. 방은 흠잡을 데 없이 깨끗하고 정리가 잘돼 있었다. 추장은 이반 족은 이슬람교를 믿는 말레이시아에서 독특한 위치를 차지하고 있다고 설명했다. 이반 족은 기독교가 자신들의 생활 방식에 더 맞는다고 생각했지만 자연과 맺은 깊은 관계에서 비롯된 여러 가지 믿음도 포기하지 않았다.

추장은 손잡이에 새 머리가 조각된 커다란 칼을 휘둘렀다. 그러면서 예전엔 이반 족이 숲에 다녀오면 추장에게 가서 자연의 말을 전하고 지혜로운 사람이 해독할 수 있도록 해야 했다고 설명했다. 수다스럽게 우짖는 새소리에 적의가 담긴 것처럼 들리면 밀림에서 위험한 일이 벌어질 수도 있다는 뜻이었다. 그러면 며칠 동안은 사냥, 채취 등 숲에서 하는 일은 연기하라는 명령이 떨어졌다. 내가 아직도 그렇게 믿느냐고 묻자 추장은 한숨을 쉬며 눈을 내리깔았다.

"아뇨, 그건 망상일 뿐이죠."

나는 그 말을 믿지 않았다. 하지만 그는 내게 이반 족은 '머리 사냥'을 오래전에 그만뒀다고 웃으며 말했다. 기독교를 믿기 시작하면서부터 머리들을 죄다 묻었다고 했다. 한동안 침묵이 흐르다가 그가 갑자기 나를 날카로운 눈빛으로 바라보더니 속삭였다.

"저기 위, 왼쪽을 보세요."

무엇이 있을지 궁금해서 나는 뒤로 돌았다.

"세 번째 문 위, 천장에 매달려 있네요. 오세요, 제가 보여드리죠."

우리는 가까이 다가갔고 추장이 손전등으로 비춘 곳에 먼지 묻고 턱이 검은색으로 변한 해골 8~9개가 있었다. 갈댓잎으로 대충 싼 두개골에 피부는 바싹 말라붙었다. 깜짝 놀라는 나를 보고 추장이 그 해골은 70년도 더 된 것이고 아마 적대적인 관계에 있던 다른 '롱하우스' 사람들의 것이었을 거라고 설명했다. 머리를 자르던 관습은 1920년이 되어서야 중단되었다. 적의 머리를 자른 용감한 전사는 여자들에게 인기가 많았다는 이야기도 들었다. 해골들 밑에 제물이 담긴 바구니가 놓여 있었다. 바로 옆에 있는 다른 기둥에 뿌리, 나뭇조각, 덩굴, 숲의 세계를 상징하는 야생동물의 뿔 같은 것들이 가득 담긴 바구니가 걸려 있었다. 건기에는 기도를 하는 내내 모든 제물에 물을 뿌렸다.

개울가에서 물놀이를 하고나니 저녁이 되었다. 밤을 새워 함께 놀면서 나는 초창기 사람들의 대화가 어땠을지 상상해보았다. 그들의 입과 성대는 아마 새소리나 딱딱거리는 곤충 소리에 익숙해져 있었을 터였다. 처음으로 소리를 냈을 때는 너무나 신이 났을 것이다. 가족끼리 모여앉아 입술에서 어떤 소리가 나는지 알아봤을지도 모른다. 그들은 눈물이 날 정도로 웃었을 것이며, 어쩌면 그것이 최초의 농담이었을 것이다.

• 2009년 6월 8일~6월 18일
브루나이 다루살람

돈 많은 술탄의 작은 제국

브루나이는 말레이시아 사라왁 주에 둘러싸여 있고, 남중국해 연안에 있는 작은 나라지만 엄청난 석유 매장량을 자랑한다. 브루나이 술탄국을 지나가기 전에는 그 나라가 지도 어디에 있는지 찾지도 못했다. 보르네오 섬에 있는 이 초소형 국가를 지배하는 사람은 오일 달러를 세느라 무척 바쁜 술탄이다. 지금 술탄의 부친인 오마르 알리 사이푸딘은 무척 수완이 좋은 사람이었다. 영국 식민 지배자들이 그 지역에서 물러나고 말레이시아 연방을 만들 때 사이푸딘 술탄은 석유 개발 독점권을 잃어버릴까봐 브루나이를 영국의 보호 아래 두었다. 브루나이는 1984년까지 영국 보호령이었고 지금은 아들인 하사날 볼키아 무이자딘 와다울라가 다스리고 있다. 하사날 볼키아 술탄은 세계에서 가장 부유한 왕이다. 그는 고급 승용차를 5000대 넘게 갖고 있다. 그 좁은 땅 어디에 차를 두는지 궁금하다.

나는 브루나이의 술탄의 사치가 말도 안 된다고 생각했고 분노마저 느꼈다. 그런데 예쁜 집에 나를 재워준 가족에게 술탄이 어떠냐고 물었더니 대답했다.

“우리는 술탄 폐하를 좋아해요. 폐하는 너그럽고 선하신 분이에요.”

존경심이 가득 담긴 목소리를 들으니 진심인 것 같았다. 브루나이 국민들은 자유를 전혀 누릴 수 없지만 아시아에서 가장 부유한 축에 속하고 무상 의료 지원과 무상 교육의 혜택을 받으며 산다. 하지만 희한하게도 빈곤 문제가 완전히 해결되지 않아 국민 중 20%는 최저 생계비 이하의 생활을 하고 있다.

금과 크리스털로 치장한 보잉 747기를 타고다니면서 모든 국민을 배부르게 먹이기는 불가능하다. 게다가 아무도 그런 상황을 불편해하지 않는다. 석유 개발권을 독점하는 쉘(Shell) 사로서도 불편할 게 전혀 없다. 술탄은 석유 개발에 따르는 어마어마한 로열티를 받고 모두 만족한다. 수도인 반다르 스리 브가완 시내에서 어떤 서양 남자가 나를 보고 기쁨에 겨워 스테이션왜건 차에서 뛰어내리더니 어설픈 프랑스 어로 말을 걸어왔다. 오스트레일리아 인 교사인 앨런은 브루나이에서 산 지 여러 달이 됐다고 했고 나를 집으로 초대했다. 돼지고기, 술, 유흥, 여자 등 모든 것이 금지된 엄격한 이슬람 국가에서 여러 달을 지내다보니 따분해서 죽을 지경인 모양이었다. 앨런은 내내 즐거워하며 국제 학교 동료들과 함께 나를 전통 수상 가옥 마을로 데려가주었다. 수상 가옥으로만 조성된 그 거리에 약 4만 명의 주민이 살고 있었다. ‘아시아의 베네치아’는 그다지 고급스럽지 않았다. 그도 그럴 것이 돈은 모조리 왕궁을 짓는 데 들어갔기 때문이다. 앨런이 멀리 보이는 둥그렇고 거대한 금빛 지붕을 가리켰다. 왕궁 내에 방이 자그마치 1788개나 있고 건축비로 3억 5000만 달러가 들었다. 그것만도 대단하다고 생각했는데 어림도 없었다.

다음 날 앨런은 내가 생전 본 적도 없는 호화로운 건물로 안내했다. 술탄의 동생인 제프리가 재무상이었던 시절에 지은 엠파이어 호텔이었다. 술탄의 손님들을 대접하기 위해 지은 호텔이어서 왕궁처럼 잘 꾸며져 있었고 건축비로 16억 달러가 들었다. 지출 규모가 너무 커서 논란의 불씨가 되었고 제프리가 거액을 횡령했다는 사실이 밝혀지며 더 시끄러워졌다. 결국 술탄은 동생 제프리를 해임했다. 브루나이 국민들은 세금을 내지 않기 때문에 아무도 그 일을 다시 문제 삼지 않았다.

저녁에 우리는 고약한 냄새가 나는 '두리안'을 가운데 놓고 둘러앉아서 농담을 주고받았다. 앨런 부부는 내가 인상 쓰는 걸 사진으로 남기려고 준비했지만, 그들의 기대와는 다르게 나는 두리안을 정말 맛있게 먹었다. 브루나이에서는 별것 아닌 것도 재미있어한다. 친절한 앨런이 시외까지 바래다주었고 나는 뒤도 돌아보지 않고 떠났다. 떠나고 싶은 마음이 굴뚝같은 그의 눈길이 내 어깨에 매달려 있는 느낌이 들었다.

• 테라 아우스트랄리스 코그니타

• 세상의 끝

오세아니아

뉴질랜드 : 레잉가 곶. 캐나다로 돌아가기 전 마지막 도보 여행. 이 사진을 찍었을 때 너무 기뻐서 손에 들고 있던 샴페인 마개가 캐나다까지 날아가지 않을까 하는 생각을 했다. 나는 샴페인 마개를 따라갔다. 이번에는 걸어서가 아니라 비행기를 타고.

• 2009년 7월 20일~2012년 9월 29일
싱가포르, 인도네시아, 동티모르, 오스트레일리아

테라 아우스트랄리스 코그니타•

"지도가 이게 다예요?"

나는 짜증 섞인 눈길로 관광 안내소 직원을 바라보며 물었다. 그는 도통 이해할 수 없다는 표정이었다. 나는 다윈에서 포트 아서까지 6300킬로미터를 걸어갈 생각이었다. 북쪽의 거대하고 적막한 초원과 사막을 지나 퀸즐랜드 주에서 태즈메이니아 섬까지 1년 동안 걸을 계획이었다. 사람 한 명 마주치지 않고 수백 킬로미터를 걸어가야 할 테니 내겐 지도가 꼭 필요했다.

직원이 카운터에 거의 아무것도 그려져 있지 않은 네모난 종이 한 장을 펼쳐놓고 말했다.

"지도 갖고 계시잖아요. 여기가 퀸즐랜드 주고요. 여기 찍힌 점들은 로

• Terra Australis cognita. 라틴어로 '알려진 남쪽 대륙'이라는 뜻. 오스트레일리아를 가리킨다.

드하우스(도로변에 있는 여관, 식당 등을 말한다.)예요."

"아니요. 저는 상세 지도가 필요하다고요. 이걸 보니 로드하우스 사이가 적어도 300킬로미터는 떨어져 있네요. 그 중간 지점에 뭐가 있는지 알고 싶어요."

"아무것도 없어요."

"네? 아무것도 없다고요?"

"네. 없어요."

놀라서 심장이 멎는 줄 알았다. 사람이 없는 외딴 지역에 가고 싶었지만 수백 킬로미터를 가도 아무것도 없는 건 심했다. 식량 보급도 못 받고 여러 날을 걷기만 할 순 없다. 길거리에서 우연히 만난 제니가 나를 위로해주었다.

"걱정하지 마세요. 가다보면 급수대나 물탱크가 있을 거예요. 반드시 정수를 해야 할 테지만요."

마음씨가 고운 제니는 나를 다윈에 있는 자기 집에 재워주었다. 그리고 마지막 미친 짓에 몸을 던질 준비가 된 딱한 도보 여행자를 더할 나위 없이 친절하게 대해주었다.

내가 가려는 길은 자동차로 가기에도 위험하기로 유명해서 걷는 사람은 눈을 씻고 찾아봐도 없었다. 게다가 한여름이었다.

하지만 나는 단호했다. 오스트레일리아를 걸어서 횡단하는 건 내 마지막 도전이기 때문에 어떤 위험이 닥쳐도 그 길을 걷고 싶은 열망이 불타올랐다. 집으로 돌아가기 전 마지막 모험에 뛰어들고 싶었다. 무엇보다 혼자 있고 싶은 마음이 무척 컸다.

인도네시아 자바 섬에서 몇 달을 보내고나니 인내심에 한계가 온 것 같았다. 여러 주 동안 끊임없이 이어지는 도시, 집, 빌딩, 빈민가, 인구 과잉 거대 도시, 매연이 심한 도심 길가 어디든 빼곡히 들어찬 사람들에 푹 절어 있었다. 그들 중 대부분은 내전과 빈곤에서 살아남은 사람들이었다. 그러다 오스트레일리아에 도착하니 처음엔 굉장히 충격적이었다. 먹기 위해 서로 다투는 세상에 있다가 너무 많이 먹지 않으려고 기를 쓰고 식탁에서 전자 기기를 가지고 노는 세상으로 옮겨간 것이다. 나는 고독이 필요했고 조용하게 내면을 돌아보고 싶었다.

2009년 10월 8일, 유모차에 물통과 통조림을 가득 싣고 나는 다윈에서 애들레이드까지 대륙을 남북으로 가로지르는 스튜어트 하이웨이로 접어들었다. 테넌트 크리크까지 1000킬로미터쯤 직진해서 가다가 동쪽으로 빠져서 바클리 하이웨이로 가서 퀸즐랜드 주를 통과해서 산호해까지 갈 계획이었다. 날씨는 찌는 듯이 더웠다. 나는 혀처럼 길게 뻗어 있는 아스팔트 도로를 규칙적인 보폭으로 걸어갔다. 길 양옆에 있는 초원에는 거대한 개미집들이 솟아 있었다. 때때로 귀가 먹먹해질 정도로 큰 소리를 내며 로드트레인이 나타나기도 했다. 트럭에 화물칸 트레일러를 세 개나 이은 로드트레인은 으르렁대듯 경적을 울리며 내 옆을 지나갔다. 처음엔 반사적으로 운전사에게 손짓을 했다. 4차선 도로에 자리가 충분하니까 내가 안전하게 지나갈 수 있도록 자리를 내달라는 의미였다. 그런데 그 괴물 같은 트럭이 바로 옆을 스치고 지나가는 바람에 나는 하마터면 트럭에 빨려들어갈 뻔했다. 로드트레인이 지나가자마자 자동차 한 대가 섰고, 운전자가 놀란 얼굴로 내게 대뜸 소리를 질렀다.

"미쳤어요? 그러다 죽을 수도 있어요!"

나는 걸어서 세계 여행을 하는 중이기 때문에 죽을 수도 있다는 걸 안다고 대답했다. 하지만 킬러 본능을 가진 트럭 운전사들은 생전 처음 만났다고도 덧붙였다.

"트럭은 도로를 다 쓰니까 무조건 비켜야 해요."

"하지만 여기 분명히 흰색 이중선이 있는데요. 못 봤어요?"

남자는 기가 막힌다는 듯 고개를 흔들며 화가 난 얼굴로 차를 몰고 가버렸다. 마치 옛날 미국의 서부 시대로 돌아간 것 같았다. 내 땅에 발을 들이면 죽여버리겠다! 결국 나는 그의 충고를 따르기로 했다. 바다가 위대한 항해가 에릭 타발리의 목숨을 앗아갔듯이, 길도 내게 대가를 요구할 수도 있을 것 같았기 때문이다.

나는 다윈에서 북부 덤불숲 지역으로 들어가기 전 마지막 도시인 케서린까지 350킬로미터를 걸었다. 초원은 푸르렀고 제법 큰 관목들이 그늘을 드리우고 있었다. 시원한 강가에 야영하고 싶은 마음이 굴뚝같았지만, 득시글거리는 악어들을 생각하며 충동을 억눌러야 했다. 도로 옆에 있는 수만 에이커의 땅은 거대 목장들이 소유하고 있었다. 목초지만 끝없이 펼쳐져 있고 민가는 전혀 없었다.

사람들을 보려면 좀 더 안쪽 깊숙이 들어가야 했다. 드물게 만나는 마을 사이에 있는 로드하우스에서 여행자들은 주유를 하고, 화장실을 사용하고, 간단한 먹을거리를 샀다. 30~100킬로미터마다 콘크리트 벤치 몇 개와 지붕만 있는 휴게소가 있었다. 그게 다였다. 하지만 길은 아름다웠고 지나가는 차도 별로 없었다.

지난 밤 나는 연보랏빛 하늘 아래 붉은 땅 위에 세운 텐트에 누워 덤불 숲 사이로 왈라비들이 폴짝폴짝 뛰어가는 소리를 들었다. 캥거루보다 작은 몸집으로 주위를 활발하게 돌아다니는 왈라비를 나는 무척 좋아했다. 그러나 왈라비를 '해로운 동물', '커다란 쥐'라고 부르며 질색하는 사람들도 있었다. 나는 그런 생각이 좀 우스웠고, 인간과 왈라비 중 누가 더 해로운 동물인지 묻고 싶었다. 인간이 사막 곳곳에 물을 대서 개간한 이후로 왈라비의 개체 수가 늘어났다. 자연에서 먹이를 구하기가 힘드니 왈라비들은 농장 근처로 몰려들어 농작물을 먹어치운다. 내가 보기에는 당연한 결과 같았다.

온 힘을 다해 지저귀는 새들의 합창 소리에 새벽 4시에 잠에서 깼다. 아름다운 새소리를 감상하며 나는 그 새들도 곧 사라질 거라는 생각을 했다. 요 몇 년 동안 나는 수많은 사막을 지나왔고 내 안에 일어나는 제각기 다른 변화들을 알아차릴 수 있게 되었다. 10월 초, 나는 여전히 관찰하는 단계에 머물러 있었다.

나는 완벽하게 적응하고 싶어서 주위 환경을 샅샅이 관찰했다. 그런 다음 고독이 찾아왔고 사람들이 그리워서 괴로웠다. 고독을 받아들인 다음에는 나 자신 속에 빠져들어 온전한 충만감을 느꼈다.

그런데 이번에는 돌아갈 날이 다가오기도 했고, 뤼스를 빨리 다시 보고 싶은 마음 때문에 새로운 걱정거리들이 생겨났다. 내가 있던 외딴 지역에서 멀지 않은 곳에 너비 50미터, 깊이는 적어도 300미터쯤 되는 아주 커다란 구멍이 하나 있었다. 그 구멍은 회색 바위에 깊숙이 파여 있었고 밑바닥은 추웠다. 구멍에 떨어지면 죽을지도 모르니까 늘 조심해야 했다. 나는 불안감이 꼭 그 구멍 같다는 생각이 들었다.

어느 날 아침 나는 묵묵히 걷고 있었다. 내 정신은 초원 위를 떠다니는 것처럼 자유로웠다. 그러다 문득 한 가지 생각에 사로잡히고 말았다.

'지금 뤼스는 어디에 있을까? 뭘 할까? 잘 지내고 있을까?'

그 생각은 곧 내 머릿속에 들러붙어서 점점 커졌고, 온몸 구석구석에 독 기운처럼 슬그머니 퍼졌다. 벌써 일주일째 아무런 소식도 듣지 못했고 여러 번 통화를 시도해봤지만 내 휴대 전화가 먹통이었다.

뤼스는 어디에 있을까? 사고를 당했거나 강도를 만난 건 아닐까? 나는 뤼스가 혼자서 무기력하게 차가운 우리 아파트 바닥에 의식을 잃고 쓰러져 있는 모습을 상상했다. 그래서 타는 듯이 더운 초원에서 휴대 전화를 흔들고, 신호가 잡힐까 해서 바위 위에서 폴짝폴짝 뛰어봤지만 효과가 전혀 없었다. 전혀!

어서 케서린에 가서 전화를 하고, 구조를 요청하고, 구급차를 보내야 한다는 생각에 발걸음이 점점 더 빨라졌다. 발걸음이 빨라질수록 상상은 걷잡을 수 없을 정도로 커졌다. 이제 뤼스가 나를 부르고, 내게 애원하는 목소리가 귓가에 들리는 듯했다. 나는 뛰었다. 이제 피까지 보였다. 넘어지면서 식탁에 부딪쳐서 상처를 입었나보다. 빨리, 빨리! 너무 늦지 않았길.

피로와 더위에 지치고, 뇌에 너무 많은 산소가 들어가서 정신이 나간 것 같았다. 다행히 케서린에 도착하기 전에 정신이 돌아오기 시작했다. 나는 한 걸음, 한 걸음에 집중하면서 감정을 가라앉히려고 애썼다. 숨 쉬어, 장. 좀 더 걸어. 나는 삶을 믿는다. 믿는다. 믿는다.

케서린에 도착했을 때 나는 완전히 정상이었다. 먼지를 잔뜩 뒤집어쓰고 열흘 동안 깎지 못한 수염이 텁수룩한 얼굴로 유모차를 끌고 가도 정상으로 보일 수 있었다. 오지 근처에 있는 도시의 장점은 뉴욕 같은 곳과는 달리 차림새에 그리 신경을 쓰지 않는다는 것이다.

스피커로 컨트리 음악을 크게 틀어놓은 시내에서 나는 시민들에게 말을 걸고 인사를 나눴다. 오스트레일리아 여정 중 가장 힘든 길에 대한 정보를 최대한 많이 모으고 싶었기 때문이다. 테넌트 크리크까지 700킬로미터의 사막을 지나가야 하는데 도중에 마주치는 마을이 두 곳밖에 없었다. 라디오에서 "멀고 먼 길이라네(It's a long, long way…….)."라는 노래가 흘러나왔다.

사람들은 가다보면 물이 있는 장소는 여러 곳 있을 거라며 나를 안심시켰다. 100킬로미터마다 물탱크가 하나씩 있을 텐데 물을 그냥 마시면 위험할 수도 있다고 했다. 어떤 남자는 내 수첩 귀퉁이에 그림을 끼적이며 말했다.

"30킬로미터쯤 가면 다리가 나오는데, 그 다리 왼쪽 밑에 물이 담긴 컨테이너가 있을 거예요. 35킬로미터 더 가면 작은 도로의 교차점이 나오는데, 거기서 오른쪽을 보면 길 아래에 물이 나오는 시멘트 관이 있어요."

나는 유모차에 식량을 가득 싣고 지평선 너머 끝없는 아스팔트 리본처럼 까마득히 이어져 있는 길을 곁눈질로 보았다. 때때로 나는 나 자신 속으로 사라지는 것 같았고, 한결같은 사막의 풍경을 보다보면 한 발자국도 떼지 않고 제자리에 있는 듯한 이상한 기분이 들었다.

가도 가도 똑같은 메마른 붉은 땅과 더부룩한 덤불숲, 여기저기 흩어져 있는 똑같은 바위들. 어디서, 누가 갖다놨는지 모르지만 수천 년 전부터 있었던 바위들이다. 그리고 지평선 너머로 사라지는 안개 낀 아스팔트 도로. 시간이 흘렀음을 알려주는 건 기울어져가는 햇빛밖에 없었다.

나는 덥고 목이 말랐다. 케서린을 떠나온 후 턱 왼쪽에 멍울 같은 게 생겼다. 내 면역계가 세균과 싸워 이겼다고 생각했지만 다시 혹이 생겼다. 타는 듯이 뜨거운 공기 때문에 목구멍이 바짝 말라버려서 그런 걸까? 길은 멀고 험했지만 내 정신력만큼은 강철처럼 단단했다. 마지막 도전을 하는 중이었으니까.

한 달 후면 마운트 아이자에 도착할 것이고, 거기만 지나면 대엿새에 한 번씩 마을을 만나게 될 터였다. 그러면 걷는 게 한결 쉬워질 것 같았다. 극심한 고독 속에서 의식이 점점 붕괴되고 있었다. 통조림을 차가운 채로 삼켰고, 인스턴트 국수를 삶지 않고 그냥 먹었다. 물을 30리터 이상 운반할 수 없었으므로 신중하게 배분해서 써야 했다.

11월이 오니 밤이 한결 시원해졌다. 필리핀에서 만난 아들에게 주고 와서 내겐 침낭이 없었다. 낮 동안 텐트에 쌓였던 열이 밤이 되면 안쪽까지 퍼져서 자는 데 춥지는 않았다. 별빛 속에 흠뻑 잠긴 채 오랜 시간 땅바닥에 누워서 마법이 시작되는 새벽 세 시를 기다렸다. 그때가 되면 새들이 깨어나서 생명이 꿈틀거리는 아름다운 노래로 달빛 아래 사막을 가득 채웠다.

11월 10일, 나는 더럽고 너덜거리는 모습으로 테넌트 크리크에서 멀지 않은 쓰리웨이즈의 로드하우스에 잠시 발을 멈췄다. 통조림과 버석거리는 시리얼에 싫증이 나서 주유소에 딸린 식당에서 아침 식사를 주문해서 먹었다. 식당 주인이 카운터에 팔꿈치를 괴고 서서 나를 재미있다는 듯 지켜보았다. 수상한 차림새로 게걸스럽게 음식을 집어삼키는 모습이 꽤 볼 만했던가 보다.

그가 물었다.

"먹을 것을 사야 하지 않아요? 여기서부터 마운트 아이자까지는 아무것도 없어요. 바깥에 경찰들이 있으니 만나봐요."

주차장에서 경찰복을 입고 서 있던 다니엘과 데이비드는 내게 도움을 주게 돼서 무척 기쁜 듯했다. 그들은 내가 필요한 물건들을 살 수 있도록 경찰차를 태워주겠다고 했다. 차 안에서 나는 그들에게 너무 지루해서 사람 많은 동네가 그립지 않으냐고 물었다.

"누구 놀려요?"

테넌트 크리크는 오스트레일리아에서 범죄율이 높은 곳 중 하나로 손꼽힌다고 해서 내가 물어보았다.

"가정 폭력요?"

그렇다고 했다.

"원주민이죠?"

그들은 말없이 고개만 끄덕였다.

캐나다처럼 특정 집단의 문제를 언급하는 것은 사회적인 금기 사항인 것이다. 어쨌든 3000명쯤 되는 그곳 인구의 3분의 1 이상이 오지(Outback) 지역 출신의 원주민이다. 그리고 다른 지역처럼 많은 원주민들이 알코올 중독, 부부 폭력, 열악한 건강 상태와 범죄에 시달리고 있었다. 오스트레일리아에서 성인 수감 인구의 4분의 1 이상이 원주민이며, 이는 전체 인구의 약 2% 정도를 차지하고 있다. 테넌트 크리크의 도심 거리에 있는 사회복지국, 법원, 경찰서의 벽면을 보니 도시의 역사와 강제 수용된 원주민들의 비극에 관해 관광 안내지보다 더 잘 설명되어 있었다.

데이비드가 한숨을 쉬며 말했다.

"할 수 있는 게 아무것도 없어요."

어떤 프로그램을 실시해도 상황은 나빠지기만 했다. 나는 슈퍼마켓에서 기록적일 만큼 비싼 값을 주고 물건들을 사면서 골드러시 이전에 이곳 사람들의 삶이 어땠을지 궁금했다. 1930년대 이 작은 마을에 열기, 탐욕, 꿈과 술이 밀물처럼 쇄도했고, 20년 후 황폐한 땅과 녹초가 된 신흥도시만 남겨놓고 썰물처럼 빠져나갔다. 테넌트 크리크는 남쪽과 동쪽의 큰 도로들이 교차하는 지점에 있어서 가까스로 살아남았고 4만 년 전부터 그 지역에서 살던 원주민들도 살아남았다. 하지만 모든 것이 변했다.

스튜어트 하이웨이를 벗어나서 동쪽으로 가서 바클리 하이웨이를 따라 퀸즐랜드 주 쪽으로 갔다. 바클리 하이웨이는 스튜어트 하이웨이에 비해 덜 적막할 줄 알았지만 오히려 더했다. 공기는 끔찍할 정도로 덥고 건조했고, 맑고 푸른 하늘에는 가끔 작은 뭉게구름만 일었다.

햇빛이 마치 취조실의 스포트라이트처럼 적대적이고 강해서 도저히 눈을 뜰 수 없었다. 물기 어린 신기루 너머 지평선을 이따금 바라보며 고통스러운 몸을 눕혀 자고 먹을 수 있는 그곳으로 곧 갈 것이라고 생각했다. 나는 의욕을 내보려고 애썼지만 무기력함이 온몸을 감쌌다. 몸이 약해져서 그런지 집착과 낙담의 양극단 사이를 오가며 나는 걷고, 걷고, 또 걸었다. 타는 듯이 뜨거운 아스팔트 도로 옆 하얀 줄을 따라 굴러가는 유모차 바퀴에 시선을 고정하며 걷다보니 최면에 걸린 것처럼 몽롱해졌다.

그렇게 단조롭게 걷다가 한 번씩 회오리바람이 몰아치면 나는 모든 근육을 긴장시키며 유모차 위에 엎드리다시피 해서 밀고 나갔다. 식량과 물, 먹다 남은 음식들로 가득 차서 유모차는 너무 무거웠다. 도대체 왜 인간은 이토록 많이 먹어야 하는 걸까?

치밀어오르는 짜증을 가라앉히려고 오락거리를 찾아봤지만 전혀, 전혀 없었다. 결핍의 존재감이 너무 커서 눈앞에 보이는 것 같았다. 파란 하늘과 관목들을 배경으로 결핍과 함께 기념사진을 찍을 수도 있을 것 같았다. 목이 너무 말라서 입안이 까끌까끌했다. 하루에 물을 10~12리터씩 마셨는데, 밤이면 목에 모래가 가득 찬 느낌 때문에 잠에서 깨어 칠흑같이 깜깜한 어둠 속에서 미친 듯이 생명수를 찾아서 짐을 뒤졌다.

하지만 칠레에서처럼, 아프리카에서처럼, 나는 내 전능함에 마음속 깊이 즐거움을 느꼈다. 나는 또다시, 그리고 마지막으로 신이 되었다. 온몸 가득 놀라운 자유를 느꼈다. 나는 존재의 쉼터에서 아무도 훔쳐갈 수 없는 환상을 탐험했다. 그 환상들을 비롯한 모든 것이 내 것이었다. 바깥에서는 늘 싸우고, 영혼을 조금 포기해야 했다. 하지만 그곳에서 영혼은 온전했고 아무런 위험 없이 드러낼 수 있었다. 사막은 내 존재가 확장된 곳이었고, 내 양심의 심판이었다.

이토록 광활한 사막이 나 혼자만을 위한 장소라니 뿌듯해서 현기증이 날 지경이었다. 나는 영원을 횡단했다. 물론 나도 한낱 인간인지라 가끔 벗어나고 싶을 때가 있었지만 그럴 수 없었다. 나는 천국에 계속 머물라는 벌을 받았기 때문이다.

끔찍한 고독 속에 있다보니 나는 최악의 적인 파리까지 애지중지하게 되었다. 파리 떼는 오스트레일리아 대륙 전체를 강타한 재앙이었다. 꼭두새벽부터 늦은 밤까지 파리 수백 마리가 무리를 지어 내 주위를 날아다녔다. 파리들은 내게 들러붙었고, 특히 얼굴에 악착같이 달려들었다.

웡웡거리는 까만 덩어리들이 눈에 빽빽하게 달라붙어서 쫓아도 소용없었다. 쫓으면 다시 오고, 다시 앉고, 다시 달라붙었다. 턱에 앉았다가 입, 눈, 마지막으로 귀까지 갔다가 다시 돌아갔다. 하루에 파리 한 주먹씩은 삼켰고, 파리 떼가 뒤덮어서 머리가 새까맸다. 나는 결국 손을 들 수밖에 없었다. 다행히 조그만 방충망이 있어서 모자에 달았는데, 열성적인 파리 몇 마리는 그 밑으로 들어오려고 안간힘을 썼다. 나는 파리들에게 말했다.

"잘 자. 잠을 푹 자둬. 내일은 긴 하루가 될 테니까."

아침에 텐트를 열자 파리 수십 마리가 얼굴에 달라붙어서 인사를 건넸다.

"내가 그렇게 보고 싶었어?"

아침 선물을 주면 파리들은 무척 좋아하면서 달라붙었다. 그런 다음 우리는 함께 떠났다. 파리들 덕분에 다른 친구들도 꼬여들었다. 정오에 길게 누워서 낮잠을 자고 있는데 조그맣고 우아한 도마뱀이 와서 내 얼굴에서 뷔페를 즐겼다. 내가 깨어났을 때 도마뱀 발 한 짝이 눈에, 꼬리가 콧구멍 속에 있었다. 괜찮아, 내 얼굴을 네 집처럼 생각해! 사람은 어떤 상황이건 적응한다.

나는 외로워서 파리들과 나 자신을 위해 목이 터져라 노래를 불렀다. 그래도 길의 끝에서 뤼스가 기다리고 있다는 확신이 내 발걸음에 날개를 달아주었다.

뉘엿뉘엿 해 질 무렵 나는 야영을 하려고 도로에서 100미터 떨어진 안쪽으로 들어갔다. 조용한 바다 한가운데를 외롭게 항해하는 선원이 된 듯한 기분이 들어서 고함을 질러보았다. 나는 잠시 고통 받다가 죽고, 자연에서 다시 태어날 수 있을 것 같았다. 죽고 사는 건 아무도 모르는 사이에 매 순간 이곳 자연에서 벌어지는 일이다.

2주 전에 지나가던 사람이 내게 포도주 한 병을 주었다. 마침 보름달도 떴고 해서 그 포도주를 마시기로 했다. 달과 이야기를 나눠본 지도 무척 오래되었다. 마지막으로 이야기를 나눈 것이 칠레 아타카마 사막에 있을 때였다. 포도주를 한 모금 마시고 달에게 말을 걸었다.

"어느 날 나는 떠났어. 독에 중독되어서 토해내고 싶었기 때문이야. 그게 벌써 9년, 아니 거의 10년 전이네. 지금 나는 누구지? 싸움터 안에 있는 다른 사람들은 누구지?"

달은 나를 조용히 내려다보았다. 나는 포도주를 한 모금 더 마시고 달의 대답을 들었다.

"나는 네 목덜미를 잡고 엉덩이를 차서 걷게 만들었어. 사람의 발자취를 따라 세상 끝까지 너를 데리고 갔지. 네 앞에 간 사람처럼 너도 똑같은 길을 갔어. 시작하는 사람, 끝을 맺는 사람, 모든 사람들처럼 말이야. 지금의 네 발자국은 과거의 네 것과 결코 마주치지 않을 거야. 과거의 흔적은 지워졌어. 내가 네 유일한 증인이야."

내가 대답했다.

"상관없어! 죽더라도 하고 싶은 건 했으니까. 나는 혼자가 아니야. 너랑

내 사랑 뤼스가 있어. 나보다 먼저 세계 일주를 한 그녀가 내게 말했어. '어서 가. 가서 우리 사랑이 정말 우리를 위한 것인지 보고 와.'라고."

외로운 도보 여행자들에게 축복이 내리길! 포도주는 또 얼마나 맛있는지!

다음 날 아침 숙취에 시달리며 문득 내가 그리 대단한 일을 하는 건 아니라는 생각이 들었다. 이곳 오스트레일리아 오지는 사람이 거의 살지 않으며 발을 들인 이라고는 영웅, 원주민, 영국인 탐험가 들밖에 없다. 주민들과 스쳐지나가는 여행자들은 다르지만 공통점이 있다. 이 땅은 강하게 단련된 사람만 참아준다. 받아들기 힘들어도 적응해야 한다. 예상해야 한다. 징징거리는 사람은 설 자리가 없고 아무도 도와주러 오지 않는다. 징징대다가는 결국 바람에 실려 온데간데없이 사라질 것이다. 하지만 여러 단계를 넘어서고 이 세계를 건너가면 모험가, 영웅이 되었다는 자신만의 뿌듯함을 느낄 것이다. 그렇게 끝까지 도달하면 천국에라도 들어간 기분이 들 것이다.

2009년 11월 28일이었다. 천국이 이렇게 더울까? 온도라는 개념이 존재하기는 하는 걸까? 수은주가 45도에 육박했다. 나는 귀중한 수분이 증발되지 않도록 몸 전체를 싸매고 매일 나 자신을 채찍질해 적어도 30킬로미터는 걸었다. 우기가 가까워지니 한낮의 파란 하늘에 구름이 모이기 시작해 순식간에 거대한 적란운이 생겨났다. 그리고 저녁이 되면 폭탄이라도 터지는 것처럼 요란하게 폭우가 쏟아졌다. 더위와 고통 때문에 나는 거의 정신이 없었다. 뜨겁고 텅 빈 공간은 시간관념과 사고까지 왜곡시켰다. 내 불안한 심리 상태가 그대로 느껴졌다.

거대한 고독의 거품 속에 좀 더 깊숙이 빠져들었다면 내 여행은 엉망진창이 되었을 것이다. 나는 절대적인 아름다움을 넋을 잃고 바라보다가 미치기 일보 직전이었다. 아니면 완전히 건강해지기 직전이었을까? 내 눈은 까마득히 멀리 있는 저수지까지 계속 이어진 아스팔트 도로만 보았다. 도로 옆에는 누런 덤불이 띄엄띄엄 나 있었다. 귀는 단조로운 바람 소리만 들었고 살갗은 뜨거운 열기만 느꼈다. 느릿느릿 흘러가는 시간과 고독 속에서 나는 다른 세상, '진짜' 세상으로부터 아무런 소식을 받지 못하고 여러 주를 걸어갔다. 천재지변이 일어나 세상이 무너져도 알 길이 없을 것 같았다. 나는 그런 생각을 매일 하며 걸어갔다.

12월 2일 아침, 희한한 남자와 마주쳤다. 아르만도라는 이탈리아 남자였는데, 경주용 자전거를 타고 80만 킬로미터 넘게 달려왔으며 100만 킬로미터에 도달하는 것이 꿈이라고 말했다. 오스트레일리아 여행을 하는 것도 목표에 더 가까이 가기 위해서라고 했다. 아르만도는 페달을 밟는 것이 행복하다고 했다. 나는 그가 쉴 새 없이 돌아가는 바퀴를 보며 몽롱해진 상태에서, 아무것도 경험하지도 보지도 않고 그저 페달만 열심히 밟으며 100만 킬로미터에 도달하는 상상을 했다. 퀘벡 출신의 젊은 부부도 만났는데, 그들은 아담한 밴 트럭을 타고 다니며 가이드 책에 나오는 정보들을 하나도 빼놓지 않고 따라하는 여행을 하고 있었다. 둘이 번갈아가며 침대에서 쉬고, 운전을 하며 차근차근 돌아보았다. 아르만도처럼 그들 역시 자신들이 해낸 일에 대해 행복해했다.

사람들의 여행 방식에 대해선 왈가왈부할 필요가 없다고 생각한다. 요즘 모험가들의 마음을 사로잡는 미지의 세계가 어디에 있는가? 사람의 발길이 닿지 않은 곳이 없다. 새로운 것을 찾는 모험은 미친 짓이다.

12월 1일 아침 퀸즐랜드 주 서쪽의 첫 대도시인 마운트 아이자에 도착했다. 평원 가운데 중간중간 탄광에서 버린 흙이 산처럼 쌓여 있는 광경이 낯설어보였다. 광산 도시인 마운트 아이자는 인구가 2만 3000명이었으며, 오스트레일리아 기준으로는 매우 많은 사람들이 모여사는 곳이었다. 탄광에 들어가기를 꺼리는 인력을 끌어들이기 위해 지은 스포츠 시설들만 가득한 흉측하고 기능적인 도시였다. 나는 그곳에서 지체하지 않고 서둘러 해안 쪽으로 향했다. 타운즈빌과 산호해까지 여전히 900킬로미터가 남아 있었다. 또다시 한 달을 고독 속에서 보내야 했다.

마운트 아이자를 떠나서 야트막한 산악 지대를 지나가다가 관목숲 위를 우아하게 나는 독수리 한 마리를 보았다. 독수리는 갑자기 날개를 접더니 나를 향해 곧바로 돌진했다. 하지만 부딪치려는 찰나에 다시 솟구쳐서 높은 하늘 위로 날아올랐다. 왠지는 모르겠지만 그런 행동을 두 번 더 했다. 어쩌면 내가 독수리의 영역에 침입했거나 독수리가 나를 먹이를 놓고 다투는 적이라고 생각했기 때문인지도 모른다. 아니면 그저 내 웃는 얼굴이 마음에 들지 않았기 때문인지도 모른다.

독수리처럼 자연스러운 완벽함에 도달하려면 인간은 무척 고생을 해야 할 거라는 생각이 들었다. 독수리는 인간에게 없는 힘과 기술을 갖고 있다. 그래서 인간은 독수리를 흉내 낸다. 우리 조상들은 범접할 수 없는 힘을 가졌다는 인상을 주기 위해 깃털로 치장하곤 했다. 하지만 다른 동물들은 인간을 흉내 내지 않는다. 인간은 지구의 삶을 파괴하는 데에만 바빠 다른 종들에게 전혀 영감을 주지 못한 것이다.

극한의 환경 속에서 가장 어려운 순간에 도움의 손길을 내미는 친절한 사람들을 만나기도 했다. 45도가 넘어가니 지옥같이 더웠다. 열화 지옥을 걷다보니 불교에서 말하는 내 전생의 업이 모두 타서 없어졌을 거란 생각이 들었다. 그때 어떤 농부가 다가오더니 인상을 쓰며 말했다.

"미쳤어요? 이렇게 더운 날 왜 걷고 있어요? 도대체 왜 그러는 거예요? 죽고 싶기라도 한 거예요?"

하지만 나는 살고 싶어서 계속 걸었다. 사막에서 만난 오스트레일리아 인들은 이란 인들과 똑같이 행동한다는 걸 알게 되었다. 둘 다 차가운 물을 건네서 사람을 당황하게 만들었다. 차가운 물을 마시면 온도 차를 극복하려고 위장이 격렬하게 운동해서 소화에 문제가 생긴다. 유목민인 투아레그 족은 그 사실을 잘 알아서 따뜻한 차를 마신다. 우리는 그 땅에 온전히 속하지 않아도 살 수는 있다. 오스트레일리아 인들은 사막에 속한 사람들이 아니다. 그들은 사막을 지배하고 개척하기만 한다.

그래도 나는 그들의 친절에 감사하며 귀중한 물이 햇볕에 덥혀지기를 기다렸다가 하루에 8~12리터씩 마셨다. 물은 금보다 비쌌다.

숨 막히게 더웠던 어느 날 저녁, 나는 불현듯 새하얀 눈과 내가 태어난 초록색 땅이 너무도 그리웠다. 나는 캐나다에 살고 있었지만 제대로 보지 않았고, 가보지 않아서 진정한 모습을 몰랐다. 이제는 예전과는 다른 눈으로 캐나다를 볼 수 있을 것 같았다.

살아 있는 것들은 전혀 마주치지 못했다. 까마득히 멀리까지 보이는 것이라곤 땅, 누런 풀, 관목 숲밖에 없었다. 도로 옆 땅에는 튼튼한 철조망이 쳐졌고, 문에는 무거운 자물쇠가 잠겨 있었다. '선진국'이라고 하는 나라들에서는 재산만 지키는 것이 아니라 소유의 개념도 단단히 지킨다. 수 킬로미터를 걸어갔지만 텐트를 세울 곳을 찾지 못했다. 잠을 자는 기본적인 권리를 행사하려면 불법적인 행위에 관한 문제를 먼저 해결해야 했다. 자본주의 국가에서는 잠을 자는 권리를 다들 우습게 여긴다. 아니, 그런 권리라는 게 아예 존재하지 않고 잠을 자려면 돈을 내야 한다. 돈이 없으면 쉬는 것도 금지된다! 내겐 그것이 끔찍한 폭력 같았다.

자기네 펍에 오라고 강력히 권하는 사람들도 몇 명 마주쳤다. 어떤 펍은 유구한 역사가 있었고, 또 어떤 펍은 이러저러한 장점이 있었지만 나는 맥주 한 잔 사먹을 돈이 없었고 공짜로 오라는 사람은 아무도 없었다. 내 여행의 의미를 이야기해주면 그들은 돌처럼 굳은 얼굴로 말했다.

"무슨 미친 짓을 한다고요?"

"걸어서 세계 여행을 해요."

"잘해봐요."

그러고선 가버렸다. 때때로 누군가 발을 멈추고 내게 물이나 과일을 건네거나 그저 웃어주었다. 대개는 여행객들이었는데, 그럴 때면 생명이 다시 꽃피는 것 같은 진정한 기적을 느꼈다.

나는 뜨거운 더위 속에서 얼음보다 차가운 사람들 때문에 마음이 아팠다. 먼 길을 걸어온 피로감 때문에 더 서글펐는지도 모른다. 자동차들이 가는 방향으로 걸으면 매번 등 뒤에서 신경질적으로 울리는 경적 소리와 욕설이 들렸다. 화풀이를 하듯이 내 등에 쓰레기를 던지는 사람들도 있었다. 하루는 내 물건에 누가 물 풍선을 던졌고, 다음 날은 감자튀김을 던졌다. 누가 던진 맥주병이 발치에서 산산조각 나며 터진 적도 있었다. 다들 내 존재 자체에 짜증이 나서 반드시 없애버려야겠다고 생각하는 것 같았다. 어떤 운전자들은 내게 곧바로 직진했고, 나는 손짓을 하며 고집스럽게 앞으로 나갔다. 마치 맹수 두 마리가 기 싸움을 벌이는 것 같았다. 어찌나 우스꽝스러운지! 크리스마스가 다가오면서 그나마 분위기가 좀 누그러지지 않을까 기대했지만 오지의 거친 사나이들은 인정사정없었다.

12월 25일 아침, 뤼스와 아이들에게 걸려온 전화를 받으니 마치 부드러운 벨벳 양탄자 위를 걷듯 발걸음이 가벼워졌다. 2500킬로미터의 길을 외롭게 걸어온 끝에 마침내 끝이 보였다. 이제 1주일 안에 해안에 도착할 터였다.

나는 앞으로 만날 좋은 사람들을 생각하며 아무도 없는 도로를 걸었다. 하늘은 금세라도 비가 올 듯 잔뜩 찌푸려 있었고 공기는 습하고 바람 한 점 없었다. 텐트를 설치하자마자 천둥 번개가 쳤다. 나는 재빨리 텐트 위에 방수포를 씌우고 안으로 들어가서 시트를 몸에 둘둘 말고 누워서 달아오른 땅에 무거운 빗방울이 떨어지는 소리를 들었다. 다음 날 아침에 일어나보니 다리를 휘감는 강물은 진흙이 일어 갈색으로 변해 있었고, 물기를 잔뜩 머금어 다시 푸르러진 자연은 행복하게 노래를 부르는 것 같았다. 나는 유칼립투스 나무의 향기를 깊이 들이마시며 만족스럽게 웃었다.

휴게소에서 비가 그치기를 기다리며 새해를 맞았다. 기다리는 동안 길을 걸으며 간간이 만난 햇볕에 하얗게 바랜 캥거루의 뼈 사이에서 주워 모은 캥거루 발톱들을 엮어서 어설프게 목걸이를 만들었다.

타운즈빌이 가까워지자 식물들이 다시 나타났고 곧이어 아열대 기후의 무더운 열기가 느껴졌다. 내일이면 해안에 도착할 것이다! 비를 피하려고 다리 밑에 텐트를 쳤다. 물론 그럴 수 없다는 건 나도 알지만, 감히 폭우에 맞설 힘이 없었다. 강바닥 쪽을 곁눈질하니 악어는 없었다. 하지만 밤이 되자 캥거루 소리가 들렸고 발톱으로 긁는 소리가 나서 나는 바짝 긴장했다. 넘실거리는 어둠 속에서 나는 주머니칼, 우산, 모기 스프레이를 꼭 잡았다. 내가 갖고 있는 유일한 무기들이었지만 뭔지 모를 위험한 파충류들과 싸우기에는 터무니없이 부족할 것 같았다. 나는 결국 피곤에 지쳐 잠이 들었다. 잡아먹히건 말건 잠부터 자고 싶었다.

몇 주 후 나는 오스트레일리아 연안의 황홀한 풍경 속을 걸어갔다. 잠은 주민의 집이나 바닷가에 텐트를 치고 잤다. 북쪽 지방과 퀸즐랜드 주의 황량한 사막이 머릿속에 깊숙이 남아 있었고, 10년 동안 모아둔 보물 같은 추억 중 하나로 추가되었다. 이제 곧 여행을 시작한 지 10년째가 된다. 나는 초겨울에 캐나다에 도착할까 걱정스러워서 천천히 걸었다. 이제 곧 캐나다, 벌써 캐나다였다.

내 기나긴 여행이 끝나갔다. 2010년 6월 8일, 시드니 만에 있는 유명한 하버 브리지를 건너며 새로운 걱정거리가 생겼다. 계산에 굉장히 까다로운 뤼스가 그 길이 6만 6700킬로미터째라고 알려주었다. 8300킬로미터를 더 가면 나는 집에 돌아간다. 10년 동안 꿈의 거품 속에 살았는데 곧 그 거품이 터지고 모든 것이 끝날 것이다.

나는 조바심도 나고 무섭기도 했다. 남쪽 해안에서는 사람들이 매우 따뜻하게 맞아주었고 서로 순번을 정해서 나를 재워주었다. 사람들은 따뜻

| 인도네시아, 보르네오

했지만 세상은 힘들었다. 서구 세계가 다시 나를 그물 속에 잡아넣고 자신만의 속도와 규칙을 강요했다. 가끔 도로에서 눈에 잘 띄는 안전 조끼를 입고 다니라고 신신당부하는 사람들이 있었다. 광대 같은 기분이 들었지만 사실 나는 광대였다. 걷기는 자유롭게 즐기는 마지막 스포츠다. 머지않아 걸을 때도 눈 보호대, 헬멧, 정강이 보호대, 가슴 보호대, 위험

을 감지할 수 있도록 전자 센서를 달아야 할 것이다.

빅토리아 주 동쪽에서 태즈메이니아 섬 쪽으로 걸으면서 초록색 목초지 위에 내리는 비와 추위를 맞으니 고향의 가을이 떠올랐다. 자전거를 타고 가는 젊은 친구를 만났는데, 지난 10년 동안 책 읽을 시간이 없었다는 내 말에 그가 깜짝 놀라며 말했다.

"영혼을 살찌울 게 아무것도 없었단 말이에요?"

정말 모르는 소리였다. 내 영혼은 차고 넘치도록 살이 쪘다. 내가 걸어온 길은 너무 매혹적이어서 다른 생각을 할 겨를이 없었다. 나는 길을 통해 소화하기도 버거울 만큼 많은 것들을 읽었다.

혼자서 사막을 읽었다. 바로 전날, 아니면 천 년 전에 쓰인 시집 같은 사막의 속내를 읽었다. 그건 가장 진실하고, 가장 훌륭하고, 가장 위협적인 이야기였다.

• 2010년 9월 30일~2011년 1월 30일

뉴질랜드

세상의 끝

유모차를 분해했다. 내 앞에 놓인 플라스틱 덮개 위에 모든 것이 펼쳐져 있었다. 차축, 볼트, 구급함, 옷가지, 비누 쪼가리, 로리의 말 인형, 그리고 텐트 팩을 박는 데 사용했던 망치. 10년 내내 나와 함께했던 물건들이었다. 나는 긴장을 감추려고 아이에게 말을 거는 것처럼 물건들에 대고 말했다.

"괜찮을 거야, 얘들아. 다음에 갈 나라에도 너희들을 데려갈 테니까……."

거실에서 애드리언과 데즈마 부부가 내게 방해가 될까봐 속삭이며 이야기를 나누는 소리가 들렸다. 그날 저녁 그들의 배려는 여러 주 동안 내게 베풀어줬던 수많은 친절보다 더 감동적이었다. 나는 이 뉴질랜드 인 부부를 네팔의 카트만두에서 만났다. 데즈마는 무척 쾌활했고, 애드리언은 무척 과묵했지만 장난스런 분위기와 어색한 미소 아래 속 깊은 배려심이 숨어 있었다. 그들은 내 여행의 취지를 살려서 뉴질랜드를 걸을 수 있도록 취약 계층 아동을 위한 단체인 '바너도스(Barnados)'의 후원을 주선해주었다. 그래서 여행의 마지막 단계는 많은 사람들을 만나는 거대한 축제가 되었다. 장엄한 산과 깊고 푸르른 계곡, 곱고 하얀 모래사장. 어딜 가나 사람들은 나를 대단한 사람이나 되는 것처럼 대접해주었다. 시장들에게 나를 소개했고, 학교에 초청해서 학생들에게 내 여행 이야기를 들려주게 했다. 오클랜드 외곽에서 열린 마오리 족 전통 행사에서 지팡이를 들고 전통 옷을 입은 시장이 나를 위해 하카(노래를 곁들인 마오리 전통 춤)를 지휘해 주었는데, 너무나 기뻐서 가슴이 벅차올랐고 눈물이 났다.

앞날을 걱정하지 않고 석 달 동안 마지막 여행의 잔잔한 정취를 음미하며 걸었다. 하지만 그날 저녁은 불안감이 다시 엄습했고 목을 죄어왔다.

물론 집에 돌아가게 돼서 기뻤다. 뤼스가 보고 싶고 피곤해서 마지막 2년은 너무 길게 느껴졌다. 하지만 두려웠다.

공항으로 가는 길에서 나는 너무 흥분해서 어린애처럼 안달을 냈다. 뉴질랜드 항공 NZ84편을 타고 20시간 비행을 하기로 되어 있었다.

"숨 쉬어요, 장. 숨 쉬어요."

애드리언은 긴장을 풀어주려고 계속 나를 놀리며 웃었다. 하지만 내 머릿속에는 한 가지 생각만 빙빙 돌았다.

'나는 여행을 했다. 나는 여행을 했어! 나는 집에 돌아간다.'

그 생각에 너무나 골몰한 나머지 뉴질랜드 친구들과 포옹하고 작별 인사를 건네는 것도 잊어버린 채 공항 터미널 안으로 들어갔다.

• 마지막 발걸음

마지막 발걸음

• 2011년 2월 20일~10월 16일
캐나다

마지막 발걸음

다시 태어난다는 신호였을까? 11월 30일 저녁에 뉴질랜드를 떠나서 같은 날 정오에 캐나다에 도착했다. 시차 덕분에 그 굉장한 하루를 두 번 맞을 수 있었던 것이다. 밴쿠버 공항에서 환영 위원회가 기다리고 있다는 소식은 이미 들었지만 너무 요란해서 깜짝 놀랐다. 도착 터미널의 넓은 대기실에서 울먹이며 기다리고 있는 자그만 뤼스 주위에 카메라맨과 마이크맨들이 잔뜩 모여서 내 첫마디를 하나도 놓치지 않으려고 귀를 쫑긋 세우고 있었다. 내가 나타나자 악단이 축제 음악을 연주했고, 뤼스가 울면서 내 품에 안겼다. 나는 뤼스를 부둥켜안으며 중얼거렸다.

"정말 기뻐. 기뻐."

장대 마이크가 이마를 간질였고 곳곳에서 사진 찍는 소리가 들렸다.

누군가 물었다.

"캐나다에 오시니 어떻습니까?"

이봐요, 날 좀 보라고요! 다리가 덜덜 떨려서 뭐라고 말을 해야 할지 모르겠어요.

공항에서는 하도 정신이 없어서 현기증이 날 지경이었다. 뤼스와 나는 잠시 짬을 내서 조용히 재회의 기쁨을 나누려고 했지만 시간이 나지 않았다.

일주일 동안 우리는 새벽같이 일어나서 끊임없이 이어지는 언론의 질문에 답해야 했고, 폭포수처럼 쏟아지는 지원과 초대 메시지를 받아야 했다. 도무지 끝날 기미가 보이지 않았지만 뤼스는 내게 계속 말했다. 아직 5000킬로미터 이상 걸어야 할 길이 남아 있다고. 이 거대한 나라, 내가 발견하게 될 마지막 나라. 내 나라.

나는 어릴 적 처음으로 받아쓰기 시험을 본 날 아침처럼 긴장이 되었다. 너무 오랫동안 떠나 있었고 수많은 문화에 젖어 살아서 이제 내 문화에 녹아들지 못하게 된 건 아닐까. 내가 걸어갈 곳은 다른 나라가 아니라 지금까지 알지 못했던 내 정원, 내 뒷마당이다. 예전에는 온타리오 주 남쪽, 나이아가라 폭포보다 더 먼 곳은 가본 적이 없었다. 나는 심지어 영어도 못했다. 내가 가장 사랑하는 이들을 실망시킬까 두려웠다.

밴쿠버 서쪽 끝, 대학교 바로 옆에 있는 바닷가를 떠나면서 나는 혼자가 되었고 춤을 추고 싶을 정도로 기뻤다. 나는 두 발에 날개라도 단 듯 유모차를 밀며 잽싸게 달려갔다. 하지만 곧 해안 절벽으로 올라가는 오르막길을 만났고 거센 바람이 불기 시작했다.

"내 나라는 나라가 아니야, 겨울이야(퀘벡의 시인이자 가수인 질 비뇨의 노래 〈내 나라(Mon pays)〉의 첫부분에 나오는 가사)."

그 노래를 내가 어떻게 잊을 수 있을까? 다행히 퀘벡의 아웃도어 용품점에서 속옷, 각반, 텐트 등 장비 한 세트를 보내주었다. 그래서 추위에는 단단히 대비가 됐지만 눈에는 속수무책이었다.

여섯째 날, 호프에서 눈 폭풍이 시작되었다. 지긋지긋하게 눈이 내리고 악몽처럼 쌓여갔다. 나는 프레이저 캐니언을 지나가는 내내 얼굴에 눈바람을 맞으며 눈이 최대한 안 쌓인 쪽으로 유모차를 밀고 가려고 애썼다. 눈이 쌓인 길은 모래밭보다 가기 힘들었다. 눈은 먼지처럼 일어났다가 발이 푹푹 빠지도록 쌓였고, 굳어진 다음에는 진창으로 바뀌었다. 나는 눈 진창에 계속 빠졌고, 용을 쓰며 빠져나오느라 땀을 뻘뻘 흘려서 속옷까지 흠뻑 젖었다. 트럭들이 지나가면서 내 얼굴에 젖은 눈을 잔뜩 뒤집어씌워 눈썹과 코털에 얼음 방울이 맺혔다. 이게 바로 캐나다이다!

어느 날 아침, 작은 트럭 한 대가 내 옆에 섰다. 나는 코끝에 종유석 같은 얼음을 달고, 두 눈을 막은 얼음 결정 사이로 바라보았다. 운전석에 앉은 남자가 물었다.

"괜찮아요?"

나는 마비된 입술로 웅얼거렸다.

"그렇게 나쁘진 않아요."

회색 곰처럼 보이는 내게 그는 좀 더 가면 자신의 통나무집이 있으니 자고 가라고 했다. 인적이 점점 드물어지는 그곳은 거의 사막 같은 분위기여서 곤경에 빠진 사람을 너나없이 나서서 도와주었다. 그래서 나는 언제나 따뜻한 잠자리를 찾을 수 있었다. 맥주와 든든하고 맛좋은 음식으로 기운을 되찾고, 나는 여러 가지 여행 경험담을 술술 풀어놓으며 사람들을 웃겼다.

산촌 사람들은 내 여행의 실제적인 면에 무척 관심이 많았다. 우리는 내 발 상태와 편한 신발이 없는지에 관해 오랫동안 이야기를 나누었다. 내가 부어오른 발가락 끝과 빨갛게 변하고 뽑힌 발톱들을 보여주니 그런 신발은 없다는 데 의견을 모았다. 그건 마치 고행자에게 못을 박은 침상은 어떤 상표가 가장 편안할지 묻는 것이나 마찬가지였다.

어느 날 저녁 인디언 마을의 투박한 통나무집에서 묵었는데, 그 집 주인인 수염이 텁수룩한 커다란 남자가 내게 물었다.

"배가 자주 아프지는 않았어요?"

이 원초적인 문제가 신경이 많이 쓰이는지 심각한 표정이었다.

"그럼요. 아팠죠. 생전 처음 먹어보는 음식들과 새로운 박테리아에 적응해야 했으니까요."

그는 몸을 살짝 앞으로 기울이며 내 대답을 주의 깊게 들었고, 갑자기 주위가 조용해졌다. 어스름한 장작불빛을 받으며 남자가 눈썹을 추켜세웠다.

그래서 나는 캐나다 산에 사는 두 벌목꾼에게 넓은 세상에서 화장실에 가는 다양한 방식에 대해서 이야기해 주었다. 에티오피아에서는 구덩이 위에 쭈그리고 앉아서 볼일을 본다. 어떤 구덩이는 꽉 차서 넘쳐흐르고, 벌레들이 우글거리고, 오줌에 푹 절어서 역겨운 암모니아 냄새가 난다. 휴지가 없어서 손가락으로 닦고 벽에 문질러서 뒤처리를 해야 한다. 그래서 나는 어디를 가든 비누를 반드시 가지고 다니게 되었다. 에티오피아에는 한 그릇에 담은 음식을 손으로 함께 나눠먹는 문화가 있기 때문이다.

이웃 나라 모잠비크는 희한하게도 땅바닥에 똑같은 구덩이들이 있지만 무척 청결하다. 부지런한 중국인들은 이런 시스템을 완벽하게 만들었다. 길가에 있는 시골 변소는 2층인데, 위층은 사람들이 쓰고 아래층에는 돼지들이 있었다. 낭비하는 것 없이 뭐든 알뜰히 사용하는 셈이다.

문화적인 금기도 고려해야 한다. 중동과 터키에서는 한 변기에 여러 사람의 엉덩이가 닿는 것을 무척 불결하다고 생각한다. 그래서 도기로 만든 '터키식' 변기 위에 쭈그리고 앉아서 볼일을 봐야 한다. 이집트에서는 변기에서 물이 뿜어져나오고 소변기에는 조그만 샤워기 같은 것이 붙어 있다.

아르헨티나에서는 주로 비데를 사용해서 뒤처리를 하며, 일본 화장실은 무척 섬세하다. 변기 시트는 따뜻하고, 용도와 성별에 따라 다른 온도로 물이 자동으로 나오는 비데가 붙어 있다. 어떤 화장실에는 용변을 잘 볼 수 있도록 자극을 주는 여러 가지 옵션이 있기도 하다.

이야기를 할수록 두 남자는 박장대소했다.

키가 큰 남자는 "아니! 설마!"라는 말을 반복했고, 친구는 배를 잡고 웃었다. 그러다 잠깐 화장실에 갔는데, 얼음이 가득 든 욕조에 커다란 연어 여러 마리가 담겨 있었다. 훈제를 하려고 준비해둔 것이라고 했다. 그들은 연어 몇 토막을 선물로 주었고 나는 여러 날 동안 아주 맛있게 먹었다.

컬럼비아 고원의 로저스 협곡을 건너 로키 산맥을 향해 캐나다 횡단도로를 걸어갔다. 갑자기 눈에 파묻히기라도 하면 어쩌나 걱정스러워서 근육에 쥐가 날 지경이었다. 글래이셔 국립공원 중앙에 있는 케옵스 산과 애벌랜치 산 사이에는 작은 둔덕과 둑 들이 많았다. 신비롭게 보이는 이 협곡에서 큰 눈사태가 한 번씩 나기 때문이다. 국립공원 감시원이 잔뜩 화가 나고 당황한 얼굴로 내게 자동차에 타라고 했지만 나는 내 나라를 걷겠다는 결심을 꺾지 않았다. 사흘 동안 조그만 소리라도 놓치지 않으려고 귀를 쫑긋 세우고 걸었고, 밤에는 친구들이 데리러 와서 집에서 재워주었다.

4월 초에 앨버타 주에 도착했다. 기운은 많이 빠졌지만 200만 제곱킬로미터에 가까운 프레리 지역의 고독에 맞설 준비는 되어 있었다. 숲, 목초지, 경작지가 펼쳐져 있는 광활한 대평원은 캐나다의 곡창 지대이다. 사람들의 호의는 계속 이어졌고, 매일 저녁이 축제 같았다.

카우보이의 고장에서 나에 대해 의심쩍은 반응을 보이는 것이 재미있었다. 오스트레일리아의 오지, 아일랜드, 태즈메이니아 섬같이 다른 지역과 동떨어진 지역은 강한 지방색이 있다. 그런 지방색은 개척자라는 자부심과 무지에 바탕을 둔 외국인에 대한 증오심이 뒤섞인 감정이다. 조그만 깃발을 들고 평화를 위해 걷는다는 나 같은 사람은 그들에게 극좌파에 지나지 않는다. 게다가 불경스럽게도 무기를 싫어하다니 공산주의자라고 해도 놀랍지 않다. 결정적으로 머리 모양까지 히피 같으니 말 다했다. 어느 날 몇 가지 정보를 얻고 싶어서 어떤 남자에게 말을 걸었다가 얼굴을 얻어맞을 뻔했다.

나는 '피아폿 살룬'이라는 술집에 들어가서 좀 전의 일을 주인에게 이야기했다.

"여기 사람들은 시골 무지렁이 아니면 이민자들이에요. 그 사람들 사는 게 참 힘들죠."

사람 좋은 글렌이 카운터에 팔꿈치를 괴고 걸걸한 목소리로 말했다. 나를 공격하려고 했던 사람은 한국 출신이었다.

퀘벡으로 들어가기 전 마지막 주(州)인 온타리오에 6월 중순에 도착했다. 생로랑 계곡으로 이어지는 땅을 처음으로 밟으니 마침내 끝이 가까워온다는 실감이 났다. 선캄브리아 시대에 만들어진 이 벌거벗은 바위들은 몬트리올까지 이어져 있을 것이고, 그곳에서 나는 오랜 자유에 마침표를 찍을 터였다.

숲으로 뒤덮인 온타리오 주 북부에서 나는 또다시 고독 속에 잠겨들었다. 마을이 띄엄띄엄 떨어져 있어서 나는 스라소니, 늑대, 고라니 들의 영역인 숲을 오랫동안 걸어가야 했다. 세상과 단절된 깊은 숲 속에서 나는 곰들에게 빼앗기지 않으려고 식량을 나무에 걸어놓고 잠을 청했다. 다람쥐들이 조금씩 훔쳐먹는 건 눈감아주었다. 이야기를 나눌 사람이 아무도 없었지만 무섭지 않았다.

두 달 동안 나는 그렇게 모피 사냥꾼 같은 생활을 하며 내 근원을 찾는 여행을 계속했다. 조상들이 갔던 길과는 반대로 모피 장사꾼들이 갔던 길인 오대호를 우회해서 강을 향해 걸어가며 나는 이 땅을 탐험하고, 사랑하고, 이 땅에서 일하고, 자신들의 뿌리를 심은 프랑스 인들에 대해 생각했다. 그리고 나는 모든 것이 이곳에 있음을 깨달았다. 내가 찾던 가치들, 단순함, 존엄성, 용기. 세상을 돌아다니지 않고 내 집에서 몇 걸음만 나가도 그 가치들을 발견할 수 있었을 것이다. 도망칠 필요가 없었을 것이며, 나도 이미 그 사실을 알고 있었다. 여행을 가지 않았다면 내 인생은 어땠을까? 이제 뤼스와 나는 어떤 새로운 페이지를, 어떤 새로운 장을 쓰게 될까?

2011년 10월 8일, 나는 퀘벡과 온타리오의 경계를 이루는 우타웨 강을 건넜다. 퀘벡으로 넘어갈 때 열다섯 명쯤 되는 영국계 친구들이 배웅해 주었고, 강 건너편에서 퀘벡 친구들이 반갑게 맞아주었다.

"만나니 정말 좋네요."

퀘벡 특유의 억양을 들으니 마음이 뭉클했다. 나는 피곤에 지친 얼굴로 활짝 웃어보였다. 마지막 여행을 함께 하기 위해 프랑스, 노르웨이, 남아프리카 공화국, 아르헨티나에서 나를 응원하는 친구들이 찾아왔다. 물론 퀘벡 친구들도 함께 했다. 또다시 축제 분위기가 매일 이어졌다.

그리고 2011년 10월 16일, 나는 마침내 돌아왔다. 여행을 떠난 지 4077일째, 7만 5543킬로미터를 걷고난 후였다.

비외포르 건너편의 자크 카르티에 광장에서 어떤 남자가 나를 위해 펠릭스 르클레르크(퀘벡 주의 대표적인 샹송 가수)의 노래를 불러주었다.

"나는 징을 박은 신발을 신고 세상과 고난을 건너왔네."

나는 신발 54켤레를 신었다. 어머니와 뤼스, 아이들을 끌어안는데 문득 그런 생각이 들었다. 사람들을 충분히 보고, 충분히 이해하고, 그들에게 충분히 주었는가. 노래는 이런 가사로 끝난다.

"어서 가서 신발을 더럽혀요. 용서받고 싶다면요."

나는 용서받을 자격이 있는가?

땅거미가 지고 광장은 비었다. 구경하던 사람들과 친구들, 가족들이 하

나씩 떠나갔다. 비가 내렸고 가로등의 부드러운 빛이 광장의 포석 위에 내려앉았다.

나는 뤼스의 손을 잡았다.

우리는 아무 말도 하지 않고 비외포르 강변길을 천천히 걸었다.

그렇게 우리는 울프 가에 있는 아담한 벽돌 건물 앞까지 갔다. 아파트 문 앞에 서서 우리는 한동안 서로를 바라보았다. 뤼스가 내 손 안에 열쇠를 쥐어주었다. 11년 전 내가 그녀에게 맡긴 아파트 열쇠였다.

미소를 지으며 그녀가 내게 말했다.

"들어가자."

• 이 책에 실린 모든 사진은 장 벨리보(www.wwwalk.org)의 홈페이지에 있는 개인 소장 자료에서 가져온 것이다.